Ein kaltes Grab

Richard-Wagner-Straße 15 · D-47799 Krefeld
leporellobuch@aol.com
www.leporello-verlag.de

Gestaltung: WerbeAtelier Coelen
Druck und Bindung: Nørhaven, Viborg
ISBN 978-3-936783-52-0

Yvonne Kronberger

Ein kaltes Grab

TATORT KÖLN

Leporello Verlag

Für V. W.

„Was laut nicht der Mund, der bewachte, darf sagen,
das waget die Huld sich in Blumen zu klagen.“

(aus einem Lied von Franz Schubert, 1797 - 1828)

Prolog

Pechschwarz ragt die mannshohe Ziegelsteinmauer in die sternenlose Nacht. Nur eine Straßenlampe und ihre Erinnerung weisen der dunkel gekleideten Person den Weg. Sie atmet schwer. Die Fahrt durch die wie leer gefegte Stadt war lang. Kies knirscht unter ihren Schuhsohlen, als sie absteigt und das klapprige Rad an einen Baum lehnt. *Fürchte dich nicht.* Im Korb auf dem Gepäckträger liegt das Bündel. Sie greift es, hebt es auf die Mauer, legt den mitgebrachten Spaten dazu und klettert selbst hinauf. Auf der anderen Seite scheint es noch dunkler, noch stiller. Nur die hohen Tannen rauschen, als der Wind mit den Ästen spielt. Beim Herunterspringen verursacht sie ein dumpfes Geräusch. Ihre Füße sinken in den weichen Untergrund. Nach zweihundert Schritten hat sie das Ziel erreicht.

Sie greift nach dem Spaten, das geschmiedete Blatt gleitet in den Boden. Sie treibt die Schaufel tief in die Erde. Es ist gute Erde - satt und schwer. Feiner Regen legt sich auf ihre bloßen Hände, kühlt ihr Gesicht. Bald glühen ihre Wangen, Schweißperlen sammeln sich am Haaransatz. *Gib nicht auf.*

Die Flamme der Kerze, die sie neben sich gestellt hat, flackert. Schatten erheben sich, schweben auf sie zu. *Sieh dich nicht um.* Es zählt nur das Loch, das zu ihren Füßen in die Tiefe wächst. Eine Strähne löst sich aus ihrem Zopf. Sie wischt sie aus der Stirn und hinterlässt eine lehmige Spur. Es macht ihr nichts aus, niemand wird es sehen.

Dann ist die Mulde tief genug. Sie legt das Bündel hinein. *Sei nicht traurig.* Entschlossen bringt sie ihre Aufgabe zu Ende. Als sie die Erde zurückgeschaufelt hat, bleibt nur ein fußhoher Hügel. Ein letzter Gruß. Dann geht sie, ohne sich noch einmal umzudrehen.

Vergib mir.

Eins

Veilchen (bot. Viola odorata):
Sie sind so unschuldig süß.

„Hallo Köln, das Warten hat ein Ende – ich bin wieder für euch da!“ Rauchig drang die Stimme aus dem Radio, es war Donnerstagabend, dreiundzwanzig Uhr fünf, der Startschuss zu Danas Nacht.

„Leute, was für eine Woche – ich hoffe, ihr seid bereit für ein fabelhaftes Party-Weekend! Denn natürlich war ich für euch unterwegs und habe jede Menge tolle Ausgehtipps mitgebracht . . . aber jetzt erstmal David Guetta featuring Sia für euch mit ‚Titanium'!“

Dana zog den Regler für die Musik hoch und gleichzeitig den für ihr Mikro herunter. Sie war allein im Aufnahmestudio, wie meistens während ihrer Sendung. Aus ihrer übergroßen Umhängetasche zog sie ein Feuerzeug, mit dem sie sich eine Zigarette anzündete. Im Studio herrschte Rauchverbot, aber das scherte sie nicht. Sie lehnte sich zurück und sog den Rauch tief in ihre Lunge ein, dann schloss sie für einen Moment die Augen. Knapp zwei Minuten noch, dann war der Song zu Ende und sie wieder an der Reihe. Mit der freien Hand strich sie ihre schulterlangen weißblonden Haare aus dem Gesicht und nahm dabei zufrieden den leichten Duft nach Birnen und Äpfeln war, den ihr Shampoo hinterlassen hatte.

„Du weißt doch, dass du hier nicht rauchen sollst, Bernie wird morgen früh wieder ausflippen!“

Dana machte sich nicht die Mühe, sich zu ihrem schlaksigen Kollegen Ulf umzudrehen. Es war sein

Standardspruch, wenn er „zufällig“ donnerstags während ihrer Sendung herein schneite.

„Ulfilein, du weißt ganz genau, was mich das interessiert.“ Sie machte eine Pause, ehe sie fortfuhr: „Einen Scheiß!“

Die letzten Klänge von David Guetta huschten aus den Lautsprechern, und Dana zog ihr Mikro wieder auf. „Leute, ist er nicht heiß? Den sollte ich mir mal ins Studio einladen.“ Sie leckte sich genüsslich über die rot geschminkten, vollen Lippen, sich dessen wohl bewusst, dass ihre Hörer ahnten, was sie gerade tat – und für die, deren Vorstellungskraft nicht ausreichte, drehte sie sich frontal in die Webcam, formte einen Kuss-Mund und hauchte ein weiteres „heeeiß“ in ihr Mikro.

„Nun gut, David bekommen wir nicht, aber wir haben DJ Cristo im Loom, Freitag ab dreiundzwanzig Uhr. Und wer ihn kennt, der weiß, dass der Resident des Hauses nicht nur nett anzusehen ist!“

Dana grinste Ulf mit einem wohl platzierten Seitenblick zu. Sie wusste genau, was sie tun musste, um auf Männer zu wirken. Allerdings war Ulf wie ein Schoßhündchen, ständig in ihrer Nähe, immer bereit, ihr zuzustimmen, egal was sie sagte. Sein Abend war gerettet, wenn sie ihn anlächelte. Dana stellte kurz das Lineup im Loom, einem Club auf den Ringen, für das Freitagsevent vor und schoss dann drei Tracks in Folge ab.

Aufgeputscht zog sie zweieinhalb Stunden später die Tür zu ihrer Wohnung hinter sich ins Schloss. Sie ließ die Schlüssel geräuschvoll in die ovale Metallschale auf der weißen Schleiflack-Anrichte gleiten, schlüpfte aus ihren lilafarbenen Wildlederstiefeln und warf die kurze, giftgrüne Lederjacke über den Sessel. Ihre schwarze Röhrenjeans bildete die passende Basis zu einem türkisblauen Mohairpullover. Aus dem Barschrank im

Wohnzimmer nahm sie ein Champagnerglas, verziert mit einem Rankenmotiv, das an einer Seite kunstvoll in das Glas geätzt war. Vor der Sendung trank sie immer ein Glas Champagner, sie mochte das feinperlige Kitzeln auf der Zunge und den zarten Geschmack nach reifen Äpfeln ihrer Lieblingsmarke Pommery Royal. Aus ihrer knallgelben Schultertasche fischte sie ein schmales Etui, klappte es auf und entnahm ein kleines Briefchen. Mit geübten Fingern öffnete sie die Lasche und kippte eine kleine Menge des Inhaltes auf die Glasplatte ihres Couchtisches. Entspannt ließ sie sich auf den hochflorigen, dunkelgrauen Teppich sinken und zog mit der kodierten Einlasskarte zum Sender eine gerade Bahn durch das weiße Pulver. Mit dem dünnen Metallröhrchen, ebenfalls einem Bestandteil des Etuis, zog sie die Hälfte der Bahn durch das rechte Nasenloch, die andere Hälfte durch das linke. Dana schloss die Augen, lehnte den Kopf in den Nacken und verzog die Lippen zu einem Lächeln.

Paul van Dyk untermalte ihre nächtliche Zeremonie mit dahin treibendem Chill-out-Sound, und sie dachte an den morgigen Abend. Sie konnte das neue Outfit anziehen, das sie am Wochenende in dem hippen Laden auf der Ehrenstraße erstanden hatte. Oder den weißen Seidenanzug, der sich so wunderbar auf der Haut anfühlte. In Gedanken stellte sie sich vor, wie sie sich ankleidete, welche Schuhe sie auswählen würde und wie sie ihr Bildnis im Spiegel anlächelte. Zufrieden nahm sie einen Schluck aus dem Champagnerglas und ließ die goldene Flüssigkeit langsam ihre Kehle hinab rinnen.

Einige Tage später, an einem kühlen, wolkenverhangenen Montagmorgen, hielt ein Taxi an der zweispurigen Aachener Straße stadtauswärts in Höhe des Friedhofs. Die Märzsonne kämpfte sich gerade durch einen Riss in der Wolkendecke. Dennoch wirkte der Himmel unfreundlich. Dana stieg aus, schlug den Kragen ihres weißen Wollmantels hoch und steckte die Hände in die aufgesetzten Manteltaschen. Die weichen Lederhandschuhe waren zwar schick, schützten aber nur wenig vor der Kälte. Dana schloss für einen Moment die Augen, während sie über den breiten Kiesweg spazierte. Sie war viel zu spät ins Bett gekommen, oder zu früh aufgestanden. Sonst verließ sie selten vormittags ihre Wohnung, aber heute war sie auf der Suche nach einer ungewöhnlichen Szenerie für ihre nächste Außensendung, die einmal im Monat stattfand.

Johannes Mertens, der Chefredakteur, hatte sie skeptisch angesehen, als sie ihm die Idee präsentiert hatte, vom Friedhof aus senden zu wollen. Sie seien kein Grufti-Sender. Aber darum ging es überhaupt nicht. Dana kam zu der Überzeugung, dass Mertens das Konzept ihrer Sendung nicht verstanden hatte. Oder verstehen wollte. Immerhin hatte er ihr keine Steine in den Weg gelegt. Wahrscheinlich glaubte er sowieso nicht, dass sie die Genehmigung von der Friedhofsverwaltung bekommen würde. Aber da kannte er Dana Seiler schlecht. Sie bekam immer, was sie wollte.

Am Hochkreuz wandte sie sich nach links, als ihr zwei Friedhofsgärtner auffielen.

„Das ist eindeutig Grabschändung, was sollen wir jetzt tun?“

Gesprächsfetzen drangen zu Dana hinüber, die sich suchend umschaute. Sie konnte nichts Ungewöhnliches entdecken.

„Vielleicht war es nur ein Tier. Zeig’ mir die Stelle doch mal!“, versuchte der andere seinen Kollegen zu beschwichtigen.

„Ich werde ja wohl Tierspuren von Vandalismus unterscheiden können!“, maulte der Mann, und eilte mit der Harke in der Hand davon. Sein Kollege lief ihm hinterher.

Vandalismus auf dem Melatenfriedhof, dachte Dana, das könnte spannend sein. Vielleicht Jugendliche, die hier heimliche Partys feierten. Sie beschloss, den beiden zu folgen.

Vor einem unscheinbaren Grab, das zurückgesetzt von einem schmalen, gekiesten Weg in zweiter Reihe lag, blieb der aufgebrachte Gärtner stehen. Dana konnte auf den ersten Blick nichts weiter sehen als ein älteres Grab. Die etwa fünf Zentimeter breite und zehn Zentimeter hohe Steinumrandung war von Flechten überzogen, an der Längsseite war sogar ein Stück heraus gebröckelt. Offenbar kümmerte sich niemand mehr um diese letzte Ruhestätte. Ein weißes Metallschild bestätigte Danas Vermutung. Das Nutzungsrecht war abgelaufen, und die Friedhofsverwaltung der Stadt Köln bat um Kontaktaufnahme.

„Siehst du, was ich meine?“, wandte sich der Gärtner an seinen Kollegen, „nie im Leben waren das Tiere!“

Dana trat einen Schritt nach vorn, um einen besseren Blick auf das Grab zu haben. Es war nur eine kleine Grabstelle, dennoch waren zwei Namen in den verwitterten Stein am Kopfende gemeißelt: Franz Gedeon Asthower, gestorben am 18. Februar 1870, und Gertrud Asthower, geborene Lindler, gestorben am 20. November 1875. Längst wuchsen keine Blumen oder wenigstens genügsames Efeu mehr auf dem Grab, nur trübe Erde zu Fuße des einfachen Gedenksteins. Unter den beiden Namenszügen auf dem ehemals hellen Stein waren betende Hände friedlich ineinander verschlungen. Der Stein mündete an seinem oberen Ende in drei Rundungen, die wirkten, als stünde eine gebeugte Frau über dem Grab, umschlungen von einem wärmenden Kapuzen-Mantel. Dana erkannte ein fast verblichenes

Engelsrelief an der Stelle, an der das Herz der Mantel-Frau säße.

„Wollen Sie was von uns?“, blaffte einer der Gärtner Dana an und bedachte sie mit einem finsteren Blick. Dana schüttelte den Kopf, blieb aber stehen. Für Vandalismus gab es ihrer Meinung nach keine Anhaltspunkte. Allerdings wirkte die Erde auf der Grabstelle wie frisch umgegraben.

„Irgend so ein Verrückter hat hier gegraben und vermutlich nach den Skeletten gesucht. Das hatten wir vor zwei Jahren schon mal.“ Der Kollege schüttelte den Kopf.

„Das Grab dann wieder so ordentlich zu verschließen, ist aber eher untypisch“, bemerkte der andere. Sie stritten, was mit dem Grab passiert sein könnte, und beschlossen schließlich, ihren Chef anzurufen.

Dana hätte am liebsten selbst sofort nachgesehen, was sich unter dem frisch aufgeworfenen Hügel verbarg. Sie zog eine Schachtel Zigaretten aus der Tasche und ließ das Feuerzeug aufschnappen. Das Geräusch ließ die beiden Friedhofsgärtner herumfahren.

„Gehen Sie doch weiter, das geht Sie nichts an!

In diesem Moment hastete ein kleiner, untersetzter Mann auf die beiden Gärtner zu und fragte kurzatmig, weshalb seine Mitarbeiter immer noch tatenlos vor dem Grab herum stünden, anstatt zu prüfen, was genau geschehen sei. Dana schenkte er keine Beachtung. Der Gärtner, der die vermeintliche Grabschändung entdeckt hatte, griff nach einer Schaufel und trug vorsichtig Erdschicht für Erdschicht ab.

„Chef, da liegt was drin!“

Der Angesprochene beugte sich vor, um erkennen zu können, was sich unter dem Hügel befand. „Das sieht aus wie ein Stück Stoff. Machen Sie weiter!“

Kurz darauf blickten vier Augenpaare auf ein mit einem geblümten Tuch umwickeltes Bündel von der Größe einer Kinderpuppe. Dana zog ungeduldig an ihrer

Zigarette. Sie brannte darauf, das Tuch auseinander zu schlagen und den Inhalt zu enthüllen.

„Wenn das ein Tatort ist, dürfen wir nichts anfassen", meldete sich der zweite Gärtner zu Wort, der bisher nur zugeschaut hatte.

„Wenn jemand allerdings nur seinen Müll hier vergraben hat, machen wir umsonst die Pferde scheu. Sie bleiben zurück, ich erledige das." Der fast kahlköpfige Chef griff sich ein Paar Arbeitshandschuhe vom Pritschenwagen seiner Mitarbeiter, trat mit einem vorsichtigen Schritt auf die Steinumrandung der Grabstelle, beugte sich ungelenk vornüber und öffnete mit spitzen Fingern das erdige Tuch.

Dana sog die Luft ein und vergaß für einen Moment ihre Zigarette, deren Asche auf den Boden fiel. Der kugelförmige Mann, der sich nun über das geöffnete Grab neigte, zog mit unsicheren Bewegungen den Knoten auseinander, mit dem das Stoffbündel verschlossen war. Als er den einen Zipfel des Tuchs zur Seite gleiten ließ, schaute aus den Stofffalten ein winziger Fuß hervor.

Kriminaloberkommissarin Marie Thalbach sah auf den toten Säugling hinab, den ein Kollege von der Spurensicherung auf eine weiße Plane neben das Grab gelegt hatte. Eine Windböe zerrte an ihrer dünnen, hellgrauen Stoffhose und wehte ihre dunkelbraunen Locken ins Gesicht. Sie strich die schulterlangen Haare mechanisch hinter die Ohren, kreuzte die Arme vor der Brust und presste die Hände an ihren Körper. Sie kannte sich mit Kindern nicht besonders gut aus, aber dieses Baby schien kaum ein paar Stunden alt geworden zu sein. Sie bemerkte, dass es ein Mädchen war, und spürte ein kurzes, schmerzhaftes Ziehen in der Magengegend, als sie neben der Plane in die Hocke ging. Jemand hatte den Säugling notdürftig in eine Wolldecke gewickelt, darunter war er nackt. Die Decke war klamm und wies etliche Flecken auf. Die bräunlich-rot verfärbte Haut des Kindes wirkte merkwürdig trocken. Marie fielen einige runzlige, grau-braune Stellen an den Knien auf. Am Kopf klebte ein dünner Flaum Haare, die Augen waren geschlossen. Die Kommissarin schluckte, dann winkte sie ihren Kollegen, Kriminalkommissar Jürgen Thiele, zu sich.

Oberflächlich betrachtet waren keine äußeren Gewalteinwirkungen an der Leiche auszumachen. Die uniformierten Kollegen der Streife, die auf den Notruf hin als Erste zum Friedhof gefahren war, hatten das KK 11, das zuständige Kommissariat für Tötungsdelikte, gerufen. Staatsanwalt Willi Böhm, ein hagerer Typ mit Geheimratsecken und tief liegenden Augen, die ihn älter wirken ließen, als die achtundvierzig Jahre, die er tatsächlich zählte, war gerade eingetroffen und hatte die Hände in den Taschen seines knielangen Kamelhaar-Mantels vergraben. Er sprach mit einem der Beamten, die die Fundstelle abgesperrt hatten.

Oberkommissarin Marie Thalbach schaute zu den beiden hinüber und nickte Willi Böhm zu. Er würde die Leiche schnellstmöglich ins Rechtsmedizinische Institut für weitere Untersuchungen überführen lassen.

Es wäre besser gewesen, der Friedhofsverwalter hätte die Polizei früher angerufen und wäre nicht mit seinen Leuten um das Grab herum gelaufen. Es wäre auch besser gewesen, wenn er den Hügel nicht hätte abtragen lassen, so dass sie den Fundort unversehrt hätten vorfinden können. Aber das ließ sich nun nicht mehr ändern. Außerdem hatte der Regen in der Nacht den lehmigen Bereich rund um die Grabstelle sowieso aufgeweicht und eventuelle Fuß- oder Reifenspuren vernichtet. Da der Friedhof von einer knapp zwei Meter hohen Mauer umgeben war und sämtliche Eingangstore über Nacht verschlossen wurden, stellte sich Marie die Frage, wie die Leiche hierher gebracht worden war. Es war nicht anzunehmen, dass der Täter das Grab im Rahmen der normalen Öffnungszeiten ausgehoben hatte.

Zwischen der steinernen Umrandung und dem Wurzelwerk einer hoch aufgeschossenen Tanne, die zwischen den Gräbern wuchs, fiel etwas Weißes ins Blickfeld der Kommissarin. Sie unterbrach ihre Überlegungen, erhob sich und trat einen Schritt zur Seite. Es war nur eine Blume, die der Wind dort hin geweht haben mochte. Marie sah sich um. „Aber hier wachsen nirgendwo solche Blumen."

„Was?" Jürgen Thiele schaute sie an, aber Marie lief bereits einige Schritte auf die Tanne zu, bückte sich und hob die einzelne Blüte auf. Sie war abgeschnitten worden, wie der glatte Schnitt am Ende des Stängels zeigte. Die sternförmig angeordneten, weißen Blüten hingen matt um einen gelben Blütenknopf in der Mitte herum. Marie Thalbach streckte ihrem Kollegen die Blume entgegen, der jedoch nicht verstand, worauf sie hinaus wollte.

„Eine Margerite. Die Blume für das Reine und Gute." Dana hatte es nicht laut ausgesprochen, es war ein Satz, der plötzlich in ihren Gedanken aufgetaucht war. Sie hatte genug gesehen von ihrem Platz zwischen den Bäumen; dieser Tag eignete sich sowieso nicht mehr dazu, an diesem Ort über eine ihrer nächsten Sendungen nachzudenken. Sie wandte sich ab und lief den Pfad zurück auf den Hauptweg zu.

„Hallo? Bitte warten Sie einen Moment." Jürgen Thiele, wie meistens in dunkelblauer Hilfiger-Jeans und beigefarbenem Kurzmantel, lief der jungen Frau hinterher. Kurz darauf hatte er sie eingeholt. „Darf ich Sie fragen, was Sie hier machen? Sind Sie schon lange hier?" Er musterte die schlanke Blondine, und ihm gefiel, was er sah.

„Dana Seiler." Sie streckte dem dunkelhaarigen Kommissar langsam ihre behandschuhte rechte Hand entgegen.

Jürgen Thiele ergriff die Hand und stellte sich ebenfalls kurz vor. Sie trug die platinblonden Haare zu einem hochgesteckten Zopf, der kurze Pony ließ ihr fein geschnittenes Gesicht frech und leicht provokant wirken. Ihre Augen waren von einem strahlenden Braun, das ihn an einen Cognac-Abend in seiner Lieblingsbar am Rathenauplatz erinnerte. Er zog seine Hand zurück, ohne dabei den Blick abzuwenden. „Frau Seiler, wie lange sind Sie schon hier auf dem Friedhof?"

Dana Seiler lächelte und informierte den Kommissar über den Anlass ihres Aufenthaltes auf dem Friedhof und über das Gespräch zwischen den Gärtnern. „Ich war einfach nur neugierig, deshalb bin ich den beiden gefolgt."

Thiele nickte, ließ sich ihre Personalien geben und bat sie, am Nachmittag ins Präsidium zu kommen, um ihre Aussage schriftlich zu bestätigen.

Dr. Michael Spangenberg, ein für sein persönliches Empfinden etwas zu kurz geratener Mittvierziger, runzelte die hohe Stirn, als er auf die Leiche des Säuglings hinunter blickte, den er soeben auf den Tisch bekommen hatte.

„Und, was meinen Sie, Doktor, woher können diese rauen Stellen an den Knien kommen?"

„Nicht so schnell, Frau Thalbach", bremste der Rechtsmediziner Maries Ungeduld. „Sie wissen doch, dass ich keinen Schuss ins Blaue abgebe. Warten Sie den Bericht ab. Im Übrigen können Sie froh sein, dass ich Ihre Leiche ausnahmsweise vorziehe." Er beugte sich etwas tiefer über den winzigen Körper, der auf dem großen Metalltisch verloren wirkte.

Marie schluckte bei den Worten „ihre Leiche". Der Ton hier unten war für ihr Empfinden immer einen Tick zu locker. Aber wahrscheinlich musste man den Tod neutral und distanziert sehen, wenn man sich nicht von all den dahinter liegenden Schicksalen überschwemmen lassen wollte. In ihr löste der Aufenthalt in den Sektionssälen immer ein Gefühl der Beklemmung aus. Während die Kriminaltechniker das Grab und die Umgebung nach Spuren durchkämmten, war sie hinüber ins Rechtsmedizinische Institut gelaufen. Das Institut befand sich am Melatengürtel, einem der äußeren Stadtringe, die sich in größeren Abständen zueinander um das Stadtzentrum zogen. Dieser Abschnitt führte direkt am Melatenfriedhof vorbei - was ihm auch seinen Namen beschert hatte. Das rechteckige, viergeschossige Waschbetongebäude schmiegte sich in eine Ausbuchtung des Friedhofs, dessen Außenmauer an dieser Stelle mit Graffitis besprüht worden war.

Marie war dankbar, dass sich Dr. Spangenberg persönlich bereit erklärt hatte, sich des neuen Falls sofort anzunehmen. Eine Leiche zu finden war nie angenehm, aber der Anblick des toten Körpers dieses kleinen Mädchens hatte eine merkwürdige Unruhe in Marie ausgelöst.

„Säugling voll entwickelt, auf den ersten Blick keine körperliche Behinderung zu sehen. Totenflecke auf der Körperrückseite ausgebildet, Aufliegepunkte der Leiche an Schultern und Gesäß. Vollständig ausgeprägte Totenstarre. Hautfarbe sehr dunkel, eher rötlich bis braun zu nennen. Nässende Stellen überall auf dem Körper. Beginnender Fäulnisprozess mit Hautablösung." Spangenberg diktierte in ein handtellergroßes Gerät und wandte sich dann wieder an die Kommissarin. „Wie gesagt, Frau Thalbach, es wird noch dauern, bis ich Ihnen etwas zum Todeszeitpunkt sagen kann. Wir machen einige Proben, dann schicke ich Ihnen den Bericht."

Die Kommissarin nickte, das war zu erwarten gewesen. Aber es war ihr unmöglich gewesen, einfach mit Jürgen Thiele zurück in die Dienststelle zu fahren, sich an ihren Schreibtisch zu setzen und die Ereignisse des Morgens niederzuschreiben.

Dana Seiler saß vor dem Computer in ihrem Büro im Sender. Vor wenigen Minuten erst war sie aus dem Präsidium zurückgekehrt, wo sie ihre Aussage zu Protokoll gegeben hatte. Kurz dachte sie an den Kommissar, mit dem sie sich auf dem Friedhof unterhalten hatte. Es war niedlich, wie er sich bemühte, sie nicht merken zu lassen, dass sie auf ihn wirkte. Es war keine Frage, dass dem so war, und sie fand es durchaus spannend, dass er den Unnahbaren gab. Vielleicht würde sie mal mit ihm ausgehen. Nur so zum Spaß.

Mit einem Lächeln öffnete sie die Seite einer Internet-Suchmaschine und gab Köln in die Suchmaske ein. Kurz darauf überflog sie die einzelnen Stadtteile auf einer großen Kartenansicht, um einen neuen, interessanten Ort für ihre nächste Sendung zu finden. Der Melatenfriedhof fiel ja nun erst einmal aus. Obwohl es natürlich wegen der zu erwartenden Publicity interessant wäre, von dort aus zu senden. Dana verwarf diese Idee jedoch schnell wieder, denn sie wollte nicht als „Trittbrettfahrerin" gelten. Sie brauchte keine Stimmungsmache dieser Art, um ins Gespräch zu kommen.

In diesem Moment klopfte es an der Tür zu ihrem Büro. Die Tür wurde einen Spalt breit geöffnet, dann tauchte Ulfs Kopf auf. „Störe ich?"

„Du weißt doch genau, dass ich keine Unterbrechungen brauchen kann, wenn ich kreativ sein muss."

Schon zog sich der Nachmittags-Redakteur zurück. „Es ist ja nur, weil die Polizei eben hier war und mich nach dir gefragt hat.“

„Ach Ulfilein, nicht so empfindlich. Du kannst doch immer zu mir herein kommen.“ Dana setzte ein strahlendes Lächeln auf und bedeutete dem Kollegen, die Tür hinter sich zu schließen, nachdem er sich wieder in ihr Büro gewagt hatte. „Was wollten die Jungs von der Polizei denn so Wichtiges, dass sie meine lieben Kollegen dazu befragen mussten?“

Ulf, der scheinbar nie genau wusste, wohin mit seinen langen Armen, steckte schließlich beide Hände in die Taschen seiner verbeulten Jeans. „Wieso du heute Morgen auf dem Friedhof warst, ob ich da eine Idee hätte.“

„Und, hattest du eine?“

„Naja, du warst doch wegen der Sendung dort – oder nicht?“

Dana nickte.

„Hast du das tote Baby gesehen?“

„Ich hab’ nur einen Fuß gesehen. Als die Polizei kam, bin ich gegangen.“

Ulf sah aus, als wollte er um den Tisch herumkommen und sie tröstend in den Arm nehmen. Aber natürlich würde er es nie wagen, das auch tatsächlich zu tun. „Es war bestimmt schrecklich für dich heute.“

„Schrecklich?“ Im ersten Moment wusste Dana nicht genau, worauf er anspielte, dann wurde ihr bewusst, dass er über den Leichenfund sprach. „Ungewöhnlich auf jeden Fall. Aber da ich das Kind nicht kannte, ist es doch eher so, als würde man in den Nachrichten davon erfahren. Nur, dass ich in diesem Fall eben zufällig vor Ort war.“

Ulfs Augen weiteten sich, er schob den Kopf ein wenig nach vorn, fing sich jedoch schnell wieder und beeilte sich, Dana zuzustimmen.

Hans-Joachim Schlüter, Erster Kriminalhauptkommissar und seit seinem neunundvierzigsten Geburtstag vor drei Jahren Chef des KK 11, äußerte sich in der abendlichen Besprechung ungehalten über die Tatsache, dass Susanne Drewitz krankgeschrieben war. Die zweite Oberkommissarin in seinem Team hatte sich vor zwei Wochen beim Sport das Schienbein gebrochen und fiel nun für eine Weile aus. „Ausgerechnet jetzt fehlt Frau Drewitz. Dieser tote Säugling darf auf keinen Fall in den Zeitungen erscheinen. Ich möchte nicht, dass die unserer Pressestelle die Hölle heiß machen, bevor wir selbst wissen, worum es überhaupt geht."

„Bis der Spangenberg mit seinem Bericht rausrückt, wissen wir eh nichts Genaues", raunte Jürgen Thiele dem neben ihm sitzenden Adrian Franzen zu.

„Herr Thiele, ich bin noch nicht fertig!"

Marie zuckte zusammen. So aufgewühlt hatte sie ihren Chef noch nicht erlebt. Er machte ansonsten den Eindruck, als könne ihn so schnell nichts aus der Ruhe bringen.

„Aber Herr Schlüter, im Moment ist es ein Fall wie viele andere auch. Außer, dass wir eine unbekannte Babyleiche gefunden haben und eine Sonderkommission bilden, können wir sowieso nichts über den OTS-Ticker schicken. Und den meisten Journalisten ist auch klar, dass sie so kurz nach einem Leichenfund keine weitergehenden Informationen bekommen können. Die stürzen sich jetzt erst einmal auf die Friedhofsgärtner. Denn das, was die beiden gesehen haben, behalten die sicher nicht für sich."

Schlüter atmete hörbar ein und lief in großen Schritten vor dem Besprechungstisch hin und her. Sein senfgelbes, etwas aus der Mode gekommenes Sakko warf er über die Stuhllehne. „Aber außer dieser kleinen Meldung halten wir uns vorerst bedeckt. Alles, was an die Presse rausgeht, läuft zuvor über meinen Tisch. Sie veranlassen sofort eine engmaschige Befragung der Anwohner, Frau Thalbach, ich stelle Ihnen dafür noch weitere Kollegen zur Verfügung. Halten Sie mich auf dem Laufenden."

Als die Tür hinter Hans-Joachim Schlüter ins Schloss gefallen war, tauschten die vier Kollegen im Raum verdutzte Blicke.

„Sonst ist er doch immer derjenige, der uns daran erinnert, nur ja keinen Kanal auszulassen", fasste Adrian Franzen schließlich das in Worte, was die Kollegen dachten.

„Vielleicht hat er einen stressigen Tag, oder es ist was Privates", wiegelte Marie ab. „Babyleichen gehen einem einfach an die Nieren." Sie versuchte, Optimismus zu verbreiten, spürte aber selbst, dass sie diesen nicht teilen konnte. Hoffentlich verloren sie keine wichtige Spur durch die Anweisung, erst einmal ohne Mithilfe der Presse zu agieren.

Der Rest des Teams, bestehend aus Kriminalkommissarin Katja Fehrenbach und den Kriminalkommissaren Adrian Franzen und Jürgen Thiele, nickte.

„Wir haben den Säugling ja beide kurz gesehen", damit wandte sie sich an Jürgen Thiele, „und ich glaube, dass das Baby kaum älter als einen Tag geworden ist."

Zwar war eine natürliche Todesursache des Säuglings zu diesem Zeitpunkt noch nicht ausgeschlossen, aber immerhin hatte sich jemand dazu entschieden, nicht den in diesem Fall angezeigten Weg zu gehen, den Tod zu melden und das Kind ordentlich zu bestatten.

Marie legte fest, dass Katja Fehrenbach und Adrian Franzen die Krankenhäuser abklappern sollten, ob eventuell eine Mutter mit einem Neugeborenen die Station vorzeitig verlassen hatte. Jürgen Thiele sollte versuchen, etwas zu den beiden Namen auf der Grabstelle – Franz Gedeon und Gertrud Asthower – in Erfahrung zu bringen. Vielleicht war das Grab absichtlich gewählt worden, und der Säugling oder die Mutter standen in Zusammenhang mit den Asthowers oder deren Nachkommen. Marie informierte die sechs Kollegen, die Schlüter angefordert hatte, über ihre Aufgabe und schickte sie los in Richtung Melaten. Dort sollten alle Friedhofsbesucher sowie die Anwohner im näheren Umkreis befragt werden, ob ihnen in der letzten Nacht etwas aufgefallen sei.

Selbstverständlich waren auch die Besucher, die sich zur Mittagszeit in der Nähe des Leichenfundortes aufgehalten hatten, sofort befragt worden. Leider hatten sich daraus noch keine hilfreichen Informationen ergeben. Allerdings hatten die Kriminaltechniker am Morgen im weichen Lehmboden vor der Mauer, die den Friedhof zur Piusstraße hin begrenzte, zwei Fußabdrücke gefunden. Die Büsche waren an dieser Stelle nur spärlich gepflanzt. Es sah so aus, als sei der Täter oder die Täterin an dieser Stelle über die Mauer gesprungen. Dem Profil der Abdrücke nach handelte es sich um Gummistiefel der Größe neununddreißig. Die Techniker hatten Gipsabdrücke angefertigt, die mit den echten Stiefeln verglichen werden würden, sobald sie gefunden wurden. Das klärte zumindest die Frage, wie die Person auf das Friedhofsgelände gelangt war.

Marie selbst würde die INPOL-Personenfahndungsdatei durchforsten - wie das elektronische Fahndungs- und Informationssystem des BKA abgekürzt hieß - ob ein weiblicher Säugling vermisst gemeldet worden war.

Dana Seiler schob den Einkaufswagen zügig durch die engen Gänge des italienischen Supermarktes und steuerte auf die Käseabteilung zu. Sie entschied sich für jeweils ein mittelgroßes Tortenstück Gorgonzola, Bel Paese und Parmigiano Reggiano, eine dicke Scheibe

Provolone und je eine Kugel Scamorza sowie Büffelmozzarella. Von der Verkäuferin an der Fleischtheke ließ sie sich zwei Lagen dünn geschnittenen Parmaschinken geben. Oliven, getrocknete Tomaten und Balsamico-Zwiebeln aus der Frischetheke vervollständigten ihren Einkauf. Als sie in der Gemüseabteilung nach den Cherry-Tomaten griff, blieb ihr Blick an einem Werbeplakat mit einer aufgedruckten, einzelnen Blume hängen. Die Margerite. In der Hand der Polizistin. Ob sie es verstanden hatte?

Dana liebte den Trubel und das pulsierende Leben, das das Wohnen mitten in der Stadt mit sich brachte. Sie liebte es jedoch überhaupt nicht, inmitten dieser Menschenmassen in einer Straßenbahn sitzen zu müssen. Deshalb hatte sie sich für ihren Einkauf wieder ein Taxi bestellt. Sie kannte den Fahrer von verschiedenen Touren zuvor, und er freute sich immer über das üppige Trinkgeld, das er von ihr bekam. Dafür war er sich auch nicht zu fein, ihr die schweren Tüten bis an den Aufzug zu tragen.

Wenig später schlossen sich die Fahrstuhltüren hinter Dana, und sie war endlich in ihrer Wohnung. Dass sie mit dem Aufzug direkt bis in ihr Penthouse fahren konnte, war schließlich der entscheidende Punkt gewesen, der sie von dieser Dachwohnung überzeugt hatte. Die Innenstadt schien um diese Zeit aus den Nähten zu platzen, eine nicht enden wollende Schlange von Autos schob sich scheinbar im Schneckentempo um den Neumarkt. Mindestens genauso viele Menschen schienen sich bei jeder Ampelphase über die Straße in Richtung Schildergasse zu drücken, um im Feierabend auf Kölns Shoppingmeile noch das eine oder andere Schnäppchen zu ergattern.

Sie räumte die vollgepackten Tüten auf die Theke zu ihrer offenen Küche und nahm aus dem Weinregal eine

Flasche Brunello di Montalcino. Auch wenn sie erst siebenundzwanzig Jahre alt war, wusste sie genau, was gut war. Dana entkorkte die Flasche und goss den rubinroten Inhalt vorsichtig über der Flamme einer Kerze in einen Dekantierer, richtete den Käse auf einem Teller an und schnitt das Ciabatta in breite Streifen. Gemeinsam mit den Oliven und den getrockneten Tomaten trug sie alles an den niedrigen Couchtisch aus geölter Buche vor ihrer halbrund angeordneten, cremefarbenen Sofalandschaft. Während der Wein Luft zog, ging sie in das angrenzende Ankleidezimmer und tauschte die enge Jeans gegen eine weich fließende, türkisfarbene Haremshose. Ihren hellgrauen Kaschmirpullover legte sie ordentlich zusammen, bevor sie ihn in den Schrank einsortierte. Die Maklerin hatte ihr damals angepriesen, dass sie sich in diesem zusätzlichen Raum ein Büro einrichten könnte. Nun, es war ja auch so eine Art Arbeitszimmer geworden.

Dana lächelte ihr Bild im Spiegel an, drehte sich leicht zur Seite, zog die Spange aus ihrer Frisur und schüttelte die weißblonden Haaren über die Schulter. Mit den glutrot geschminkten Lippen formte sie einen Kussmund und hauchte ihn ihrem Spiegelbild entgegen. Dann zog sie ein Seidentop aus einer Schublade, das im Ton zu der gewählten Hose passte. Im Wohnzimmer, das an der Längsseite aus einer Glasfront bestand, deren Schiebetüren auf eine halbumlaufende Terrasse führten, schaltete sie den Gaskamin ein. Neben dem aus Natursteinen gemauerten Abzug lagen ihre Haus-Ballerinas, in die sie schlüpfte, bevor sie sich ein Glas Wein einschenkte.

Als Marie Thalbach am Dienstagmorgen die Tür zum Großraumbüro öffnete, hatte sie gedanklich bereits eine Liste erstellt, was sie noch alles abklopfen konnten, um die Identität des toten Säuglings zu klären. Da sie derzeit nur an alten Fällen arbeiteten, konnten sie ihre Energien vollständig in die neuen Ermittlungen stecken. Das Telefon auf ihrem Schreibtisch klingelte, und Hans-Joachim Schlüter fragte nach, ob der Bericht aus der Rechtsmedizin schon vorläge. Marie wunderte sich über die Ungeduld ihres Chefs. Spangenberg hatte die Leiche erst gestern Nachmittag zu sehen bekommen. Wenn er gut vorankam, könnten sie vielleicht am späten Nachmittag mit einer Aussage zur Todesursache und zum genauen Todeszeitpunkt rechnen.

Die morgendliche Besprechung bestand nur aus einer kurzen, allgemeinen Zusammenfassung, denn die Aufgaben waren bereits am Vortag verteilt worden.

Kurz darauf saßen Marie Thalbach und Jürgen Thiele wieder allein im Raum. Nach einer Weile sah Marie auf und bemerkte, dass ihr Kollege abwesend aus dem Fenster starrte. „Denkst du an die Blonde von gestern?", fragte sie neugierig.

„Welche Blondine?"

Marie lachte. „Genau die meine ich."

Jürgen zuckte mit den Schultern. „Sie hat eine Sendung beim Radio. Danas Nacht, hast du ja vielleicht schon mal gehört."

Marie verneinte. „Und?"

„Was und. Was soll denn noch sein?"

Marie schüttelte den Kopf und lenkte ihre Aufmerksamkeit wieder zurück zu ihrem Computer.

„Sie hat mich zum Essen eingeladen."

„Was? Wann hat sie das denn gesagt?" Marie schaute Jürgen prüfend an.

„Nicht so direkt. Aber es war klar, was sie meinte."

Oder was ein Mann gerne hören wollte, dachte Marie. Laut sagte sie jedoch: „Warte, bis wir Spangenbergs Bericht haben. Sie war immerhin am Fundort, und wir wissen nicht, was für eine Rolle sie dabei spielt." Versöhnlich fügte sie hinzu: „Ist nur ein gut gemeinter Rat."

„Weiß ich. Es ist ja auch nicht so, dass ich keine Alternativen hätte", antwortete er leichthin. „Sie ist nur irgendwie besonders."

„Eben."

Leider bekamen sie an diesem Tag aus der Rechtsmedizin keine Informationen mehr. Hauptkommissar Schlüter machte einen nervösen Eindruck, besonders als auch noch die Kollegen ohne brauchbare Hinweise von ihrer Befragung zurückkamen. Katja Fehrenbach, mit neunundzwanzig Jahren die Jüngste im Team, berichtete, dass in keinem der Krankenhäuser, in denen sie nachgefragt hatten, ein Säugling verschwunden war. Adrian Franzen, der seine zierliche Kollegin um fast zwei Köpfe überragte, ergänzte, dass es in den letzten Tagen auch kein tot geborenes Baby gegeben hatte, das verschwunden war. Jürgen Thiele zog die Schultern hoch. „Der einzige Asthower, zu dem ich im Netz etwas finden konnte, ist ein Fritz Asthower, der Mitte des 19. Jahrhunderts in Westfalen ein Stahlwerk hatte. Keine Informationen über einen Franz Gedeon oder eine Gertrud aus Köln. Offenbar gibt es keine Nachkommen der beiden, was ja das abgelaufene Nutzungsrecht der Grabstelle unterstreicht." Thiele sah fast mitleidig in die Runde. „Tut mir leid, auch ich kann keine Ergebnisse liefern."

Die Kollegen sahen Marie erwartungsvoll an. Sie schüttelte den Kopf. „Über INPOL habe ich ebenfalls kein vermisstes neugeborenes Mädchen gefunden. Also erst einmal Sackgasse in allen Richtungen. Hoffentlich gibt der Obduktionsbericht Anhaltspunkte zur Identifizierung des Säuglings." Marie wünschte allen einen erholsamen Feierabend, schlüpfte in ihren hellblauen, halblangen Wollmantel und schulterte die Umhängetasche. Sie war nicht sicher, ob tatsächlich ein entspannter Abend vor ihr lag.

Die Linie 1, in die sie am Neumarkt einsteigen musste, um zu ihrer Wohnung im Kölner Westen zu gelangen, hatte Verspätung. Mit hochgezogenen Schultern stand Marie am Gleis, das Kinn tief in den weichen Strickschal gedrückt. Der Frühling war zwar kalendarisch bereits seit einer Woche da, aber es pfiff ein eisiger Wind.

„April, April", drang eine helle Kinderstimme an Maries Ohren. Sie drehte leicht den Kopf und erblickte eine junge Frau mit Kinderwagen, um die ein etwa vierjähriger Junge herum sprang. Die Mutter winkte ab und erklärte ihrem Sohn, dass er diesen immer gleichen Scherz nun schon oft genug gemacht habe. Marie wandte sich ab. Die Geräusche des Verkehrs um sie herum schienen sich aufzulösen. War der tote Säugling auch jemandem auf die Nerven gegangen? Hatte er nicht in das Leben seiner Eltern gepasst, so dass sie ihn beiseiteschaffen mussten? Oder war er einem Unfall zum Opfer gefallen? Aber wieso vermisste ihn niemand, wieso war nirgendwo aufgefallen, dass ein Baby fehlte? Die winzige Mädchenleiche war kaum älter als ein paar Stunden gewesen. Da mussten doch noch andere Menschen gewesen sein als nur die Mutter. Ein Vater. Es konnte auch eine Gemeinschaftstat gewesen sein. Vielleicht waren die Eltern noch sehr jung. Oder die Mutter hatte keine Chance gesehen, sich und das Kind durchzubringen. Vielleicht war sie ohne Arbeit oder hatte schon mehrere Kinder. In Maries Kopf begann es zu summen, die Rücklichter der vorbeifahrenden Autos auf der mehrspurigen Straße hinter den Bahngleisen verschwammen zu einer leuchtend-roten Fläche, nur durchbrochen von einem Streifen Grün, das von der Ampel herüber drang. Ein schrilles Klingeln schreckte sie auf, und sie bemerkte, dass sie Tränen in den Augen hatte. Schnell wischte sie sie mit dem Ärmel ihres Mantels weg und trat einen Schritt zurück, als die Linie 1 heranfuhr.

Zwei

Kapuzinerkresse (bot. Tropaeolum majus):
Du verbirgst etwas vor mir.

„Jetzt beruhige dich doch, Ilona." Hans-Joachim Schlüter nahm die Hand seiner Frau, bemerkte aber schon, während er den Satz aussprach, wie sinnlos seine Worte waren. Ihre Tochter war verschwunden, wie sollten sie da ruhig bleiben? In dieser Situation war es nicht hilfreich, Polizist zu sein. Pausenlos drängten Gedanken in seinen Kopf, was einer Achtzehnjährigen, die allein unterwegs war, alles zustoßen könnte.

Ilona Schlüter sprang vom Sofa auf. Sie griff nach dem Mobilteil des Telefons, das sie vor wenigen Minuten in einem der Fächer des deckenhohen Bücherregals abgelegt hatte, nur um zum wiederholten Male festzustellen, dass niemand angerufen hatte. „Es ist etwas passiert, Hajo. Sie hätte sich gemeldet, wenn alles in Ordnung wäre. Sie weiß doch, dass wir uns Sorgen machen." Ilonas schlanke Gestalt wirkte in der hellen, schmal geschnittenen Stoffhose und dem seidig glänzenden Strickpullover fast zerbrechlich.

Hans-Joachim Schlüter unterdrückte jedoch den Impuls, seine Frau in den Arm zu nehmen. Auch er hatte ein schales Gefühl in der Magengegend.

Vor mittlerweile vier langen Tagen, als sie beide abends von der Arbeit nach Hause gekommen waren, hatten sie einen Zettel auf dem Bett ihrer Tochter gefunden. Magdalena müsse ihrer Freundin Lisa beistehen. Sie würde sich melden, und sie sollten sich keine

Sorgen machen. Dass sie mit „ich liebe Euch“ unterzeichnet hatte, änderte nichts an der Tatsache, dass sie nur drei Sätze zur Erklärung geliefert hatte und seither verschwunden war.

Magdalenas beste Freundin Lisa war im neunten Monat schwanger und wusste offenbar nicht mehr ein noch aus. Lisas Mutter, die alleinerziehend war, hatte sich hochgradig aufgeregt, als sie von der Schwangerschaft erfahren hatte, ihre Tochter beschimpft und gedroht sie hinauszuwerfen. Lisas Freund, ein fünfundzwanzigjähriger Barkeeper, hatte sie sitzen lassen, nachdem er erfahren hatte, dass er Vater wurde. Lisa war verzweifelt gewesen. Sie hatte Abende lang in Magdalenas Zimmer gesessen und geweint. Magdalena hatte mit ihr gelitten, und auch Ilonas Angebot, mit Lisas Mutter zu sprechen, hatte nichts genützt.

„Wir haben ihr beigebracht, vernünftig zu handeln. Sie wird bestimmt keine unbedachten Dinge tun.“ Hans-Joachim lockerte die Krawatte. Er fühlte sich nicht wohl in seinem Büroanzug, aber er hatte noch keine Gelegenheit gefunden, sich umzuziehen.

„Sie hat es vorgezogen wegzulaufen, statt mit uns zu reden. Ich nenne das in höchstem Maße unvernünftig!“ Ilona drehte sich wütend zu ihrem Mann um, der immer noch auf dem Rand des Sofas saß. „Wie kann sie das einfach tun! Wir haben ihr immer zugehört, waren immer für sie da.“

Hans-Joachim Schlüter schüttelte den Kopf. Er konnte sich auch nicht erklären, was seine Tochter sich dabei gedacht hatte, ihr Sparbuch leer zu räumen und auszureißen. In seinem Kopf rasten die Gedanken. Der tote Säugling auf dem Friedhof drängte sich in seine Erinnerung. Aber er wollte keine voreiligen Schlüsse ziehen.

„Wo kann sie bloß sein? Wir haben ihre Lieblingsplätze alle schon abgeklappert und all ihre Freundinnen angerufen." Ilona Schlüter fing an zu weinen. Seit mehr als einer halben Woche befand sie sich in diesem Gefühlschaos.

„Mit den zweitausend Euro von Magdalenas Sparbuch können sie sich immerhin ein Zimmer in einem Hotel oder einer Pension nehmen", brachte Hans-Joachim lahm hervor. Er hoffte, dass sie das auch getan hatten.

Natürlich hatte er sofort alle Krankenhäuser in der näheren Umgebung abtelefoniert und seine Tochter bei den Kollegen als vermisst gemeldet. Da beide volljährig waren und die „Gefahr für Leib und Leben" - wie es im Polizeijargon hieß - nur bedingt dramatisch einzuschätzen war, gab es keinen Anlass zu einer groß angelegten Suchmaßnahme. Aber da zwischen dem Verschwinden und der Meldung einige Stunden Zeit lagen, konnten Lisa und Magdalena längst an einen weit außerhalb von Köln liegenden Ort gefahren sein. Immerhin waren die beiden Mädchen nun zur Fahndung ausgeschrieben und über INPOL erfasst. Alle deutschen Polizeidienststellen hatten Zugriff auf diese Datei. Wenn die beiden im Rahmen einer Kontrolle überprüft würden, könnte sofort festgestellt werden, dass sie vermisst wurden. Aber bisher waren die beiden nirgendwo aufgefallen.

Voller Sorge hatten Magdalenas Eltern versucht, Frau Schorning, Lisas Mutter, anzurufen. Bisher erfolglos, sie nahm das Telefon nicht ab. Beide Male, als Hans-Joachim an ihrer Wohnungstür in Sürth geklingelt hatte, hatte sie nicht geöffnet.

„Ich rufe da jetzt nochmal an. Irgendwann muss die Frau doch zu Hause sein! Vielleicht weiß sie noch gar nichts vom Verschwinden ihrer Tochter." Ilona Schlüter stemmte eine Hand in die schmale Taille, nahm das Telefon aus seiner Ladestation und drückte auf die

Wahlwiederholungstaste. Sie ließ es mehrere Male klingeln. Gerade als sie auflegen wollte, vernahm sie eine heisere Stimme. „Ja bitte?“

„Frau Schorning? Hier spricht Ilona Schlüter. Wissen Sie, wo Ihre Tochter ist? Und Magdalena?“

Am anderen Ende herrschte einen Moment lang Stille. Dann fragte Kerstin Schorning, weshalb sie das wissen wolle. Ilona Schlüter erzählte vom Verschwinden ihrer Tochter und dass sie vermute, Magdalena und Lisa seien gemeinsam unterwegs.

„Das kann sein. Aber es interessiert mich nicht, denn Lisa wohnt nicht mehr hier.“

Dana betrachtete sich im Spiegel. Sie sah ein bisschen müde aus, es war spät geworden am gestrigen Montagabend. Eine beruhigende Augenmaske und ein ausgiebiges, heißes Bad würden für ein bisschen Entspannung sorgen. Sie ließ Wasser in die halbrunde Eckwanne einlaufen, goss etwas von dem englischen Rosenöl hinzu und ließ den kurzen Seidenkimono zu Boden gleiten. Aus den Lautsprechern der stahlblauen Mini-Stereo-Anlage, die auf dem Regal stand, rieselte eine harmonische Panflötenmelodie. Zarte Dampfwolken umhüllten Dana. Sie stöhnte wohlig auf, als sie bis zum Kinn unter Wasser glitt. Mit geschlossenen Augen lehnte sie den Kopf an das weich gepolsterte Badekissen. Fast automatisch wanderte ihre Hand ihren Körper hinunter, zu ihrem einzigen Makel, wie sie fand. Mit dem Zeigefinger verfolgte sie die Spur der Narbe, die sich quer über ihren Bauch zog. Sie verschwendete keinen Gedanken an die Vergangenheit. Es war vorbei, sie hatte eine Lösung gefunden. Nur das zählte. Überraschenderweise schien dieser Schönheitsfehler die Männer, die sie traf, nicht zu stören. Dana lächelte. Sie freute sich auf den Abend, der vor ihr lag.

Knapp eine Stunde später stand sie in ihrem Ankleidezimmer und zog einen leuchtendroten Bleistiftrock über die schwarze Seidenwäsche, für die sie sich entschieden hatte. Ein schwarzer, enganliegender Rollkragenpullover mit kurzen, gerafften Ärmeln, schwarze, halterlose Strümpfe und rote High Heels im Farbton des Rocks vervollständigten ihr Outfit. Sie steckte lange, tropfenförmige Ohrringe an, die im Schein der Deckenspots in allen Regenbogenfarben leuchteten. Dann zog sie einen runden, fast einen Meter hohen Karton hervor, griff hinein und zog sich eine dunkelrote, glatte Langhaarperücke über ihre streng zurückgekämmten Haare. Sie beugte sich vornüber, zupfte ein bisschen herum, schüttelte schließlich den Kopf und wirbelte die Frisur mit gekonntem Schwung nach hinten. Zum Abschluss setzte sie smaragdgrüne Kontaktlinsen ein.

Auf der Theke, die die Küche vom Wohnraum trennte, stand bereits ein Glas Pommery Royal bereit. Mit frisch manikürten Fingern nahm sie das Glas und trank es in zwei langen Schlucken leer. Sie griff nach dem Metallröhrchen, beugte sich ein wenig nach vorn und zog das zu einer feinen Linie gezogene Koks nacheinander durch beide Nasenlöcher. Ein letzter Blick in den Spiegel, ein zufriedenes Lächeln unter dem dichten, roten Pony, dann griff sie ihr mit Strasssteinen besticktes Abendtäschchen, nahm ihren Mantel vom Garderobenbügel und zog die Tür hinter sich ins Schloss.

Drei Köpfe beugten sich am frühen Mittwochmorgen über eine längliche Wanne aus Edelstahl, die etwa vierzig Zentimeter in der Länge und je etwa dreißig Zentimeter in Breite und Höhe maß. Der Behälter war bis zu einem Drittel mit Wasser gefüllt. Drei Personen beobachteten gespannt, was passieren würde.

Dr. Michael Spangenberg hielt das entnommene Organ in den Händen. „Das ist die sogenannte Lungenschwimmprobe. Ein gängiges Verfahren, um zu prüfen, ob eine Totgeburt vorliegt. Entwickelt wurde diese Methode von einem deutschen Stadtphysikus namens Johannes Schreyer und bereits Ende des 17. Jahrhunderts in die forensische Praxis übernommen." Der Rechtsmediziner blickte nicht auf, während er sprach. „Ich lege einen der Lungenflügel nun in das Bad. Wenn er schwimmt, enthält er bereits Luft in den Lungenbläschen, was bedeuten kann, dass der Säugling nach der Geburt geatmet hat. Die nicht belüftete Lunge von tot geborenen Säuglingen hingegen sinkt ab."

Spangenbergs Assistent, ein junger Doktorand, war genauso gespannt, wie die beiden Ermittlungsbeamten Marie Thalbach und Jürgen Thiele. Spangenberg legte das Präparat ins Wasser.

„Beeindruckend, dass das so einfach geht!" Der Lehrling äußerte sich euphorisch, wurde jedoch von seinem Mentor gebremst.

„Leider ist dieser Test nicht besonders sicher. Wenn sich bereits Fäulnisgase gebildet haben, kann die Schwimmprobe falsch-positiv sein. Was bedeutet, das Organ schwimmt, und es sieht so aus, als wäre mit der Lunge geatmet worden. Tatsächlich kommt die Luft in der Lunge aber von den Gasen, die sich während des Verwesungsprozesses bilden."

In diesem Moment sank der obduzierte Lungenflügel auf den Grund des Wasserbehälters und blieb dort liegen.

„Und nun?", fragte Marie Thalbach. „Das ist doch ein eindeutiges Ergebnis, oder?"

„Die Wahrscheinlichkeit liegt nahe, dass es sich hier um einen tot geborenen Säugling handelt. Wir werden trotzdem noch weitere Organe untersuchen, um den Verdacht zu bestätigen. Es gibt aber noch etwas anderes, das für Sie interessant ist. Die Nabelschnur wurde unsachgemäß durchtrennt, was auf eine Geburt ohne die Hilfe einer Hebamme oder eines Arztes deutet." Der Rechtsmediziner zeigte auf den Bauch des Säuglings, an dem ein etwa zehn Zentimeter langer Rest der Nabelschnur hing.

„Also möglicherweise eine Hausgeburt im Geheimen", folgerte Marie Thalbach.

Hans-Joachim Schlüter saß auf der Kante seines ledernen Bürostuhls, den er mit einer leichten Fußbewegung vor und zurück rollte. Er stellte den Locher neben den Sockel der Schreibtischlampe, legte einen frisch angespitzten Bleistift auf die Schreibtischunterlage, entschied sich dann anders und steckte den Stift in ein bunt bemaltes Gefäß, in dem sich außer einer Schere nur noch zwei blaue Kugelschreiber mit dem Aufdruck der Polizei NRW befanden.

Magdalena hatte ihm diesen Becher aus Ton gebrannt und mit verschnörkelten Ornamenten versehen. Wie alt war sie damals gewesen? Er wusste es nicht mehr. Kurz dachte er daran, seine Frau anzurufen. Ilona war bei diesen Dingen immer besser als er, sie wusste sicher noch, wann Magdalena ihm diesen Becher geschenkt hatte. Doch bevor seine Hand den Telefonhörer berührte, zog er sie zurück. Es war sonst nicht seine Art, sich im Büro von Privatem ablenken zu lassen.

Allerdings lagen die Dinge in diesem Fall etwas anders. Einerseits wollte er an seinem Arbeitsplatz sitzen, um möglichst schnell an Informationen zum Verschwinden seiner Tochter zu kommen, andererseits wäre er am heutigen Morgen am liebsten in sein Auto gestiegen und hätte jedes Hotel, jede Pension, jedes Zimmer in den umliegenden Jugendherbergen persönlich durchsucht.

Als das Telefon schrillte, zuckte er zusammen. Sein Magen meldete sich mit einem schmerzhaften Ziehen. Kriminalhauptkommissar Schlüter griff nach dem Hörer und meldete sich kurz angebunden. Am anderen Ende antwortete Oberkommissarin Marie Thalbach. Er hatte mit ihr vereinbart, dass sie sich melden sollte, sobald die Ergebnisse der Obduktion vorlägen. Als sie berichtete, dass der Säugling wahrscheinlich tot zur Welt gekommen und die Nabelschnur von ungeübten Händen laienhaft durchtrennt worden war, krampfte sich seine Hand um den Hörer, dass die Knöchel spitz hervortraten. Ungeübte Hände, dachte er. Ungeübte Hände. Erst nach einigen Sekunden besann er sich auf den ersten Teil der Nachricht. „Totgeburt sagen Sie. Ist es damit ausgeschlossen, dass der Säugling nach der Geburt getötet wurde, absichtlich oder durch einen Unfall?“

Die Oberkommissarin wiederholte Dr. Spangenbergs Einschätzung über die Schwimmprobe.

„Also keine Kindstötung, das ist gut.“ Schlüter atmete hörbar aus. Erst als Marie Thalbach ihn daran erinnerte, dass dennoch jemand die Leiche bei Nacht und Nebel in ein fremdes Grab gelegt hatte, wurde ihm wieder bewusst, dass er den Telefonhörer immer noch am Ohr hatte. Mit einem schnellen „natürlich, natürlich“ beendete er das Gespräch und legte den Hörer zurück.

Er stützte beide Hände auf die Schreibtischunterlage, hielt den Kopf leicht gesenkt und verharrte einige Sekunden in dieser Position. Dann spürte er so etwas wie Erleichterung durch seinen Magen flattern.

Ilona Schlüter stand allein im Zimmer ihrer Tochter. Wo vor nicht allzu langer Zeit Poster von Tokio Hotel und Lady Gaga geklebt hatten, hingen jetzt bunte Zeitungsausschnitte und gerahmte Hochglanz-Fotos. Magdalena hatte alles über Asien und speziell Südostasien ausgeschnitten, was ihr in die Hände gefallen war. Nach dem Abitur wollte sie mit dem Rucksack durch Indien, Thailand, Laos und China reisen. So lange und so weit das Geld eben reichen würde. Das Geld, das sie nun so unüberlegt von ihrem Konto abgehoben hatte, um werweiß-wo unterzutauchen.

Ilona schüttelte langsam den Kopf und betrachtete das Foto auf dem Nachttisch. Es zeigte Lisa noch mit langen, blonden Haaren. Mittlerweile hatte sie sich eine freche Kurzhaarfrisur schneiden lassen. Neben Lisa schaute Magdalena in die Kamera, die schulterlangen, braunen Haare zu zwei Zöpfen geflochten. Beide schnitten eine Grimasse und streckten die Zungen heraus. Das Foto hatten sie letzten Sommer mit Selbstauslöser am Escher See aufgenommen.

Ilona wandte sich ab und dachte an die Pläne, die ihre Tochter für die Zeit nach dem Abitur gehabt hatte. Magdalena hatte die Asienreise zusammen mit Lisa geplant. Lisa, die hochschwanger war, die offenbar nicht mehr ein noch aus wusste. Lisa, die von ihrer eigenen Mutter auf die Straße gesetzt worden war. Kein Wunder, dass die Mädchen erst einmal durchgedreht waren. Aber wieso waren sie nicht zu ihr gekommen? Lisa war in den letzten beiden Jahren so oft bei ihnen gewesen, dass Ilona manchmal dachte, sie hätte zwei Töchter. Zwei, die ständig kicherten und die Köpfe zusammen steckten. Sie waren so voller Pläne und Ideen gewesen.

Ilona hatte sich immer für ihre Tochter gefreut, dass sie in Lisa so eine enge Freundin gefunden hatte. Magdalena, die immer eher zurückhaltend gewesen war, bis sie Lisa kennen gelernt hatte. Lisa hatte sie mitgerissen. Ilona Schlüter hatte immer viel Verständnis dafür gezeigt, dass Teenager nicht nur an gute Schulnoten denken wollten. Ihr Mann wäre lieber strenger gewesen, aber letztlich hatte auch bei ihm das Verständnis dafür überwogen, Magdalena die Teenager-Zeit genießen zu lassen. Sie hatten ihre Sache gut gemacht, davon war sie überzeugt. Bisher war Magdalena mit allem, was sie bedrückte, zu ihnen gekommen. Bis letzten Freitag. Ilona spürte den Stich in ihrer Brust, den ihr die Nachricht auf dem Bett ihrer Tochter versetzt hatte. Jeden Tag hatten sie die Hoffnung gehabt, Magdalena würde sich melden, alles würde gut ausgehen und ihre Tochter wieder nach Hause kommen. Aber sie war nicht nach Hause gekommen. Und sie hatten auch keine Nachricht von ihr erhalten. Zwar waren die beiden volljährig, aber was bedeutete das schon, wenn sich zwei junge Mädchen im Ausnahmezustand befanden? Ilona hoffte, sie würden nicht an irgendeinem abgelegenen Ort von der Geburt überrascht werden. Ihre Handys hatten sie nicht mitgenommen. Magdalena war ganz die Tochter ihres Vaters und wusste, dass ein Mobiltelefon geortet werden konnte.

Ilona setzte sich auf das Bett mit dem lilafarbenen Bettüberwurf und nahm einen abgegriffenen Plüschhund auf den Schoß. Er begleitete Magdalena schon seit ihrer Geburt, und auch wenn sonst alles, was an das Kind-Sein erinnerte, aus dem Zimmer verbannt worden war, hatte der Hund bleiben dürfen. Ilona strich dem Kuscheltier über den zotteligen Kopf. Sie stand auf, ging ans Fenster, wandte sich ab und setzte sich wieder auf den Rand des Bettes.

In Gedanken ging sie die Orte durch, die ihre Tochter in der letzten Zeit erwähnt hatte. Sie hatten sie alle schon mehrfach aufgesucht, ihre Klassenkameradinnen befragt, ohne Erfolg. Ilona war nicht in der Lage gewesen, sich auf ihre Arbeit zu konzentrieren und froh, dass ihre Geschäftspartnerin sich bereit erklärt hatte, die Boutique ein paar Tage allein zu führen.

Wieder erhob sie sich, lief hinüber zum Schreibtisch ihrer Tochter und zog die oberste Schublade auf. Sie kannte den Inhalt der Schubladen. Mittlerweile hatte sie diese schon zweimal durchsucht in der Hoffnung, eine Adresse oder einen Hinweis zu finden, dem sie nachgehen konnten. Sie öffnete nun wieder ein Schubfach nach dem anderen, hob den Inhalt an, fühlte mit den Fingern bis tief in die Ecken hinein. Nichts. Das unterste Fach klemmte etwas. Ilona rüttelte vorsichtig am Griff der schmalen Schublade, bis sie sich soweit hinausziehen ließ, dass sie mit der Hand hineinreichen konnte. Etwas steckte zwischen der darüber liegenden Schublade und dem Inhalt dieses Fachs. Es fühlte sich nach mehreren Seiten Papier an. Ilona zog vorsichtig daran, unterbrach aber, als sie fürchtete das Papier könne reißen. Erst als sie gleichzeitig beide übereinander liegenden Schubladen hin und her bewegte, schaffte sie es, das verhakte Papier zu befreien.

Sie legte das Fundstück auf die ordentlich aufgeräumte Schreibtischplatte. Es war ein schmaler Block, dessen einzelne Seiten sich aufgefächert und so in der Metallführung der Schublade verfangen hatten. Die ersten Seiten enthielten nur Gekritzel, als ob jemand einen Stift ausprobiert hatte. Es folgte eine kurze Notiz, die Magdalena wohl an eine andere Person geschrieben hatte. Gedanken und die Frage nach einer Verabredung am Abend. War etwa ein Junge im Spiel? Ilona blätterte weiter und fand eine längere Notiz, die allerdings nicht in der Handschrift ihrer Tochter verfasst war. Mit wachsender Bestürzung las Ilona die Zeilen, die von Lisa stammen mussten.

. . . alles, was wir geplant hatten, ist kaputt. Unsere Reise kann ich vergessen, und der feige Arsch meldet sich auch nicht. Ich wünschte, ich hätte nicht solche Angst vor der Abtreibung gehabt, dann hätte ich jetzt nicht diese ganzen Schwierigkeiten. Das Kind muss weg . . .

Ein Datum war nicht vermerkt. Ilona vermutete, dass die beiden Mädchen diesen Block während des Unterrichts hin und her schoben, um sich kleine Nachrichten zu schreiben. Sie blätterte weiter und fand das Datum eines Arzttermins, offenbar schnell notiert, wie das fahrige Schriftbild vermuten ließ. Der Termin war bei Lisas Frauenarzt und lag etwa zwei Wochen zurück. Magdalena hatte die Freundin oft dorthin begleitet.

Ilona blätterte zurück zu der kurzen Notiz. Sie wusste, dass Lisa Angst vor der Entbindung und dem, was auf sie zukommen würde, hatte, aber dass sie es längst bereute, sich für das Kind entschieden zu haben, war ihr neu. Waren die beiden Mädchen irgendwohin gefahren, wo sie das Baby abgeben konnten? Oder wollten sie das Neugeborene in eine sogenannte ‚Babyklappe' legen? Sie musste sofort mit Hajo sprechen. Ilona eilte mit dem Block zurück ins Wohnzimmer und wählte die Büronummer ihres Mannes.

„Wir müssen schnellstens die Identität des Säuglings klären!" Hans-Joachim Schlüter lief in großen Schritten vor dem Besprechungstisch auf und ab und stieß dabei mit einem Kugelschreiber in die Luft.

Mit Erleichterung hatten alle aus dem Team zur Kenntnis genommen, dass der Säugling aller Wahrscheinlichkeit nach tot zur Welt gekommen war, und sie es nicht mit einem Mordfall zu tun hatten. Es blieb die Frage, wieso jemand dieses tote Kind hatte verstekken müssen.

„Laut des rechtsmedizinischen Berichts ist der Säugling bei der Geburt verstorben. Dr. Spangenberg hat den Todeszeitpunkt auf Sonntagabend zwischen zwanzig und einundzwanzig Uhr zurückgerechnet."

„Schwer vorstellbar, dass die Mutter ihr Kind direkt nach der Geburt in eine Decke wickelt, zum Friedhof fährt, und es dort begräbt. Da keine Vermisstenanzeige vorliegt, können wir wohl davon ausgehen, dass der Säugling mit Einverständnis der Mutter weggebracht worden ist. Jemand muss ihr geholfen haben. Leider scheint es momentan äußerst schwer, zu klären, woher der Säugling kommt." Jürgen Thiele äußerte sich skeptisch. Einzige Anhaltspunkte waren die Abdrücke der Gummistiefel und die weiße Wolldecke, in die die Leiche gewickelt worden war. Leider hatte jemand das angenähte, kleine Stoffstück, auf dem normalerweise Informationen zum Produkt standen, entfernt. Aber der in die Decke eingestickte Schriftzug ‚Kugler' könnte eine Spur sein, die sich verfolgen ließ. Die Verfärbungen auf der Decke hatten sich als Blutflecken erwiesen. Ohne eine weitere Blutprobe, mit der sie diese vergleichen konnten, kamen sie allerdings nicht weiter.

Schließlich stimmte Schlüter zu, über die interne Pressestelle einen Aufruf mit den vorliegenden, dürftigen Daten zu dem kleinen Leichnam an die regionalen Zeitungen herauszugeben. Vielleicht erkannte ein Leser das Mädchen oder jemand konnte Hinweise geben.

Schlüter, der sich in die Ermittlung deutlich mehr einmischte, als sein Team das von ihm gewohnt war, legte fest, dass Katja Fehrenbach und Adrian Franzen alle niedergelassenen Frauenärzte und Hebammen nach einer Schwangeren befragen sollten, deren ungefährer Termin der Niederkunft mit ihren Daten übereinstimmte. Franzen gab einen Laut des Unmuts von sich, wofür er einen scharfen Blick seines Chefs kassierte. Jürgen Thiele sollte über den gestickten Schriftzug den Hersteller der Wolldecke herausfinden. Vielleicht ließ sich über diesen Weg feststellen, wann und wo die Decke gekauft worden war.

Nachdem die Arbeitsaufträge verteilt worden waren, stürmte Hans-Joachim Schlüter in sein Büro, holte seinen Mantel aus dem Schrank, griff seine Aktentasche und verließ das Präsidium.

„Michael, ich brauche deine Hilfe."

Dr. Michael Spangenberg saß über einige Papiere gebeugt hinter seinem Schreibtisch, als die Tür zu seinem Büro aufschwang und Hans-Joachim Schlüter eintrat. Er machte sich nicht die Mühe, seinen Mantel abzulegen, sondern setzte sich mit der Aktentasche auf den Knien auf den Besucherstuhl vor Spangenbergs Schreibtisch.

„Hajo! Wir haben uns ja lange nicht mehr gesehen. Worum geht es?"

„Um den toten Säugling vom Melatenfriedhof. Ich möchte dich um einen Gefallen bitten. Unter Freunden."

Dr. Michael Spangenberg schob seine Notizen zur Seite und schaute den Leiter des KK 11 gespannt an.

„Ich brauche einen privaten DNA-Vergleich."

Der Rechtsmediziner zog die Augenbrauen nach oben, und Schlüter beeilte sich, fortzufahren. „Es ist nicht, wie du denkst. Ich habe mit diesem Kind nichts zu tun. Aber möglicherweise Magdalena."

„Die kleine süße Magdalena? Habe ich ihr nicht neulich noch eine Barbiepuppe zum Geburtstag geschenkt?"

Schlüter winkte ab. „Die Zeiten sind lange vorbei. Ich glaube, Magdalena steckt in Schwierigkeiten. Sie ist zusammen mit ihrer Freundin verschwunden. Wir wissen seit Tagen nicht, wo sie sind." In knappen Worten berichtete er über den Grund ihres Weglaufens.

„Und nun fürchtest du, die beiden haben eine große Dummheit begangen, und das Kind vom Friedhof ist das von Magdalenas Freundin?"

Schlüter nickte.

„Mensch Hajo, sie war doch immer so ein vernünftiges Mädchen. Ich kann mir nicht vorstellen, dass sie nachts auf dem Friedhof das tote Kind ihrer Freundin verscharrt."

Hans-Joachim Schlüter hob mit einer gequälten Geste beide Hände in die Luft. „Wir beide wissen doch, wozu Menschen in Ausnahmesituationen fähig sind. Ich denke immer, nicht meine Magdalena. Nicht mein Kind!“

„Aber du willst Sicherheit.“

„Ich habe einen Schal dabei, den Lisa bei uns vergessen hat. Mit etwas Glück hängt noch ein Haar samt Wurzel dran . . .“ Damit fasste er in seine Aktentasche, zog eine Plastiktüte hervor und schob sie über den Schreibtisch.

„Was wäre ich für ein Freund, wenn ich dir nicht helfen würde?“, Spangenberg hatte sich erhoben und kam nun hinter seinem Arbeitsplatz hervor. Wortlos berührte Schlüter mit seiner Hand leicht die Schulter des Rechtsmediziners.

„Ich lasse das sofort prüfen und melde mich, sobald ich Ergebnisse habe. Du weißt aber, dass es ein paar Tage dauern kann.“

Die beiden Männer nickten sich zu, dann verabschiedete sich der Kriminalhauptkommissar, und Spangenberg griff nach dem Telefonhörer.

Als Marie das Präsidium verlassen wollte, erblickte sie Jürgen Thiele auf dem Parkplatz. Er lehnte lässig an seinem grünen A3 und unterhielt sich mit Katja Fehrenbach. Marie hatte schon vor einiger Zeit bemerkt, dass die zierliche Katja für Jürgen schwärmte. Und Jürgen wusste das ebenfalls. Um die beiden nicht in Verlegenheit zu bringen, verlangsamte Marie ihre Schritte. Gerade sah sie, wie Jürgen der jungen Kollegin eine kinnlange Strähne ihres weizenblonden Haares hinter das Ohr strich. Katja war süß und weckte in Jürgen sicher so etwas wie einen Beschützerinstinkt. Für den Moment. Aber Marie wusste auch, dass Jürgen sich nicht auf eine Freundin festlegen wollte. Ob Katja sich dessen bewusst war? Die Blicke, die sie Jürgen hinterher schickte, sprachen Bände. Marie kannte die neue Kollegin nicht gut genug, dass sie es sich herausgenommen hätte, sie auf Privates anzusprechen. Sie hoffte bloß, dass es keine schlechte Stimmung im Team geben würde, wenn die Affäre vorbei war.

Maries nagelneuer schwarzer Mini stand zwei Fahrzeuge hinter dem grünen A3, sie musste also an den beiden vorbei. Jürgen zog den Autoschlüssel aus der Manteltasche, drückte auf die Fernbedienung, öffnete die Fahrertür und schob sich hinter das Steuer. Katja, die neben ihm gestanden hatte, lief um den A3 herum und stieg ebenfalls ein. Rasant setzte Jürgen zurück, schlug das Lenkrad ein und fuhr mit quietschenden Reifen an Marie vorbei.

Eigentlich ist es angenehm, wenn man jemanden hat, mit dem man den Feierabend gemeinsam verbringen kann, dachte Marie. Sie warf ihre Schultertasche auf den Beifahrersitz und startete den Motor ihres kleinen Autos. Als sie an der Parkplatzausfahrt warten musste, bis eine Lücke im fließenden Verkehr ihr die Möglichkeit ließ, auf den Walter-Pauli-Ring einzubiegen, warf sie einen Blick in den Rückspiegel. Wie eine Vierzigjährige sah sie definitiv nicht aus, fand sie. Natürlich gab es die ein oder andere feine Linie um ihre Augen, aber von tieferen Falten und Krähenfüßen war sie noch weit entfernt. Hoffte sie zumindest.

Für einen Moment beneidete sie die beiden Kollegen, die eben zusammen weggefahren waren. Sich zu verlieben war schon eine schöne Sache. Sie dachte an die Zeit, als sie sich das letzte Mal verliebt hatte. Oder besser, sich hatte ausnutzen lassen. So schön das erste Gefühl der Verliebtheit auch war, sie hatte genug von Beziehungskisten. Sie wusste, wer sie war und was sie wollte, da brauchte sie keinen Mann, der versuchte, ihr etwas anderes einzureden, nur damit sie in sein Lebenskonzept passte. Marie drehte das Radio lauter und kurbelte das Fenster zur Hälfte herunter. Gemeinsam mit Prince sang sie ‚Purple Rain' und scherte sich nicht darum, dass der Fahrer auf der Nebenspur an der nächsten roten Ampel sie verwundert ansah.

Bis sie endlich in ihrer Zwei-Zimmer-Wohnung im Kölner Stadtteil Junkersdorf angekommen war und die Tüten aus dem Supermarkt in die Küche getragen hatte, war es zwanzig vor neun. Sie hängte Mantel und Schal an die Garderobe, tauschte die Stoffhose gegen eine bequeme Jeans und zog sich dicke Wollsocken über, um auf den Fliesen in der Küche keine kalten Füße zu bekommen.

Obwohl es ihr eigentlich zu spät zum Kochen war, beschloss Marie, sich heute selbst einen besonderen Abend zu gestalten. Sie schälte Kartoffeln, schnitt sie in feine Scheiben und schichtete diese in eine Ein-Personen-Gratinform aus weißer Keramik. Darüber goss sie einen Becher Sahne, würzte mit Pfeffer und Salz und streute eine Schicht Gruyère-Käse obendrauf. Während das Gratin im Ofen schmorte, wusch und putzte sie den Feldsalat, rührte ein Balsamico-Dressing an und legte das Filetstück in die Pfanne, das sie sich zu ihrem Festessen besorgt hatte.

Während ihrer Zeit in Augsburg hatte sie mit Bettina, ihrer besten Freundin, öfter zusammen gekocht. Wobei Bettina eine begnadete Köchin war, sie selbst hingegen außer ihren vier Standardgerichten nicht viel mehr zustande brachte. Aber Bettina steckte noch mitten in ihrem einjährigen Sabbatical, das sie für ihre lang ersehnte Weltreise nutzte, und würde wohl erst in ein paar Monaten zurück nach Deutschland kommen.

Marie kannte in Köln außer ihren Kollegen sonst noch

niemanden. Auf einmal fühlte sie sich einsam. Trotz ihrer Überzeugung, sich selbst genug zu sein. Sie saß an ihrem hohen Eichenesstisch auf einem der Barhocker, aus der Musikanlage plätscherten die Töne von Norah Jones, das Essen stand vor ihr – und sie starrte nur auf den leeren Platz ihr gegenüber. Kurzerhand räumte sie ihren Teller auf den kleinen Couchtisch, schaltete die Musik aus und den Fernseher an. Ein Familienfilm flimmerte über den Bildschirm.

Noch war es einfach, sie hatte ihren Job, der sie oft sogar am Wochenende in Beschlag nahm. Oder sie konnte ihre alten Freunde in Augsburg besuchen. Aber was, wenn sie älter würde? Wenn sie nicht mehr arbeitete, wer würde nach ihr sehen? Es würde keine Enkelkinder geben, die Trubel in ihre späten Jahre brachten. Marie kaute auf dem zarten Stück Rindfleisch, bis es sich zäh und pappig im Mund anfühlte. Sie legte Messer und Gabel zur Seite und schob den Teller weg.

Was war nur los heute? Die winzige Babyleiche in der schmuddeligen, weißen Wolldecke. Der Säugling hatte auch niemanden gehabt. Niemanden, der ihn haben wollte. Marie fragte sich, wieso sie ständig daran denken musste, dass niemand dieses kleine Mädchen beschützt hatte. Die heimliche Hausgeburt wirkte nicht so, als sei das Kind erwünscht gewesen. War die Mutter am Ende froh, dass das Kind tot zur Welt gekommen war? Hatte sie es deshalb in einem fremden Grab auf dem Friedhof bestattet? Marie nahm ein Buch zur Hand, um sich abzulenken, aber ihre Gedanken kreisten immer wieder um das Kind. Wahrscheinlich hatte es von Anfang an keine Chance gehabt. Und auf einmal wurde ihr bewusst, dass sie nie ein eigenes Baby in den Armen halten würde.

Abschließen. Draußen wurde es schon dunkel, und sie hatte vergessen, rechtzeitig alles abzuschließen. Erst prüfte sie den Griff des Küchenfensters – er war geschlossen, das Fenster ließ sich nicht öffnen. Sie zog den geblümten Vorhang zu. Im Badezimmer zerrte sie am Fenstergriff, auch er befand sich in einer festen Position. Hier gab es keine Gardine, aber das Fenster war aus dickem Strukturglas, da konnte niemand hindurch sehen. Die Fenster im Wohn- und Schlafzimmer waren ebenfalls nicht geöffnet. Alles war gut. Jetzt prüfte sie die Türen. Zuerst die Haustür, sie drehte den Schlüssel zweimal um, zog ihn ab und hängte ihn an einen Nagel neben dem Eingang. Jetzt die Kellertür. Zweimal abschließen, auch hier fand der Schlüssel seinen Platz an einem Nagel an der Wand. Hatte sie an das Fenster neben ihrem Bett gedacht? Sie wusste es nicht mehr! Es war wichtig, alle Türen und Fenster zu schließen. Wieso war sie so nachlässig? Warum konnte sie sich nicht daran erinnern? Sie holte tief Luft. Es war nicht schlimm, sie konnte einfach noch einmal von vorne beginnen.

Drei

Lindenblüte (bot. Tiliae flos):
Träume süß und denke an mich.

Kurz bevor der Wecker am nächsten Morgen klingelte, schrillte Maries Handy, das neben ihrem Bett auf dem Nachttisch lag. Noch etwas benommen nahm sie das Gespräch entgegen und war dann sofort hellwach. Sie sparte sich die Dusche, spritzte nur kaltes Wasser ins Gesicht, putzte sich die Zähne und schlüpfte in Jeans und einen schwarzen Mohair-Pullover mit V-Ausschnitt. An diesem Morgen war sie froh über ihre dunkelbraunen, schulterlangen Locken, die sich schnell mit einer Hochsteckfrisur bändigen ließen. Sie hatte sich noch nicht viele Neuanschaffungen seit ihrem Einzug vor knapp einem halben Jahr gegönnt, außer einem schicken Jura-Kaffeeautomaten, dem sie nun eine große Tasse schwarzen Kaffee entlockte. Sie schüttete das Getränk in einen isolierten Becher mit Deckel, wickelte sich einen Schal um den Hals und schlüpfte in beigefarbene Wildlederstiefeletten. Den Mantel zog sie erst im Treppenhaus über.

Ihr Auto parkte direkt vor der Tür, so dass sie nur noch einsteigen und loszubrausen brauchte. Weil es noch so früh war, und daher wenig Verkehr auf den Straßen herrschte, schaffte sie die Strecke bis in die Südstadt in zwanzig Minuten. Die Straße, in die sie einbiegen musste, war sehr schmal, die wenigen vorgesehenen Parkflächen alle belegt. Sie stellte ihren Mini neben dem Einsatzfahrzeug der Polizei in einer Einfahrt ab und lief auf das Gebäude auf der anderen Straßenseite zu. Der 1949 errichtete Komplex, der mitten in einem Wohnviertel lag, wirkte auf den ersten Blick nicht wie ein Kloster. Eine hohe, hellgelb gestrichene Mauer umschloss das gesamte Anwesen, dessen Haupteingang über einen kleinen Vorhof direkt in eine Kirche führte. Begrenzt wurde das Kloster Karmel Maria vom Frieden von zwei kleineren Seitenstraßen. Der Wirtschaftseingang, der mit einem mannshohen, roten Metalltor verschlossen war, lag in der Schnurgasse. Die Klosterkirche selbst betrat man über die Straße Vor den Siebenburgen. Neben der Kirche schlossen sich weitere Konventsgebäude um das sogenannte Quadrum, das hier als Klostergarten diente.

Ein Kollege der Spurensicherung teilte Oberkommissarin Thalbach mit, dass die Nonnen des Karmelitinnenordens bei einem frühmorgendlichen Meditationsspaziergang durch den Garten entdeckt hatten, dass in der Nähe des Kreuzganges offenbar etwas vergraben worden war und hatten sofort die Polizei alarmiert.

Kriminalkommissar Jürgen Thiele winkte Marie vom Seiteneingang aus zu. Als sie durch die kaum mannshohe Gittertür in den innenliegenden und von Mauern umschlossenen Klostergarten trat, sah Marie eine kleine Gruppe schwarzgekleideter Nonnen, die mit gefalteten Händen und gesenkten Köpfen etwas abseits der uniformierten Polizisten standen und leise miteinander sprachen.

„Weißt du schon Genaueres?", fragte Marie ihren Kollegen Jürgen, während sie beide an den Nonnen vorbei auf den mit rot-weiß gestreiftem Polizeiband abgesperrten Bereich zugingen.

„Offenbar wurde etwas in der Nacht hier vergraben. Heute Morgen war unter der Statue dort drüben plötzlich ein Erdhügel aufgeworfen. Nach dem Pressebericht über die Babyleiche war das Misstrauen der Priorin wohl geweckt, und sie wollte die Stelle ohne Polizei nicht näher untersuchen." Jürgen Thiele zeigte auf eine etwa ein Meter fünfzig hohe und sechzig Zentimeter breite Relieftafel aus rotem Ton, die an der Klostermauer angebracht war. Darauf war eine Frau abgebildet, die ein Kind auf den Armen trug. Zu ihren Füßen, zwischen zwei Büschen in den Randbeeten, die die offene Innenfläche des Gartens umrahmten, war Erde angehäuft worden. Jemand hatte offensichtlich eine Grube ausgehoben, wieder zugeschüttet und mit einem einfachen Holzkreuz versehen. Es gab keine Inschrift, das Kreuz bestand nur aus zwei dickeren Zweigen, die mit einem Bindfaden aneinander befestigt worden waren.

Marie blickte sich um, die Szene erinnerte sie an das Geschehen auf dem Melatenfriedhof vor wenigen Tagen. „Weiß man schon, was oder wer hier vergraben worden ist?", fragte sie vorsichtig.

Jürgen Thiele schüttelte den Kopf. Die Schwestern hatten auf die Polizei gewartet. Merkwürdig sei, dass der Klostergarten von außen nicht frei zugänglich wäre. Es gäbe nur die Tür, durch die sie eben gekommen seien, und die sei üblicherweise abgeschlossen. Aus dem Kloster selbst konnte man den Garten vom Kreuzgang her betreten, erklärte ihr Kollege.

Marie trat näher an das Grab heran und suchte mit den Augen die Umgebung ab. Sie ging in die Hocke, um unter die beiden Eibenstöcke, zwischen denen der Erdhügel aufgeworfen war, sehen zu können. Schließlich fand sie, wonach sie Ausschau gehalten hatte. Etwas weiter entfernt an der roten Backsteinmauer lag ein einzelnes Gänseblümchen, der Wind musste es dorthin geweht haben.

Hans-Joachim Schlüter trommelte mit den Fingern auf die Tischplatte. Heute Morgen war eine zweite Babyleiche im Klostergarten gefunden worden, und das machte ihn nervös. Hing dieser Fund mit dem ersten zusammen? Oder was fast noch schlimmer wäre – hatte er nichts mit dem ersten zu tun? Der erneute Fund ließ seinen Pulsschlag in die Höhe schnellen. Er lockerte den Knoten seiner Krawatte. Selbst wenn sich über den DNA-Vergleich, den er in Auftrag gegeben hatte, herausstellen sollte, dass die erste Leiche vom Melatenfriedhof nicht Lisas Baby war, konnte der heutige Fund bedeuten, dass sie es jetzt mit ihrem Säugling zu tun hatten. In seinem Kopf kreisten die Gedanke um die Notizen, die seine Frau gefunden hatte. Er wusste nur allzu gut, wohin Verzweiflung und scheinbare Ausweglosigkeit einen Menschen treiben konnte. Was ging in Lisa derzeit vor?

Schlüter hieb mit der Faust auf den Tisch und erst das Räuspern eines Kollegen holte ihn in die Realität zurück. Er stellte fest, dass sein Team fast vollständig versammelt war. Kriminalkommissar Adrian Franzen war der letzte, der seinen Platz am Besprechungstisch einnahm, und Schlüter ergriff das Wort: „Heute früh wurde von den Nonnen im Kloster Karmel Maria vom Frieden in der Südstadt eine frische Grabstelle im Klostergarten entdeckt. Wir haben nun bereits die zweite Babyleiche, dieses Mal ist es ein männlicher Säugling."

„Haben wir es eventuell mit einem Serientäter zu tun?", warf Franzen ein, was Schlüter mit einem beunruhigten Blick kommentierte.

„Wir müssen alle Möglichkeiten in Betracht ziehen. Es ist allerdings merkwürdig, dass der erste Säugling nicht vermisst wird."

Er wies Marie Thalbach an, Dr. Spangenberg auf die Dringlichkeit des neuen Obduktionsberichtes hinzuweisen und schickte Jürgen Thiele gemeinsam mit einem der Kollegen, die ihnen zur Verstärkung zugeteilt worden waren, in die Südstadt, um die Schwestern im Kloster erneut zu befragen und sich noch einmal im Garten umzusehen.

„Aber das haben wir doch heute früh schon alles erledigt“, setzte Thiele an.

„Dann machen Sie es eben nochmal! Es zählt jede Kleinigkeit. Da es keine Einbruchspuren am Schloss des Gartentors gibt, muss der Täter einen Schlüssel gehabt haben oder aus dem Kloster selbst gekommen sein. Die Mauern sind zu hoch, als dass jemand einfach darüber geklettert sein könnte.“ Damit rückte Schlüter seinen Stuhl zur Seite, von dem er sich zwischenzeitlich erhoben hatte, nickte kurz in die Runde und verließ in langen Schritten das Großraumbüro.

Als die Tür hinter ihm ins Schloss gefallen war, bat Marie um kurze Aufmerksamkeit. „Es gibt einen Hinweis, den ich bereits an der Grabstelle am Melatenfriedhof gefunden habe, und der nun auch hier im Klostergarten aufgetaucht ist. Ich glaube, dass es eine Verbindung zwischen beiden Fällen gibt. Auf dem ersten Grab lag eine abgeschnittene Margerite, heute Morgen habe ich ein Gänseblümchen gefunden.“

Für wenige Sekunden blieb es still unter den Teamkollegen, dann brach eine Diskussion los, ob dies ein Indiz sein könnte, es mit einem Serientäter zu tun zu haben.

„Möglicherweise müssen wir damit rechnen. Die Blüten sind bereits im Labor, und ich kümmere mich darum, etwas über deren Bedeutung herauszufinden. Vielleicht gibt uns das einen weiteren Hinweis. Was aber noch wichtiger ist“, sie unterbrach sich und schaute die Kollegen der Reihe nach an, „die Information über die Blumen an den Grabstätten behalten wir für uns. Das ist Täterwissen.“

Jürgen Thiele und sein uniformierter Kollege Sven Bruns, der zur kurzfristigen Aufstockung des Teams eingeteilt worden war, hatten ihren Wagen noch nicht eingeparkt, da sahen sie schon die Menschenansammlung vor den Mauern des Konvents. Die Presse hatte also bereits Wind von den Geschehnissen bekommen und belagerte den Eingang zum Kloster. Die Nonnen hatten das hohe, zweiflügelige Gittertor vor der Kirche verschlossen und alle Gardinen vor den Fenstern zugezogen.

Jürgen Thiele hatte die Straße kaum überquert, als ihm schon einige Reporter entgegen stürmten und ihn mit Fragen bombardierten. Sein genervter Blick hielt die Reporter nicht davon ab, ihm ihre Mikrofone vors Gesicht zu halten. Thiele hatte noch genug von der Ansage seines Chefs, die er nur so verstehen konnte, dass sein Vorgesetzter ihm unausgesprochen hatte mitteilen wollen, dass seine Befragung am Morgen unzureichend gewesen sei. Er schob die Presseleute grob beiseite, ohne seinen Schritt zu verlangsamen und teilte mit, dass er keine Informationen für sie hätte. Natürlich hinderte dies die Meute nicht, dem Kommissar weiterhin an den Fersen zu kleben und ihn mit Fragen zu bombardieren.

Thiele blieb abrupt stehen und drehte sich um. Er suchte in der Menge nach einem bestimmten Gesicht. Mit einer Redakteurin vom Stadtanzeiger war er im letzten Jahr ein paar Mal ausgegangen, aber sie war heute nicht unter den Berichterstattern. Schade eigentlich, dachte er. Sogleich meldete sich der Unmut zurück, der seit der Besprechung in ihm wühlte.

„Hören Sie, ich kann Ihnen keine Details liefern. Es ist doch jedes Mal dasselbe Spiel. Warum müssen wir das schon wieder durchkauen?“ Er wies darauf hin, dass alle Informationen, die aktuelle oder alte Fälle betrafen, nur von der Pressestelle der Polizei herausgegeben werden würden. „Wie immer“, schloss er. „Und jetzt lassen Sie mich durch.“

„Du warst auch schon mal netter“, tönte es von hinten. Und gerade als Jürgen Thiele den Kopf reckte, um zu sehen, wer ihn da so unverschämt duzte, sah er sie. Sie stand in einiger Entfernung auf der anderen Straßenseite und blickte auf das Kloster.

Oberkommissarin Marie Thalbach brütete über ihren Notizen. Es fiel ihr schwer, sich zu konzentrieren. Es war unwahrscheinlich, dass die Blumen nur zufällig an den beiden Grabstätten gelegen hatten. Hatten sie es tatsächlich mit einem Serientäter zu tun? Sie mochte sich nicht ausmalen, dass sie erst am Anfang einer ganzen Reihe von Babyleichen stehen könnten. Die große Frage war allerdings, wieso noch niemand nach diesen Kinder suchte?

Marie stützte den Kopf in die Hände. Ausgerechnet Babyleichen. Nicht, dass sie es vorzog, wenn Erwachsene ermordet wurden. Aber der Gedanke quälte sie, dass diese Kinder keine Chance bekommen hatten. Vielleicht war sogar die Mutter eines der Säuglinge die Täterin? Etwas in ihr sperrte sich dagegen, in die Gefühlswelt einer Mutter einzutauchen. Sich eine Situation auszumalen, die eine Frau so zur Verzweiflung brachte, dass sie keine andere Lösung fand, als ihr Baby zu beseitigen. Es gab immer einen Weg, dachte Marie. Auch wenn man Geschehenes nicht rückgängig machen konnte. Gewiss, ein Preis war immer zu zahlen, man blieb sicher nicht die Person, die man vorher gewesen war. Aber alles war besser, als ein Leben zu beenden - das eigene oder das eines anderen.

Am frühen Abend teilte Dr. Spangenberg in einem vorläufigen Zwischenbericht mit, dass die Schwimmproben dieses Mal anders verlaufen und die betreffenden Organe nicht auf den Boden abgesunken seien. Es war also Luft in der Lunge gewesen, was bedeuten konnte, dass der Säugling gelebt hatte. Wie er schon erläutert hatte, konnte dies aber auch auf Fäulnisgase hinweisen. Aufgrund der Dringlichkeit hatte Spangenberg sofort nach Einlieferung obduziert und die für die Proben nötigen Organe entnommen. Auch in diesem Fall war die Nabelschnur erst nach etwa zehn Zentimetern unsachgemäß abgetrennt worden. Nach seiner Einschätzung könnte der Schnitt mit einer haushaltsüblichen Küchenschere ausgeführt worden sein.

Dr. Michael Spangenberg hatte den Zeitpunkt des Todes auf zwischen neunzehn und zwanzig Uhr am Vorabend eingegrenzt. Die Totenflecken ließen sich noch wegdrücken, was unter Berücksichtigung der nächtlichen Temperaturen im Freien darauf hindeutete, dass der Körper zwischen zehn und zwanzig Stunden nach seinem Ableben gefunden worden war. Auch in diesem Fall musste die Leiche kurz nach der Geburt oder der Tötung in ihr Grab gelegt worden sein. Sicher hatte der Täter den Schutz der Nacht für sein Vorhaben genutzt, weil sich das Kloster mitten in der Stadt befand.

Kriminalhauptkommissar Hans-Joachim Schlüter machte sich nicht die Mühe, einen Stuhl heranzuziehen und Platz zu nehmen. Er wanderte vor seinem Team auf und ab, während er sprach. „Der zweite Säugling wurde erstickt. Dr. Spangenberg hat Gewebefasern in der Lunge des Jungen gefunden, die mit der Decke, in die er gewickelt war, identisch sind. Damit ist bewiesen, dass er nach der Geburt kurz gelebt haben muss."

Die Kollegen im Team wechselten Blicke, Schlüter räusperte sich und nickte Marie Thalbach zu. Doch bevor sie die Erkenntnisse aus dem rechtsmedizinischen

Bericht wiedergeben konnte, sprang Jürgen Thiele auf. Er klopfte mit einem Kugelschreiber auf seinen Schreibblock und sagte in triumphierendem Tonfall, dass er eine Beobachtung gemacht habe, die möglicherweise die Aufklärung des Falles einen großen Schritt weiter bringen könnte. „Ich glaube, dass wir es in beiden Fällen mit derselben Täterin zu tun haben!“

Marie hob erwartungsvoll den Kopf. Auch Adrian Franzen und Katja Fehrenbach warteten gespannt auf seine Erklärung. Nur Hans-Joachim Schlüter zog weiterhin seine Bahnen, während er Thiele im Auge behielt.

„Ich war noch einmal im Kloster, um die Nonnen zu befragen.“

„Ich gehe davon aus, dass Sie in Begleitung von Bruns waren.“

Thiele nickte und sprach zügig weiter, um den Ärger über Schlüters Bemerkung gar nicht erst aufkommen zu lassen. „Bevor wir wegen des Presseauflaufs in das Kloster hinein konnten, fiel mir eine Frau auf, die uns wohl bekannt ist.“ Er machte eine Kunstpause, blickte seine Kollegen der Reihe nach an. Gerade als Schlüter ihn ermahnen wollte, fuhr er fort. „Es war Dana Seiler.“

Die erwartete Bestätigung blieb aus, und Jürgen beeilte sich, hinzuzufügen: „Ich frage mich, wieso sie bereits zum zweiten Mal an einem Ort auftaucht, an dem wir eine Leiche finden. Ich nenne das in höchstem Maße verdächtig.“

Schließlich fragte Marie, ob er Dana Seiler gefragt hätte, was sie an diesem Morgen vor dem Kloster wollte.

„Dazu bin ich nicht gekommen. Als ich es endlich geschafft hatte, die Reporter abzuschütteln, war sie weg.“

„Sicher ist das ein Punkt, dem wir nachgehen werden. Aber es ist nicht angezeigt, uns in eine Richtung zu fokussieren und alle anderen Verdachtsmomente außer Acht zu lassen." Hans-Joachim Schlüter verschränkte die Arme vor der Brust. „Was haben Sie von den Nonnen erfahren können?"

Es kostete Jürgen Thiele sichtlich Überwindung, das Thema zu wechseln. Er schlug für einen Moment die Augen nieder und kniff die Lippen zusammen. „Die Nonnen, die wir heute Morgen befragt haben, waren alle mindestens Ende vierzig und älter. Sie scheiden also alle als Mutter des Säuglings aus. Ich habe aber erfahren, dass es möglich ist, eine Art ‚Kloster auf Zeit' zu absolvieren. Zwei junge Frauen, die vom Alter her . . ."

„Was sind das für schlampige Ermittlungen?" Schlüter hatte seine Wanderung unterbrochen und war vor seinem Stuhl stehen geblieben. Er stützte sich mit beiden Händen an der Lehne ab und fixierte Jürgen Thiele mit einem scharfen Blick. „Sie hätten direkt in Erfahrung bringen müssen, wer sich aktuell im Kloster aufhält! Wir haben wertvolle Zeit verloren, Thiele."

„Jetzt reicht's mir gleich!"

Marie, die einen Stuhl entfernt von Jürgen Thiele saß, zupfte ihn am Sakko.

Sofort dämpfte Jürgen seine Stimme, seine Finger um den Kugelschreiber blieben jedoch verkrampft. „Die beiden Frauen haben sich vor mehreren Wochen im Kloster aufgehalten. Jetzt nicht mehr. Außer den Nonnen befindet sich niemand dort. Wenn ich vorhin hätte zu Ende sprechen können . . ."

Marie zog erneut am Saum seines Sakkos, und Jürgen verschluckte den Rest des Satzes. Er räusperte sich und fuhr dann etwas ruhiger fort. Die beiden jungen Frauen hatten unabhängig voneinander in einem ähnlichen Zeitraum eine vierwöchige Einkehr im Kloster verbracht.

„Kann da jeder einfach so Urlaub machen?", fragte

Adrian Franzen ungläubig.

Thiele erklärte, dass sich die Karmelitinnen mit diesem Angebot an Frauen wandten, die sich mit dem Gedanken trugen, in das Kloster einzutreten oder die eine Rückzugsmöglichkeit aus ihrem Alltag suchten. Meist kämen Frauen, die sich an einem Scheideweg in ihrem Leben befanden, zum Beispiel nach Trennungen oder Todesfällen oder auch vor wichtigen Entscheidungen. „Die beiden jungen Frauen, Annkathrin Leibowitz, vierundzwanzig Jahre alt, und Theresa Hausmann, neunzehn Jahre alt, waren aus ähnlichen Gründen dort. Annkathrin, weil sie sich für ein Examen vorbereiten musste und nicht mehr sicher war, ob der gewählte Weg der richtige für sie war. Theresa Hausmann, weil sie sich mit dem Gedanken trug, in ein Kloster einzutreten." Mit diesen Worten schob er ein Foto in die Mitte des Tisches, auf dem eine Gruppe Nonnen zu sehen war. Unter ihnen zwei junge Mädchen.

„So etwas gibt es heute noch?" Franzen runzelte die Stirn.

„Offenbar ja. Jetzt kommt es aber. Theresa - hier rechts auf dem Bild - ist ziemlich mollig, um nicht zu sagen dick. Annkathrin hat das Kloster vor anderthalb Monaten verlassen, Theresa vor drei Wochen."

„Sie kennen sich also beide dort aus und könnten den Schlüssel für das Gartentor mitgenommen haben." Schlüter ging mit keinem Wort auf die gute Ermittlungsarbeit ein, seine Stimme klang jedoch wieder besänftigter.

„Falls Theresa tatsächlich schwanger war, wäre das bei ihrer Figur möglicherweise nicht einmal aufgefallen. Die Frauen sind sich weitgehend selbst überlassen, können an den Gebeten, Meditationen und Messen teilnehmen, müssen es aber nicht", fügte Thiele hinzu.

„Das ist auf jeden Fall ein guter Ansatz", ergriff Marie Thalbach das Wort. „Wir sollten vielleicht noch mit der Priorin sprechen. Eventuell ist ihr etwas aufgefallen. Außerdem kann es durchaus passieren, dass auch Frauen über vierzig noch schwanger werden. Wir dürfen keine Möglichkeit auslassen."

Sie einigten sich darauf, jeden Fall auch für sich allein zu betrachten und nach einem möglichen Täter oder Motiv rund um den jeweiligen Fundort zu suchen.

Im Anschluss an die Teambesprechung saß Marie allein an ihrem Schreibtisch. Sie hoffte, dass es sich um Einzeltaten handelte und nicht noch weitere Opfer eines möglichen Serientäters auftauchen würden. Immerhin hatten sie nun mehrere Spuren, denen sie nachgehen konnten. Die beiden jungen Frauen, die Nonnen und Dana Seiler.

In Gedanken versunken malte sie mit dem Kugelschreiber Kreise auf ihre Schreibtischablage. Sie brauchten dringend Anhaltspunkte, um die Leichen identifizieren zu können. Wo waren die Eltern dieser Kinder? Wieso gab es keine Vermisstenanzeigen? Die einzigen Bekleidungsstücke waren die Decken, in die die Säuglinge gewickelt worden waren. Die Wolldecken, jede etwa achtzig mal achtzig Zentimeter groß, trugen beide den eingestickten Schriftzug ‚Kugler' und waren aus einem billigen Polyacryl-Wolle-Gemisch, das sich stumpf und kratzig anfühlte. Wieder eine Gemeinsamkeit. Dazu die Blüten, die an den Gräbern gelegen hatten. Die junge Kommissarin Katja Fehrenbach hatte Jürgens ursprüngliche Aufgabe, alles über diese Decken in Erfahrung zu bringen, übernommen. Leider handelte es sich bei den Decken offenkundig nicht um exklusive Ware, die es nur in ausgewählten Läden zu kaufen gab. Zudem war auch bei der blauen Decke, in der der kleine Junge gelegen hatte, der Einnäher mit Produktinformationen oder einer Artikelnummer abgetrennt worden.

Marie hatte Jürgen angesehen, dass er am liebsten sofort zu der überaus attraktiven Radiomoderatorin gefahren wäre und sie auf der Stelle in Gewahrsam genommen hätte. Ihr war schon neulich aufgefallen, dass die junge Journalistin ihren Kollegen zu reizen schien. Erst hatte sie vermutet, Jürgen wollte mit ihr ausgehen. Nun schien es aber eher so, als sähe er in ihr die Hauptverdächtige. Sich nur am Fundort aufgehalten zu haben, reichte allerdings für eine stichhaltige Beweisführung nicht aus. Und wie hätte sich Dana Seiler Zutritt zum Klostergarten verschafft haben sollen? Da das Kloster nach der Vesper um achtzehn Uhr geschlossen wurde, konnte der Täter nur über den Zugang von der Straße aus in den Garten gelangt sein. Das Schloss war erst im vergangenen Jahr ausgetauscht worden, daher wären Kratzspuren sofort aufgefallen. Es glänzte aber immer noch wie neu. Deshalb lag die Vermutung nahe, dass der Täter über einen Schlüssel verfügen musste.

Jürgen Thiele hatte nach der Besprechung mit Sven Bruns verabredet, sich noch einmal gemeinsam auf den Weg zu machen. Nun saßen sie beide im Büro der Priorin Mirjam Weisgerber. Bruns knetete unaufhörlich die Hände über seinem beachtlichen Bierbauch und unterließ dies auch nicht, als Thiele ihn schräg von der Seite ansah. Sie hatten sich von unterwegs angemeldet, und Schwester Mirjam hatte in Anbetracht der Umstände ihre Rekreation unterbrochen, um sie zu empfangen.

„Meine Herren, es ist absolut unmöglich, was Sie sich da ausmalen." Unter ihrem schwarzen Schleier blickte die Priorin erst den einen, dann den anderen Beamten an. Ihr Gesicht war glatt, die Wangen glänzten rosig und ihre kleinen braunen Augen blickten freundlich. Es war schwer festzumachen, ob sie fünfzig oder sechzig Jahre alt war. Ihre Hände waren gefaltet und ruhten auf dem ausladenden, geschnitzten Arbeitstisch in ihrem Büro.

An die Wände klammerten sich Regale, die bis unter die Decke mit Atlanten, Büchern und Heften vollgestopft waren. Eine einzelne Birne unter einem breiten Schirm aus Rauchglas spendete dünnes Licht, das kaum den dicken, grünen Teppichboden erreichte.

Jürgen Thiele rutschte in dem braunen Besuchersessel zurück und schlug ein Bein über das andere. „Wir müssen jeder Möglichkeit nachgehen, so unwahrscheinlich sie auch erscheinen mag", untermauerte er seine zuvor gestellte Frage.

Die Priorin schüttelte den Kopf. „Ich verbürge mich persönlich für jede meiner Mitschwestern, dass keine von ihnen etwas mit dem toten Säugling zu tun hat. Es ist ganz und gar abwegig, dass eine von ihnen die Mutter dieses armen Kindes sein soll."

„Für so utopisch halte ich das nicht." Thiele erklärte, er wolle der Ordensgemeinschaft nicht zu nahe treten, aber es gäbe doch sicher den einen oder anderen Kontakt mit männlichen Angehörigen der katholischen Kirche. Es wäre nicht das erste Mal, dass eine Nonne ein Kind mit einem Priester gezeugt habe. Sven Bruns rutschte unruhig in seinem Sessel hin und her.

„Nur Gott kann eines Menschen Hingabe ganz empfangen und so empfangen, dass der Mensch seine Seele nicht verliert, sondern gewinnt. Und nur Gott kann sich einem Menschen so schenken, dass er dessen ganzes Wesen ausfüllt."

Jürgen Thiele warf einen Blick zu Sven Bruns, der die Augen gesenkt hielt.

„Was ich damit meine, Herr Kommissar, ist, dass unsere Schwestern eine sechsjährige Probezeit durchlaufen, bevor sie sich auf Lebenszeit binden. In dieser Zeit haben sie die Möglichkeit, sich selbst zu prüfen, ob ein Leben in Ehelosigkeit, Armut und Gehorsam ihrem innersten Wunsch entspricht. Unser Leben hier zeichnet sich durch Kontemplation und Einsamkeit aus. In

Stille und Vertrauen ruht eure Kraft, heißt es bei Jesaja 30,15. Wir haben allen weltlichen Versprechungen und dem Besitz jeglicher Güter entsagt. Wir sind reinen Herzens und klaren Geistes. Ich kenne und begleite alle Schwestern hier in unserem Orden seit ihrem Postulat. Daher ist es undenkbar, anzunehmen, eine von ihnen könnte von ihrem Weg abgekommen sein, ohne dass ich es bemerke.“ Schwester Mirjam schien nicht im Geringsten empört zu sein. Sie lächelte Jürgen Thiele zu, während sie über das Leben in der Ordensgemeinschaft der Karmelitinnen sprach.

„Aber gerade wenn Sie, wie Sie sagen, viel Zeit in Einsamkeit verbringen – wie können Sie da sicher sein, dass nicht doch eine der Schwestern ein kleines Geheimnis mit sich herumgetragen hat?“ Thiele wollte noch nicht loslassen.

„Jede Schwester hat bestimmte Aufgaben in unserer Gemeinschaft. Es wäre aufgefallen, wenn eine von ihnen diese nicht mehr so erledigen könnte, wie sonst. Bleiben wir einmal bei Ihrer Hypothese. Sie werden mir sicher Recht geben, dass man das Geschenk des Lebens nicht mal eben im Vorbeigehen gibt. Geschweige denn es wieder nimmt. Niemand innerhalb unserer Mauern hätte dies vor den anderen verheimlichen können.“

Thiele schwieg. Dieses Mal konnte Schlüter ihm keine schlampigen Ermittlungen vorwerfen, er hatte alle Punkte berücksichtigt. Im Grunde war er schon vor der Befragung der Priorin sicher gewesen, hier keine hilfreichen Antworten zu bekommen. Was er brauchte, waren Indizien für Dana Seilers Verwicklungen in die Fälle. Und er würde sie finden!

Sie bedankten sich bei der Priorin für ihre Geduld und die ausführliche Beantwortung ihrer Fragen und verabschiedeten sich. Erst im Wagen sprach Thiele seinen Kollegen darauf an, wieso er sich so eigenartig verhalten hätte. Sven Bruns nestelte stumm an seiner Krawatte herum und löste den Hemdkragen um einige Zentimeter. Wortlos präsentierte er eine silberne Kette, an deren Ende ein Kreuz baumelte. „Ich bin sehr gläubig aufgewachsen“, brachte er schließlich hervor. „Es ist mir unangenehm, eine Priorin mit solchen Verdächtigungen zu konfrontieren.“ Danach verschloss sich seine Miene. Thiele zuckte mit den Schultern.

Als Thiele und Bruns auf den Parkplatz vor dem Polizeipräsidium einbiegen wollten, sahen sie dort schon von weitem eine Menschentraube stehen. Die Presse! Schlüter hatte ausdrücklich jegliche Äußerungen gegenüber Journalisten untersagt. Thiele parkte den Wagen, und sie steuerten über die gepflasterte Freifläche auf den Eingang des Präsidiums zu.

„Müssen unsere Bürger in Angst vor einem Kindsmörder leben?“, schallte es ihnen entgegen. „Sind unsere Kinder noch sicher?“ Es war klar, dass die Presse sich auf die Fälle stürzte. Aus ihrer Sicht war es verständlich, dass sie mit der Angst der Bevölkerung spielten und über einen Serienmörder spekulierten. Für die Zeitungen ging es schließlich um Auflagenzahlen.

Jürgen Thiele bat mit lauter Stimme darum, durchgelassen zu werden. Nicht unfreundlich, aber bestimmt sagte er: „Kein Kommentar“ und schob sich vor Sven Bruns durch die wartenden Journalisten.

Im Büro saßen die anderen Kollegen noch zusammen, und Thiele berichtete in knappen Worten von ihrem Gespräch mit der Priorin.

„Dreh- und Angelpunkt ist der Schlüssel zum Klostergarten.“ Marie Thalbach blickte in die Runde. „Weiterhin suchen wir nach Anhaltspunkten, die entweder Ähnlichkeiten bei beiden Fällen aufweisen, oder die sie voneinander unterscheiden. Gleich morgen fühlen wir den beiden Frauen auf den Zahn, die im Kloster zu Gast waren.“

Vier

Christrose (bot. Helleborus niger):
Nimm mir die Angst.

Dana Seiler saß mit übereinander geschlagenen Beinen auf einem einfachen Metallstuhl, dessen Kunststoff-Sitzfläche in einem kühnen Bogen direkt in die Lehne überging. Der Chronometer im Stil einer Bahnhofsuhr an der Wand tickte unüberhörbar und erinnerte sie daran, dass ihr halb neun für jegliche Aktivitäten zu früh war. Sie unterdrückte ein Gähnen. Ihr rechter Fuß, der in einem zwölf Zentimeter hohen, schwarzen Wildleder-Pumps mit knallroter Sohle steckte, wippte leicht auf und ab. Die Knöpfe ihres weißen Wollmantels waren geöffnet, allerdings hatte sie es vorgezogen, ihre Handschuhe noch anzubehalten. Dana wusste, dass das weich fließende Wickelkleid in Zebra-Optik ihre Figur betonte. Deshalb hatte sie es für den heutigen Termin gewählt. In diesem Moment öffnete sich die Tür, und sie wurde hinein gebeten.

Auch mit offenen Haaren sieht sie toll aus, dachte Kommissar Jürgen Thiele, als Dana Seiler ihm gegenüber Platz nahm. Schnell wischte er diesen Gedanken beiseite.

Seine Kollegin Katja Fehrenbach betrat das Großraumbüro, blickte zu Thiele hinüber und lächelte.

Dana Seiler beugte sich vor und zog die Mundwinkel leicht nach oben. „Wie süß“, sagte sie.

Jürgen Thiele lehnte sich zurück, verschränkte die Arme vor der Brust und blickte der jungen Kollegin absichtlich länger hinterher, als er es sonst getan hätte. Dann lenkte er seine Aufmerksamkeit wieder auf Dana Seiler. „Was haben Sie gestern Nachmittag in der Südstadt gemacht?"

„Ich glaube, wir zwei hätten viel Spaß miteinander . . ."

Kommissar Jürgen Thiele stützte die Ellbogen auf die Tischplatte und legte das Kinn auf die gefalteten Hände. In dieser Haltung ließ er einige Sekunden verstreichen und fragte dann erneut, was Dana Seiler in der Straße Vor den Siebenburgen gewollt hatte. „Sie sind gesehen worden, als Sie das Klostergebäude beobachtet haben."

Die Befragte beugte den Oberkörper ebenfalls nach vorn, legte die Unterarme übereinander auf die Tischplatte und blickte Thiele direkt in die blauen Augen. „Ich habe das Kloster nicht beobachtet, ich bin daran vorbei gegangen. Es ist der kürzeste Weg zur Ulrepforte."

„Das kommt ganz darauf an, woher man kommt." Thiele ließ nicht locker, beschloss aber, vorerst nichts weiter zu sagen. Die meisten Menschen konnten Schweigen nur schwer ertragen. Früher oder später brach eine Antwort aus ihnen heraus. Ihm war allerdings auch klar, dass Dana Seiler sich ganz bewusst anders verhalten würde, als ihre Mitmenschen es von ihr erwarteten. Dennoch ließ er sich Zeit. Und beobachtete sie.

Die Gelassenheit, die er nach außen zur Schau stellte, war mitnichten in seinem Inneren vorhanden. Sie machte ihn nervös. Irgendetwas an dieser Frau verunsicherte ihn und zog ihn gleichzeitig an.

Sie taxierte ihn mit ihren leuchtend braunen Augen. Aber er war nicht bereit, auf ihr Spiel einzugehen. Er wusste, dass er in ihrem Fall ganz besonders vorsichtig sein musste. Schließlich befand er sich in einer Mordermittlung, und sie war eine Zeugin. Mindestens.

„Ich hatte einen Termin."

„Einen Termin?“, wiederholte Thiele und zog die Augenbrauen hoch.

„Ich war für meine Sendung in der Ülepooz verabredet. Ich suche nach geeigneten Außen-Sendeplätzen.“

Thiele wusste, dass die Ülepooz, wie das ehemalige Stadttor von den Kölnern genannt wurde, seit über 750 Jahren bestand und heute das Hauptquartier des ältesten Traditionscorps des Kölner Karnevals beherbergte.

„Und die Roten Funken haben Interesse daran, dass aus ihren Räumlichkeiten eine Partysendung übertragen wird?“ Thiele versuchte einen spöttischen Gesichtsausdruck.

„Danas Nacht ist keine Partysendung. Kommen Sie mich doch im Studio besuchen. Es ist eine Lifestyle-Sendung mit speziellen Tipps zum Spaß haben und Ausgehen.“ Dana Seiler legte den Kopf ein wenig zur Seite und lächelte ihm aufmunternd zu.

„Wie auch immer, mit wem haben Sie sich in der Ülepooz getroffen und wann genau?“

„Um vierzehn Uhr mit Friedhelm Bosbach - das ist der Schatzmeister der Roten Funken, der auch die Führungen durch die Ülepooz leitet.“

„Wir werden das überprüfen.“

Dana Seiler erklärte, dass sie sich die Kontaktdaten aus dem Internet besorgt habe und ihm leider keine Telefonnummer nennen könne.

Thiele kommentierte dies nur mit einem Schulterzucken. „Das macht nichts. Auch wir verfügen über moderne Kommunikationswege.“ Kaum hatte er den Satz ausgesprochen, ärgerte er sich über sich selbst.

Dana Seiler war aufgestanden und blickte nun zu ihm hinab. Sie griff sich einmal kurz in die perfekt sitzenden Haare, lächelte ihm zu und forderte ihn auf, sie unbedingt im Sendestudio zu besuchen.

Als die Tür hinter ihr ins Schloss gefallen war, schüttelte Jürgen Thiele den Kopf. Es schien sie nicht im Geringsten zu berühren, dass sie sich mit ihrer Anwesenheit vor dem Kloster verdächtig gemacht hatte. War sie nun besonders raffiniert in ihrer Rolle, oder war er dabei, sich in etwas zu verrennen?

Sven Bruns war ein ruhiger Beifahrer und sprach auch sonst nur das Nötigste. Er war Ende vierzig und schien kulinarischen Genüssen nicht abgeneigt, wie Marie mit einem Blick auf seine Leibesfülle feststellte. Sein dunkles Haar war noch dicht und voll, das runde Gesicht mit dem akkurat geschnittenen Schnauzbart wirkte freundlich. Üblicherweise arbeitete Sven Bruns bei der Streife, nun war er mit Oberkommissarin Marie Thalbach auf dem Weg nach Wesseling zu Annkathrin Leibowitz.

Der einstöckige Bungalow lag direkt hinter dem Spazierweg, der am Rhein entlang führte. Marie drückte auf den bronzenen Klingelknopf in der Mauer neben dem halbhohen, schmiedeeisernen Gartentor. Ein helles Läuten ließ sich vernehmen. Eine südländisch aussehende Frau um die Fünfzig öffnete die mit Glasquadraten durchbrochene, weiße Haustür und fragte mit spanischem Akzent, zu wem sie wollten.

Aus dem Innern des Hauses war lautes Poltern zu hören, kurz darauf steckte ein junges Mädchen den verstrubbelten Kopf an der Südländerin vorbei. „Schon gut, Rosa. Ich mache das." An die beiden Beamten gewandt entschuldigte sie sich, dass Rosa nicht so gut Deutsch spreche. Rosa zog sich in den Hausflur zurück und verfolgte von dort das Geschehen.

„Annkathrin Leibowitz?" Marie blickte die junge Frau an. „Mein Name ist Thalbach, das ist mein Kollege Bruns, Kriminalpolizei. Wir hätten ein paar Fragen zu Ihrem Gast-Aufenthalt bei den Karmelitinnen vor einigen Wochen."

Das Mädchen schien nicht überrascht über den Besuch und bat die beiden hinein. „Ich denke, es ist okay, wenn wir uns ins Wohnzimmer setzen." Während Annkathrin Leibowitz vorausging, drehte sie sich zu Marie Thalbach und Sven Bruns um. „Das ist das Haus meiner Tante. Ich habe hier ein Zimmer im Keller, solange ich noch studiere."

Der Raum, den sie nun betraten, wurde von einem rundum verglasten Erker dominiert, der einen weiten Blick über den Rhein und das gegenüberliegende Ufer erlaubte. Von der Brüstung der Veranda flog ein Vogel auf, als Annkathrin Leibowitz ans Fenster trat.

Rosa hatte sich zwischenzeitlich in ein anderes Zimmer zurückgezogen, nur das Zischen eines Dampfbügeleisens ließ vermuten, dass sie noch in der Nähe war.

Wie selbstverständlich nahm das junge Mädchen, dessen kurze, brünette Haare unter einem breiten, grün gemusterten Stoffband steckten, im einzigen Sessel Platz. Sie trug abgenutzte Birkenstock-Sandalen, eine dunkelblaue Wollstrumpfhose und grüne Leinen-Shorts. Ihr Oberkörper steckte in einem weiten, grauen Pullover-Ungetüm mit Fledermausärmeln. Um den Hals hatte sie ein pinkfarbenes Tuch in Crash-Optik gewickelt. Trotz des farbenfrohen Outfits trug sie weder Schmuck, noch war sie geschminkt.

Marie Thalbach und ihr Kollege nahmen auf der abgesessenen, dunkelbraunen Ledercouch Platz. In der Schrankwand aus hellem Birkenholz stand ein großes, silbern gerahmtes Schwarz-Weiß-Portraitfoto einer jungen Frau mit wallenden Haaren.

„Meine Tante, als sie noch jung war", erklärte Annkathrin Leibowitz, die dem Blick der Kommissarin gefolgt war. Sie seufzte. „Früher war sie locker, heute ist sie ziemlich überspannt."

Marie nahm zur Kenntnis, dass die junge Frau unruhig war, da sie ständig am Fingernagel ihres Daumens knabberte. „Frau Leibowitz, Sie waren vor einiger Zeit Gast im Kloster in der Kölner Südstadt. Hatten Sie während Ihres Aufenthaltes auch Zugang zum Garten? Oder anders ausgedrückt, konnten Sie sich überall frei bewegen?"

Das junge Mädchen ließ die Sandalen von den Füßen gleiten und zog die Beine zum Schneidersitz zusammen. „Sie sind doch bestimmt wegen des Leichenfundes im Klostergarten hier, oder? Ich hab' davon in der Zeitung gelesen. Das ist alles megaspannend! Und nun sind Sie sogar noch bei mir zu Hause."

Megaspannend war nicht gerade die Beschreibung, die Marie gewählt hätte. Sie schüttelte kurz den Kopf und wandte sich dann erneut an die junge Frau, die bereits wieder mit ihren Nägeln beschäftigt war. „Hatten Sie und die andere junge Frau, die etwas später ebenfalls im Kloster wohnte, Zugang zu allen Räumlichkeiten?"

Annkathrin Leibowitz erzählte, dass bis auf die Zellen der Nonnen alles offen und für jeden innerhalb des Klosters zugänglich gewesen sei. „Ich war auch ab und zu mal im Klostergarten, aber nicht so oft wie Theresa. Ich hatte allerdings auch mit einer Entscheidung zu kämpfen, da war mir nicht danach, zu meditieren oder so viel Zeit mit den Nonnen zu verbringen."

Marie erinnerte sich, dass Annkathrin Leibowitz den Nonnen erzählt hatte, sie müsse sich über den Fortgang ihres Studiums klar werden. Sie fragte nach dem Ergebnis ihrer selbst gewählten Klausur.

„Ich hab's geschmissen."

„Sie studieren nicht mehr?"

„Doch. Aber Jura war mir doch viel zu theoretisch. Ich brauche etwas, bei dem ich gleich mit anpacken kann. Ab nächstem Semester bin ich in der Medizinischen Fakultät eingeschrieben. Vielleicht spezialisiere ich mich später sogar mal auf Rechtsmedizin, wer weiß." Sie lächelte Marie aus strahlenden Augen an.

„Nun ja, das ist sicherlich auch ein sehr interessanter Studiengang. Der Klostergarten war also immer offen?"

„Es gibt zwei Eingänge in das Quadrum. Einmal von der Straße her und einmal vom Chor, also direkt aus dem Hauptgebäude. Die Tür zur Straße ist immer verschlossen, ich wüsste auch nicht, wo der Schlüssel zu finden wäre. Aber da ich ja immer den anderen Weg genutzt habe, spielte das für mich auch keine Rolle."

Sven Bruns fragte nach, ob Theresa Hausmann etwas über den Schlüssel gewusst haben könnte. Annkathrin biss wieder an den Stümpfen ihrer Fingerkuppen herum und schüttelte den Kopf. Sie hätte sich hauptsächlich mit sich selbst beschäftigt und nur oberflächliche Gespräche mit Theresa geführt. Jedoch hätte sich Theresa sehr interessiert am Klosterleben gezeigt.

Marie Thalbach gab Sven Bruns das Zeichen zum Aufbruch und verabschiedete sich von der zukünftigen Medizinstudentin.

Da war jemand an der Tür. Es klopfte. Sie blieb stehen, erstarrte. Dann setzte sie sich mit angezogenen Beinen hinter die Seitenlehne des Sofas. Legte den Kopf auf die Knie. Wartete. Bestimmt war SIE es wieder. Vielleicht schob sie noch einmal einen Zettel unter der Tür hindurch. Wie neulich schon. Sie bewegte sich nicht, versuchte den Atem anzuhalten, damit niemand merkte, dass sie zu Hause war. Sie wollte in Ruhe gelassen werden. Warum konnten die das nicht akzeptieren? Sie wartete, bis der Minutenzeiger auf der großen Küchenuhr vier Ziffern weiter gewandert war. Dann krabbelte sie aus ihrem Versteck hervor, lief auf Strümpfen an die Haustür. Da lag er. Einmal zusammengefaltet, karier-

tes Papier. Sie wollte gar nicht wissen, was darin stand. Also nahm sie ihn, riss ihn in viele kleine Fetzen und warf diese in den Mülleimer. Sie wollte nichts von anderen wissen. So wie niemand etwas von ihr wissen sollte.

Oberkommissarin Susanne Drewitz stöhnte, als sie sich in ihrem Bett aufsetzte. Es fühlte sich an, als müsse das Gehirn der Bewegung ihres Körpers erst langsam folgen. Die Schläfen pochten, vom Nacken aus zog sich ein prickelndes Ziehen in ihren Hinterkopf hinauf, und die Augen brannten, dass sie sie am liebsten geschlossen hielt. Zu allem Übel war noch ein Schnupfen hinzugekommen. So schnell wie sie die Taschentücher verbrauchte, konnte sie oft gar nicht rechtzeitig eine neue Packung öffnen. Ihre rechte Wade, die in einem dicken Gipsverband steckte, juckte, und sie sah keine Möglichkeit, etwas dagegen zu tun. Sie fühlte sich von Kopf bis Fuß elend. Zweimal hatte sie versucht, vor die Tür zu humpeln und war beide Male von ihrem Nachbarn Jens Eisenwein dabei erwischt worden, der sie wild gestikulierend wieder zurück in ihr Bett geschickt hatte. Jens wohnte in dem Apartment neben ihrem, und Susanne hatte sich kurz gefragt, ob er die ganze Zeit hinter dem Türspion gewartet hatte, bis sich an ihrer Tür etwas regte. Aber das war natürlich Unsinn. Jens war das, was man allgemeinhin einen hübschen Jungen nannte, neunundzwanzig Jahre alt, schlanke einen Meter achtzig groß, braune kurze Haare, die er mit feinen, blonden Strähnen aufgepeppt hatte, sportliche Figur. Seine Hände waren Susanne als erstes aufgefallen. Er hatte schmale, feingliedrige Finger, die nicht danach aussahen, dass er selbst an seinem Motorrad herum schraubte. Die Harley war das zweite gewesen, was Susanne beeindruckt hatte. Da sie selbst passionierte Motorrad-Fahrerin war, konnte sie von seiner Dyna Fat Bob nur fasziniert sein. Jens Eisenwein war Visagist in einem der Produktionsstudios in Ossendorf, wo unter anderem auch der Privatsender RTL Studios betrieb. Susanne hatte den ruhigen, unaufdringlichen, neuen Nachbarn von Anfang an gemocht. Wenige Wochen nach ihrem Kennenlernen hatte er ihr sein Herz wegen einer gescheiterten Beziehung ausgeschüttet, seitdem wusste sie auch, dass er homosexuell war. Vielleicht kamen sie deshalb so gut miteinander aus – Sex würde zwischen ihnen nie ein Thema sein. Susanne mochte an Jens, dass er gerne Kölsch trank, Motorrad fuhr und eher ein unprätentiöser Typ war. Einzig sein Beruf als Visagist ließ vermuten, dass er teilweise andere Vorlieben hatte als die Männer, die Susanne sonst kannte. Jens hatte seit einer Woche Urlaub, um seine Wohnung umzustylen, wie er es nannte. So war er ständig zu Hause und bekam mehr von Susannes Tagesablauf mit als sonst. Es hatte allerdings auch sein Gutes, denn er versorgte sie mit den nötigen Lebensmitteln und Getränken, war für sie zur Apotheke gegangen und kümmerte sich auch sonst wie ein Bruder um sie.

An diesem Morgen hatte er wohl beschlossen, dass sie wieder etwas mehr Anteil am Geschehen nehmen sollte und hatte ihr zur leichten Unterhaltung den Express vorbei gebracht. Da die Schmerzen ihren Kopf und ihren Verstand fest im Griff hatten, schlief sie nach dem Frühstück sofort wieder ein. Erst als sie am Nachmittag wach wurde, schienen sich die Stahlklammern um ihren Kopf etwas gelockert zu haben. Sie humpelte ins Bad, betrachtete angewidert ihre mittlerweile fettigen, rotblonden Stoppelhaare, zuckte die Schultern und putzte sich die Zähne. Nach einem Schwall kalten Wassers im Gesicht fühlte sie sich schon bedeutend frischer.

Sie hüpfte auf einem Bein zurück ins Wohnzimmer, wo sie die Krücken hatte stehen lassen, und ließ sich wieder auf das dunkelbraune Cordsofa sinken. Als sie den Express aufklappte, war sie sofort hellwach. ‚Wer tötet Kölns Babys' prangte ihr in dicken Lettern entgegen. Entsetzt verfolgte sie den Artikel, der anklagte, die Polizei ließe die Bevölkerung absichtlich im Dunkeln über ihre Ermittlungsergebnisse oder, was noch schlimmer wäre, sie hätte gar keine vorzuweisen. Die Kommentare, die der Autor zwischendurch einfließen ließ, waren Verunglimpfungen der Polizei, die nicht genug unternähme, um den Täter zu fassen, verbunden mit Spekulationen, dass es sich möglicherweise um einen perversen Serientäter handeln könnte. Die Frage nach Missbrauch der Säuglinge wurde gestellt und offen gelassen. Susanne konnte sich nur allzu gut vorstellen, wie es heute in der Pressestelle im Präsidium zugehen würde. Und sie konnte sich auch gut vorstellen, wie es um ihr Team bestellt war.

Sie stemmte sich wieder hoch, griff nach den Krücken und humpelte in den Flur, wo sie das Telefon abgelegt hatte. Noch im Stehen tippte sie die Nummer des Präsidiums ein. Als sich Marie Thalbach meldete, verdrehte Susanne die Augen. Sie hatte die direkte Durchwahl von Jürgen Thiele gewählt, der offenbar nicht an seinem Platz saß. Nach den üblichen Begrüßungsfloskeln kam Susanne gleich zum Punkt. „Die Presse zieht uns das Fell über die Ohren. Ich sitze hier nur rum und langweile mich, deshalb melde ich mich hiermit zurück. Recherche kann ich auch von zu Hause aus betreiben." Susanne musste niesen und schnaubte geräuschvoll in ein Taschentuch.

„Du klingst aber nicht gerade gesund. Kurier' dich doch lieber erstmal aus."

„Blödsinn! Vom Herumliegen geht es mir nur schlechter."

„Du weißt, dass du nicht arbeiten kannst, wenn du krankgeschrieben bist."

„Hätte ich mir denken können, dass du mich nicht dabei haben willst." Susanne drückte die Taste mit dem roten Hörersymbol und pfefferte das Telefon in ein Fach des IKEA-Regals, das im Flur stand. Das Gerät prallte mit Wucht an die Rückwand, schleuderte wieder heraus und zerbarst in mehrere Teile, als es auf den Boden fiel. Susanne stampfte mit der Krücke auf und wusste einen Moment lang nicht, was sie tun sollte.

Genau in diesem Moment klingelte es an der Wohnungstür. „Alles in Ordnung bei dir?"

„Nein! Mein Scheiß-Bein ist gebrochen, ich kann nicht duschen und meine Scheiß-Kollegin mobbt mich." Als sie keine Anstalten machte, die Tür zu öffnen, klingelte Jens noch einmal. Sie humpelte einige Schritte und ließ ihn herein.

„Also duschen ist ja wohl das kleinste Problem." Er drängte sie zur Seite und marschierte in den Wohnbereich. Susannes Ein-Zimmer-Wohnung war mit fünfundvierzig Quadratmetern nicht groß, aber ausreichend für ihre Belange. Die Küchenzeile befand sich am Kopfende ihres Wohnzimmers, und wenn sie beim Fernsehschauen nicht auf ihre Spüle blicken wollte, konnte sie drei Schiebeelemente vor die Kochzeile ziehen. Erst vor wenigen Wochen hatte sie die alten olivfarbenen gegen cremeweiße mit braunem Schnörkelmuster ausgetauscht. Jens angelte aus dem Schrank unter der Spüle eine Rolle Mülltüten hervor. „So, hinsetzen, rechten Fuß hoch." Er zeigte ihr, wie sie ihr Bein mit der Tüte einwickeln konnte, so dass kein Wasser in den Gips fließen würde. „Klebeband hole ich sofort."

Er wollte schon aufspringen, da unterbrach ihn Susanne. „Ich hab's ja kapiert. Klebeband hab' ich selbst." Sie schaute ihn von der Seite an und versuchte ein Lächeln.

Als Susanne frisch geduscht aus dem Bad kam, war gerade die Pizza eingetroffen, die Jens zwischenzeitlich bestellt hatte. Aus seiner Wohnung holte er zwei Flaschen Reissdorf-Kölsch und stellte sie auf die Glasplatte des dunkelbraunen Couchtisches. Jens berichtete von den Fortschritten bei der Renovierung seiner Wohnung und fragte schließlich, was Susanne damit gemeint habe, als sie sagte, sie würde von einer Kollegin gemobbt. Susanne winkte ab, rollte ein Pizza-Achtel zusammen und schob es sich zur Hälfte in den Mund. Als sie gerade den letzten Bissen hinuntergeschluckt und mit dem Bier nachgespült hatte, klingelte es.

Jens öffnete die Tür und kam kurz darauf mit Marie Thalbach zurück. „Besuch", sagte er nur.

„Schön, dass mit unseren Personaldaten so vorsichtig umgegangen wird", Susanne lehnte sich, so entspannt es mit dem Gipsbein ging, auf dem Sofa zurück.

„Dein Telefon ist dauerbesetzt, also bin ich direkt hergekommen. Niemand will dich aus dem Fall raus drängen, und das weißt du auch. Schlüter bekommt einen Riesenärger, wenn er dich beschäftigt, obwohl du krankgeschrieben bist. Und da du mich vorhin nicht hast ausreden lassen, musst du es nun hinnehmen, dass ich dich in deinem Wohnzimmer aufsuche. Ich habe ein Angebot für dich." Marie Thalbach ließ Susanne gar nicht erst zu Wort kommen. Sie bat Jens Eisenwein, sie kurz unter vier Augen miteinander sprechen zu lassen, was dieser damit kommentierte, dass er sowieso Bier-Nachschub holen wollte. Susanne winkte ihm zu, und Jens zwinkerte zurück, bevor er verschwand.

Marie Thalbach fasste die Fakten zusammen und kam schließlich auf die beiden Blüten zu sprechen, die sie in der Nähe der Gräber gefunden hatte. Ihr Vorschlag an Susanne sah vor, dass die Kollegin von zu Hause aus über diese Blumen recherchieren solle, ohne dass dies an die große Glocke gehängt würde. Es ging ihr um Bedeutung, Herkunft, Blütezeit, einfach alles, was es rund um diese Pflanzen in Erfahrung zu bringen gab. Susanne sollte ihre Ergebnisse direkt an Marie übermitteln.

Susanne schwieg. Umständlich fischte sie ein Taschentuch aus ihrer Hosentasche, schnaubte sich die Nase und stopfte das Papiertuch wieder zurück. Sie sah Marie aus zusammen gekniffenen Augen an und nickte. „Okay. Ich mache das."

Marie wäre lieber direkt nach Hause gefahren, ihr Arbeitstag war lang genug gewesen. Aber sie erkannte, dass Susanne ihr mit ihrer Einladung zu einem gemeinsamen Kölsch entgegen kommen wollte. Letztlich war das Aufeinander-Zugehen auch ihr Antrieb gewesen, überhaupt bei Susanne aufzutauchen. Ihre versteckten Anfeindungen mussten ein Ende finden. Zudem empfand sie Jens Eisenwein, der mit sechs Flaschen Reissdorf-Kölsch zurückgekehrt war, als einen angenehmen Gesprächspartner, der es verstand, die angespannte Stimmung aufzulockern.

Nach und nach schienen die beiden Frauen aufzutauen. Marie erzählte von ihrer Zeit in Augsburg, als plötzlich ein schriller Piepston erklang. Jens sprang sofort auf und zog sein Mobiltelefon aus der hinteren Hosentasche. Er betätigte die Tastatur und schien dann eine Nachricht zu lesen. Seine Augen verengten sich, er atmete hörbar ein und wieder aus. Dann knallte er das Handy mit der Vorderseite nach unten neben sich auf die Couch. Susanne fixierte ihn, sagte aber nichts. Jens trommelte stumm mit der rechten Hand auf seinem Oberschenkel herum. Marie warf einen Blick auf ihre Armbanduhr, es war kurz nach neun. Sie rutschte auf dem knallgrünen Sitzsack hin und her und fuhr sich durch die Haare. Sie wollte so schnell wie möglich nach

Hause. Als Jens ein Stöhnen entfuhr, brach Susanne das Schweigen. „Schlechte Nachrichten?"

Jens ballte eine Hand zur Faust und schürzte die Lippen. „Doch, das kann man so sagen. Meine Schwester macht gerade den größten Fehler ihres Lebens." Die beiden Frauen sahen ihn erwartungsvoll an. Er zögerte, dann erzählte er von seiner jüngeren Schwester, die gerade fünfundzwanzig Jahre alt geworden war und ungewollt schwanger sei. Sie wolle das Kind nicht und hadere mit ihrem Schicksal. Jens hätte immer wieder versucht, sie umzustimmen und ihr Mut für die Zukunft zu machen. Neuerdings trüge sie sich mit dem Gedanken das Kind zur Adoption freizugeben. „So eine blödsinnige Idee." Er rutschte auf die Sofakante. „Ein Kind gehört zu seiner Mutter, und es ist ihre verdammte Aufgabe, damit zurechtzukommen. Schließlich ist sie ja nicht von ungefähr schwanger geworden." Er schüttelte den Kopf und nahm einen langen Schluck aus der Reissdorf-Flasche.

„Es gibt im Leben aber Situationen, in denen man Entscheidungen treffen muss, die vielleicht nicht so populär sind. Wenn deine Schwester schon seit Beginn der Schwangerschaft sicher ist, nicht Mutter sein zu wollen, ist es doch für das Kind besser, in einer Familie aufzuwachsen, in der ein Baby willkommen ist." Maries Stimme klang ungewohnt eindringlich.

„Das ist nicht dein Ernst! Wie wohl fühlt sich denn ein Kind, wenn es später erfährt, dass es adoptiert worden ist?" Jens blickte sie mit zusammengezogenen Augenbrauen finster an.

„Und wie wohl fühlt es sich, wenn es immer wieder spürt, dass die eigene Mutter ihm nicht gerecht werden kann, sich vielleicht sogar überfordert fühlt?"

„Meinungen ändern sich aber auch. Wenn die Adoption erst einmal durch ist, gibt es kein Zurück. Außerdem werden ihre Muttergefühle schon erwachen, wenn sie das Baby in den Armen hält.“

„Das ist mal wieder typisch Mann!“ Marie schlug mit der flachen Hand auf den Sofatisch. „Als ob alle Frauen schicksalhaft Mutter sein wollen. Deine Schwester ist noch so jung, vielleicht möchte sie zuerst Karriere machen?“

„Was gibt es denn Wichtigeres, als für seine Familie da zu sein?“ Jens schüttelte verständnislos den Kopf.

„Und wieso mischst du dich überhaupt ein? Sie ist alt genug, zu entscheiden, was sie will. Und ihre Entscheidung geht nur sie etwas an“, brauste Marie auf.

„Das sehe ich ganz und gar nicht so! Und außerdem ist es immerhin meine Nichte, um die es geht. Also geht es mich verflucht noch mal etwas an!“

„Aber es ist allein ihre Entscheidung!“ Marie sprang auf und wickelte ihren Schal um den Hals.

Susanne war dem verbalen Schlagabtausch stumm gefolgt und verstand nicht so recht, wie sich die Stimmung derart aufschaukeln konnte.

„Es ist spät geworden“, sagte Marie, ohne Jens eines weiteren Blickes zu würdigen. „Ich mache mich dann mal auf den Nachhauseweg.“ Sie nickte Susanne zu und setzte nach, dass sie allein hinausfinden würde.

„Was war das denn?“, fragte Susanne, als die Wohnungstür ins Schloss gefallen war.

Jens schüttelte den Kopf. „Die Haltung deiner Kollegin ist mir unverständlich. Ich bin sicher, meine Schwester trifft die falsche Entscheidung. Und ich werde alles daran setzen, sie umzustimmen.“

Susanne fragte sich, wie er das machen wollte. Mehr Möglichkeiten, als mit seiner Schwester zu reden, hatte er nicht. Marie hatte schon recht, es war allein deren Entscheidung.

Im Getriebe knirschte es, als Marie den Schaltknüppel in die vorgesehene Aussparung drosch. Was für ein blöder Idiot, dachte sie. Mehr als Pauschalurteile konnten die Leute nicht abgeben.

„Wieso hat sie das getan? Wieso wollte sie mich nicht?" Mit einem Ruck fuhr Marie aus dem Schlaf. Ihr übergroßes, weißes Männer-T-Shirt mit dem Aufdruck der Washington University war durchnässt, eine Ponysträhne klebte auf ihrer Stirn. Sie tastete mit der rechten Hand nach dem Schalter der Tiffany-Lampe. Ein heller Lichtkreis tauchte den Nachttisch in warmes Licht. Sie strich sich die Haare aus dem Gesicht und zupfte an ihrem T-Shirt. Neben dem Bett stand eine Wasserflasche, die sie wie eine Verdurstende ansetzte. Die Bilder aus ihrem Traum verflüchtigten sich nur langsam. Ein kleiner Kopf mit großen Augen hatte sie im Traum angestarrt. Sie wusste, zu wem die Augen gehörten. Sie hatte das Gesicht schon einmal gesehen. Neulich erst. Es war der erste Säugling gewesen, den sie auf dem Melatenfriedhof gefunden hatten. Im Traum hatte das Baby sie mit großen Augen aus seiner dreckigen Decke heraus angesehen, hatte seine schmächtigen Ärmchen nach ihr ausgestreckt und sie mit seiner dünnen Stimme angesprochen. Immer wieder, immer lauter.

Marie massierte sich mit allen zehn Fingern den Kopf. Die Berührung half, sie zurück ins Hier und Jetzt zu bringen. Vor ihrem geistigen Auge sah sie sich auf dem Friedhof stehen und auf das Bündel hinab sehen. Sie nahm einen weiteren Schluck aus der Wasserflasche. Alle Müdigkeit war verflogen, sie war hellwach. Sie stand auf, zog ein frisches T-Shirt aus dem Schrank und tauschte es gegen das durchgeschwitzte. Die hellgrüne LCD-Anzeige des Radioweckers zeigte drei Uhr vierundzwanzig an. Viel zu früh zum Aufstehen. Dennoch öffnete sie die Schlafzimmertür und lief barfuß hinüber ins Badezimmer. Drei grelle Halogenstrahler, die quer über der Decke angeordnet waren, flammten auf. Marie kniff die Augen reflexartig zusammen. Elena. Plötzlich war der Name da. Platzte einfach in ihre Gedanken. Marie stützte die Hände auf den Rand des Waschbeckens, ließ das Kinn auf die Brust sinken und presste die Lider zusammen. Zählte lautlos bis zehn. Dann hob sie den Kopf, öffnete die Augen und drehte den Wasserhahn auf. Kaltes Wasser floss in das Becken, Marie hielt die Innenseite ihres rechten Handgelenkes unter den Strahl, genoss kurz die eisige Kälte, die sich sofort den Arm hinauf verteilte. Sie formte aus beiden Händen eine Schale, ließ Wasser hinein laufen und legte ihr Gesicht in die geöffneten Handflächen.

Fünf

Zwiebelblüte (bot. Allium cepa):
Du bist falsch.

Oberkommissarin Marie Thalbach sah aus, als hätte sie die Nacht durchgefeiert. Dunkle Ränder unter den sonst so strahlenden blauen Augen, ein verkniffener Zug um den Mund herum. Sie hielt den Telefonhörer zwischen Schulter und Ohr geklemmt und vernahm erneut das Besetzt-Zeichen.

Kommissar Jürgen Thiele trat an Maries Schreibtisch und hielt ihr eine dampfende Tasse hin. „Kaffee!", freute sie sich, verzog aber sofort das Gesicht, als sie roch, dass es sich um Kamillentee handelte. „Ich bin nicht krank.“ Marie schob die Tasse mit dem Aufdruck der Polizeigewerkschaft an den Rand des Tisches.

„Deine Körpersprache sagt was anderes“, befand Thiele und zog die Tasse am Henkel wieder zurück. Er holte sich einen Stuhl heran und beugte sich Marie entgegen, wie jemand, der ein Geheimnis teilen wollte. Marie beobachtete sein Gebaren und wollte schon unwirsch reagieren, als er zu flüstern begann. „Ich bin gestern auf dem Nachhauseweg dort vorbei gefahren. Obwohl ich eigentlich gar nicht wollte.“

Marie zog die Stirn in Falten. „Wo?“

„Bei Radio Köln am Mediapark.“

„Der Mediapark liegt aber nicht direkt auf deinem Heimweg“, brachte Marie hervor. Dann schaltete sie. „Doch nicht etwa wegen Dana Seiler?“

Beschwichtigend legte Jürgen einen Zeigefinger an den Mund. „Nicht so laut.“

„Herrgott Jürgen, denk nicht mit der Hose, sondern schalte dein Gehirn ein! Das ist es doch genau, was diese Seiler will. Was findest du nur an der?“

Jürgen zuckte mit den Schultern, legte den Kopf schief und schaute sie von unten herauf an. Normalerweise hätte Marie über diesen Hundeblick gelacht. Aber heute war ihr nicht danach. „Mensch Jürgen! Ich dachte du und Katja . . .“ Sie deutete mit den Augen in Richtung der Kollegin, die im hinteren Teil des Großraumbüros vor ihrem Rechner saß. „Was willst du denn mit einer, die es nur darauf anlegt, dich in ihre Sammlung aufzunehmen? Übrigens, Dana Seiler ist eine Hauptverdächtige.“

„Deshalb war ich ja auch da. Ich wollte nur ein paar Informationen. Du kannst dich also wieder abregen. Heute Abend gehe ich mit Katja ins Kino. Also alles gut.“

Auf dem Weg zu seinem Schreibtisch streifte Jürgen wie unabsichtlich Katjas Schulter. Marie beobachtete, dass die zierliche, blonde Kollegin ihm hinterher sah und errötete. Abwesend griff Marie nach der Tasse und verzog das Gesicht, als sie Kamillentee schmeckte.

Der Erste Kriminalhauptkommissar Hans-Joachim Schlüter eröffnete die Teambesprechung, die an diesem Samstagmorgen später begann als sonst, mit einem flüchtigen Morgen-Gruß. In diesem Fall war Wochenenddienst angeordnet worden, und inzwischen war sein Team vollzählig eingetroffen. Schlüter sah schlecht aus. Seine Haut glänzte fahl, er wirkte kränklich. Die Weste, die sonst leicht über dem Bauchansatz spannte, saß heute nicht richtig. Er schien keine Ruhe in sich zu finden, sondern trat nervös von einem Bein auf das andere. „Gibt es Neuigkeiten zum Klostermord, und wie weit sind wir mit der Identifizierung der Leichen?“, fragte er in den Raum.

Marie konnte nur berichten, dass der Besuch bei Annkathrin Leibowitz keine hilfreichen Erkenntnisse gebracht hatte und sie auch sonst keine Fortschritte vermelden konnten.

Die Besprechung dauerte nicht lange, und Schlüter zog sich wieder in sein Büro zurück. Er seufzte und legte den Kopf in die Hände. Bisher hatte er immer noch keine Nachricht von Dr. Spangenberg erhalten, und das Warten zermürbte ihn. Aber er wusste auch, dass es die einzige Möglichkeit war, Klarheit zu erlangen, ob das tote Neugeborene Lisas Baby sein könnte. In diesem Moment klingelte das Telefon. Hastig nahm er das Gespräch entgegen.

„Entwarnung“, hörte er die Stimme seines Freundes aus der Rechtsmedizin. „Das Gewebe, das wir von der Haarwurzel extrahieren konnten, stimmt in seiner Struktur nicht mit den Gewebe-Proben überein, die wir den beiden Säuglingsleichen entnommen haben.“

Schlüter atmete auf. Der Ansatz eines Lächelns huschte über sein Gesicht. „Du hast was gut bei mir“, bedankte er sich bei dem Rechtsmediziner und legte den Hörer zufrieden zur Seite. Dennoch hielt das Gefühl der Erleichterung nicht lange an. Er war weiterhin in Sorge um Magdalena und Lisa. Die Mädchen hatten noch immer kein Lebenszeichen von sich gegeben.

Auch Marie Thalbachs Telefon klingelte. Es war ihre kranke Kollegin Susanne Drewitz, die ihr erste Informationen zu den am Fundort aufgelesenen Blüten geben wollte. Sie verabredeten, dass Marie zu ihr nach Hause käme und sie alles persönlich besprechen könnten.

„Die Margerite, die du auf dem Melatenfriedhof gefunden hast, wurde höchstwahrscheinlich ganz bewusst dort abgelegt“, platzte es aus Susanne heraus, kaum, dass Marie auf dem Sofa Platz genommen hatte. „Sie gehört zwar zu den typischen Wiesenblumen, ihre Blütezeit liegt jedoch zwischen Mai und Oktober. Sie kann also nicht dorthin geweht worden sein. Auch in den sonst üblichen Friedhofs-Sträußen oder -Kränzen kommen keine Margeriten vor.“ Susannes Stimme klang fast ein bisschen aufgeregt.

Marie beugte sich gespannt vor, um zu hören, was die Kollegin herausgefunden hatte. Sie saßen sich gegenüber, Susanne hatte das eingegipste Bein ausgestreckt auf den Sitzsack gelegt. Sie trug eine dunkelblaue Trainingshose, die sich an der Seite knöpfen ließ. Auf ihr verwaschenes, graues T-Shirt waren die Tourdaten des Jahres 2002 der Band ‚Coldplay' gedruckt. Vor lauter Eifer hatte sie Marie nichts zu trinken angeboten, und Marie hatte auch nicht nachgefragt.

„Ich habe eine Menge interessante Infos gefunden“, fuhr Susanne fort. Im 18. Jahrhundert sei die Blumensprache sehr in Mode gewesen, und fast jeder hätte die Bedeutung der einzelnen Blumen gekannt. Heute sei dieses Wissen weitgehend in Vergessenheit geraten. „Die Margerite mit ihren feinen, weißen Blütenblättern und dem goldgelben Blütenkopf steht für Natürlichkeit, für das Gute im Menschen, das noch nicht durch das Leben verfälscht wurde. Für das Reine." Susanne hatte den Text von einem Zettel abgelesen und erklärte nun, dass sie diese Informationen auch von einer Blumenhändlerin erhalten habe, deren Steckenpferd es sei, Blumensträuße zu binden, die eine Bedeutung haben und eine bestimmte Aussage treffen sollten.

„Das ist doch auch die Blume, bei der man anhand der vorhandenen Blütenblätter abzählen kann, ob der Auserwählte einen liebt oder nicht, oder?"

Susanne nickte. „Es gibt sogar auch eine religiöse Bewandtnis. Wenn man den lateinischen Namen übersetzt, wurde die Pflanze mit einer Perle und damit zugleich mit Tränen, aber auch mit vergossenen Blutstropfen verglichen. In christlichen Bildern aus dem Mittelalter weist sie häufig auf Christus sowie Tod und Leiden der Märtyrer hin."

„Und was hast du zu der anderen Blume herausgefunden?"

„Das Gänseblümchen war ursprünglich der germanischen Muttergöttin Frija geweiht", dozierte Susanne mit erhobenem Zeigefinger. „Und jetzt kommt die erste Parallele: In der mittelalterlichen Kunst wird es häufig gemeinsam mit der Jungfrau Maria gezeigt. Es symbolisiert das ewige Leben und die Erlösung, aber auch, wie die Margerite, Tränen und Blutstropfen."

„Sieht so aus, als hätten die Begräbnisse einen religiösen Hintergrund." Marie lehnte sich zurück und schlug die Beine übereinander.

Unvermittelt klingelte ihr Mobiltelefon. Sie fischte in der Tasche nach ihrem Handy, und als sie die Nummer ihrer Kollegin Katja erkannte, stellte sie die Lautsprecherfunktion ein.

Katja Fehrenbach fasste für sie die Ergebnisse ihrer Recherche zusammen. Die Kugler-Wolldecken, in die beide Säuglinge gewickelt waren, seien ein Eigenprodukt des Textilwarenunternehmens NKD, das von 1995 bis 2005 in allen deutschen Filialen verkauft worden sei, bevor es aus dem Sortiment genommen worden war.

Marie gab einen undefinierbaren Laut von sich. „Das hilft uns nicht weiter. Die Decken können demnach überall gekauft worden sein."

„Ein Billigprodukt", stellte Susanne fest, und Marie nickte. „Daraus können wir nur herleiten, dass die Täterin diese Decken entweder absichtlich so günstig erstanden hat oder dass dies ihren Lebensstandard widerspiegelt." Sie bedankte sich bei Katja und beendete das Gespräch.

„Was ich dich fragen wollte", druckste Susanne. „Wieso bist du neulich eigentlich so sauer geworden? Ich fand Jens' Ansichten auch ziemlich engstirnig, aber ich hatte fast das Gefühl, dass du die Sache persönlich nimmst."

Marie schluckte und schaute einige Zentimeter an Susanne vorbei auf die Wand. „Das hast du falsch gedeutet. Ich war müde, und er kreiste immer nur um dieselbe Sichtweise. Kann sein, dass mich das ein bisschen genervt hat." Sie strich eine Locke, die sich aus der Haarspange gelöst hatte, hinters Ohr. Dabei griff sie nach dem Mantel, der über der Lehne lag, schob ihr kleines Notizbuch in die geräumige Manteltasche und erhob sich. Sie erklärte Susanne, dass sie nun aufbrechen müsse und mit einem Kollegen das jüngere Mädchen aus dem Kloster befragen wollte. Sie wünschte weiterhin gute Besserung und versprach, Susanne über die Ermittlungen auf dem Laufenden zu halten.

Jürgen Thiele saß an seinem Platz im Büro und beendete soeben ein Telefongespräch. Die Sekretärin der Roten Funken hatte bestritten, etwas über einen Termin mit einer Radiomoderatorin zu wissen. Innerlich hatte Jürgen Thiele an dieser Stelle schon ein lautes „Ha!" anstimmen wollen, als sie hinzugefügt hatte, dass sie nur vormittags von Montag bis Mittwoch arbeitete und eine Kollegin am Freitagmorgen. Donnerstags sei das Büro nicht besetzt. Zudem würden Führungen durch das denkmalgeschützte Gebäude oder spezielle Vorträge zur Historie der Roten Funken vom Schatzmeister persönlich vereinbart und durchgeführt. Am besten sei der Schatzmeister Friedhelm Bosbach am frühen Samstagnachmittag direkt in der Ülepooz anzutreffen.

Thiele beschloss, den Roten Funken einen persönlichen Besuch abzustatten.

Adrian Franzen parkte den Dienstwagen, einen silberfarbenen Ford Mondeo Turnier, auf dem Parkplatz an der Ulrichgasse. Gemeinsam mit Jürgen Thiele lief er die wenigen Schritte hinüber zum Haupteingang der Ulrepforte. Auf dem zweiflügeligen, halbrunden Holztor prangte das Logo der Roten Funken – ein goldener Kreis, auf dem der typische Helm mit weißer Lockenperücke darunter sowie das Stadtwappen abgebildet waren. Rundherum verlief der Schriftzug *Kölsche Funke rut-wieß vun 1823*.

Franzen drückte auf den Klingelknopf. Nichts rührte sich. Jürgen Thiele trat einen Schritt nach vorn und betätigte selbst die Klingel. Aber erst nach dem dritten Läuten ließen sich Schritte vernehmen. Ein älterer Herr mit stattlichem Bauchumfang in einer dunkelgrauen Strickjacke öffnete schließlich die Tür. Thiele stellte seinen Kollegen und sich vor und fragte, ob sie Friedhelm Bosbach vor sich hätten. Der Weißhaarige, über dessen rosigen Wangen flinke Augen hin und her huschten, nickte freundlich. Nachdem Jürgen Thiele den Grund ihres Besuchs erläutert hatte, bat Friedhelm Bosbach die beiden Beamten in einen offenen Gewölberaum, von dem aus etliche weitere Räumlichkeiten abzweigten.

„Vor zwei Tagen, sagen Sie? Da war ich nicht hier."

Thiele und Franzen wechselten einen Blick. Der Schatzmeister wandte sich ab und ging auf eine Tür zu. Die beiden Beamten folgten ihm. Nachdem er die Tür mit einem Keil befestigt hatte, so dass sie nicht wieder ins Schloss fallen konnte, richtete er sich ächzend auf und verschwand in dem dahinter liegenden Gang. Thiele zuckte die Schultern und lief ihm hinterher.

Der kurze Gang öffnete sich in ein rundes Zimmer, in dem sich zwei vollgepackte Schreibtische gegenüber standen. Auf der Theke, die das nur etwa neun Quadratmeter große Büro zum Eingang hin abgrenzte, lagen Prospekte aus. Rechts führte eine Wendeltreppe nach oben. Friedhelm Bosbach wühlte auf dem vorderen Schreibtisch herum und förderte schließlich unter einem Stapel Papier einen Taschenkalender im DIN-A5-Format hervor. Er öffnete das Büchlein an der Stelle, an der ein rotes Lesebändchen eingelegt war, blätterte zwei Seiten zurück und hob dann den Kopf. „Nein, Donnerstag hatte ich keinen Termin hier in der Ülepooz. Wie ich schon sagte. Und eine Dana Seiler kenne ich auch nicht." Er klappte den Kalender wieder zu und legte ihn zurück in das Chaos auf dem Tisch.

„Okay", Thiele nickte. „Das war auch schon alles. Vielen Dank, Herr Bosbach." Die beiden Kommissare verabschiedeten sich von dem etwas verdutzt drein schauenden Schatzmeister.

„Hab' ich's mir doch gedacht", triumphierte Thiele, als sie durch den leichten Nieselregen zurück zum Wagen gingen. „Das vermeintliche Alibi hat sie sich aus dem Ärmel geschüttelt. Die war aus einem ganz anderen Grund nochmal am Kloster!"

Franzen runzelte die Stirn. „Es zeugt aber nicht von besonders großer Intelligenz, einen Termin mit einer Person vorzuschützen, die das dann nicht bestätigt. Hätte ihr doch klar sein müssen, dass so ein Alibi überprüft wird und sofort platzt."

„Wahrscheinlich hat sie nicht damit gerechnet, von mir gesehen zu werden. Und auf meine direkte Frage hin hatte sie keine Zeit, sich etwas anderes auszudenken. Ihre Masche mit der Suche nach geeigneten Orten für ihre Sendung hat ja beim ersten Mal auch funktioniert."

Franzen brummte einen Laut der Zustimmung und startete den Wagen.

Von unterwegs informierte Jürgen Thiele Marie telefonisch über das Ergebnis des Treffens in der Ulrepforte. Er wäre am liebsten sofort zu Dana Seiler gefahren und hätte sie mit dem geplatzten Alibi konfrontiert.

„Das ist allerdings merkwürdig", bemerkte Marie. „Es muss ihr doch klar gewesen sein, dass wir ihre Angaben überprüfen. Am besten fahrt ihr gleich mal bei ihr vorbei und befragt sie dazu. Aber denk dran - es geht nur um ihren Termin in der Ulrepforte. Wir haben keinerlei Hinweise, dass sie im Klostergarten gewesen ist."

Thiele gab einen Laut des Unmuts von sich. Er war sicher, dass er Dana Seiler bei einer erneuten Befragung derart in die Ecke drängen könnte, dass sie ein Geständnis ablegte. Aber er wusste auch, dass sie mehr Indizien brauchten. Er unterdrückte seinen Missmut und konzentrierte sich wieder auf Marie, die längst weitergesprochen hatte und gerade einen kurzen Überblick über das Ergebnis der Blumenrecherche gab. Dass Susanne die Informationen beigesteuert hatte, ließ sie aus. Sie beendete das Gespräch mit dem Hinweis, dass sie sich nun auf den Weg zu Theresa Hausmann machte.

„Dann schauen wir mal nach, ob Dana Seiler zu Hause ist.“ Thiele nannte seinem Kollegen die Adresse und schaute mit zusammengepressten Lippen aus dem Fenster, während Adrian Franzen auf die Severinsbrücke auffuhr.

Dana Seiler meldete sich über die Sprechanlage, und kurz darauf standen ihr die beiden Kommissare gegenüber. Die Moderatorin lehnte entspannt an der Theke ihrer offenen Küche. Sie trug einen langen, hellgrauen Strickpullover mit U-Boot-Ausschnitt über einer dunkelgrauen Leggings. Ihre Füße steckten in flachen Hausballerinas. An ihren Ohren baumelten große, silberne Creolen.

„Frau Seiler, Herr Bosbach von den Roten Funken hat ihren Termin am Donnerstag nicht bestätigt. Weshalb waren Sie also wirklich am Kloster?“

„Reicht es, wenn ich Ihnen den Raum in der Ulrepforte genau beschreibe, in dem ich mich aufgehalten habe?“, fragte sie gelassen.

Thiele schüttelte den Kopf.

„Ich kann Ihnen keine andere Erklärung liefern.“

Die beiden Kommissare wechselten einen Blick.

„Es ist, wie ich sagte. Ich hatte einen Termin in der Ulrepforte. Wenn Herr Bosbach das nicht bestätigt, wird er seine Gründe haben.“

Das Haus mit der Nummer zwanzig war ein von außen schmuckloser, zweigeschossiger Bau aus den 50er Jahren. Die verwitterte Fassade war ursprünglich einmal weiß gewesen, nun zogen sich etliche dunkle Risse und grünliche Flechten über die Wetterseite des Hauses. Dennoch verschafften die Pflanzkästen voller gelber Narzissen vor den Fenstern im Erdgeschoss dem

Gebäude ein freundliches und einladendes Aussehen. Pastoralbüro Brauweiler stand in schlichter Schrift über der Klingel, darunter der Name des Pfarrers der Gemeinde, Lambert Hausmann.

Die Tür war nur angelehnt, und Marie stieß sie mit einer Hand auf, während sie gleichzeitig ein »Hallo?« in den Flur hineinrief. Als sie keine Antwort erhielt und sich auch sonst nichts im Hause regte, schob sie die Tür vollends auf und bedeutete ihrem Kollegen, ihr zu folgen. Auf ihre erneute Frage, ob jemand zu Hause sei, antwortete eine männliche Stimme, die aus dem Zimmer am Ende des Flures zu kommen schien.

Dort saß Lambert Hausmann ihnen kurz darauf hinter einem schlichten Schreibtisch aus Kiefernholz gegenüber. Er blickte Marie und Sven Bruns abwechselnd über den Rand seiner golden eingefassten Brille hinweg an und war ausgesprochen gesprächig. Seine Nichte habe sich im Kloster aufgehalten, weil sie sich sehr für das Leben dort interessiere. Sie überlege sogar, selbst dort zu leben, weil ihr die Welt außerhalb der Klostermauern zu schlecht schien.

„Meine Schwester fand einfach keinen Zugang mehr zu ihr und dachte, es sei eine gute Idee, sie hier bei mir im Pfarrhaus unterzubringen. Gerade auch, weil Theresa sich sehr für das kirchliche Leben interessiert. Sie ist ein liebes Mädchen, aber nicht einfach." Er seufzte und ließ seinen Blick einen Moment auf Marie ruhen. „Seit einem halben Jahr weigert sie sich, in die Schule zu gehen. Aus diesem Grund war ich über ihren Aufenthalt im Kloster auch recht froh." Er schob die Brille auf die Nasenwurzel. Über seine hohen Wangenknochen spannte sich rot geäderte Haut. „Sie wundern sich, warum ich so viel erzähle. Aber ich denke, es wird Ihnen helfen, das Mädchen zu verstehen, wenn Sie sie gleich kennen lernen." Pfarrer Lambert Hausmann vergewisserte sich, dass die Kommissare keine Fragen mehr an ihn hätten, dann erhob er sich aus seinem hohen ledernen Schreibtischsessel. Seine schmalen Lippen lächelten, als er auf die Sitzgruppe aus grünem Velours wies. „Bitte setzen Sie sich doch, ich hole Theresa." Im Stehen überragte er selbst Sven Bruns, der einen Kopf größer war als Marie.

Mit verschränkten Armen setzte sich Theresa auf die Armlehne des grünen Sessels. Über ihren recht stämmigen Beinen trug sie eine Wollstrumpfhose, ihre Füße steckten in Filzpantoffeln.

„Sie sitzt wie auf dem Sprung", dachte Marie.

Um den Hals des Mädchens baumelte ein daumengroßes Holzkreuz mit Jesus-Figur. Aus der Tasche ihres schwarzen Kapuzen-Sweatshirts, das mindestens zwei Nummern zu groß schien, hing das Ende eines Rosenkranzes. Dazu trug sie einen wadenlangen, weiten Jeansrock. Ihre langen Haare waren zu einem Zopf zusammengebunden, den ein einfaches Gummiband hielt. Die Augen in dem blassen und ungeschminkten Gesicht blickten die Besucher trotzig an.

„Theresa, wir haben einige Fragen zu deinem Aufenthalt im Kloster."

Marie hatte sich entschieden, das Mädchen nicht mit ‚Frau Hausmann' anzusprechen. Das schien ihr eine zu große Distanz zu schaffen. Wie bei Annkathrin Leibowitz stellte sie auch hier die Frage nach dem Schlüssel zum Klostergarten.

„Da war kein Schlüssel. Die Tür war immer auf."

Nach einem auffordernden Blick ihres Onkels bestätigte Theresa, sich jeden Tag mehrere Stunden im Garten aufgehalten zu haben. Auch in der Klosterkirche hätte sie ähnlich viel Zeit verbracht. Theresa blickte zu Boden, und ihre zu langen Ponyfransen fielen ihr über die Augen.

„Sag mal, Theresa, kann es sein, dass du in der letzten Zeit abgenommen hast?", fragte Marie mit gedämpfter Stimme.

Theresa blieb die Antwort auf die Frage der Kommissarin schuldig. Pfarrer Hausmann berichtete, dass seine Haushälterin gemeinsam mit Theresa einen Diätplan ausgearbeitet habe, der nun auch Erfolge zeige.

Sven Bruns machte seine Kollegin auf eine Frau mit olivfarbenem Kopftuch und Latzhose über einem blaukarierten Flanellhemd aufmerksam, die gerade mit einer Schubkarre an der offenen Terrassentür vorbei ging.

„Ist das die Haushälterin?", wollte Marie wissen.

Lambert Hausmann verneinte. „Das ist eine junge Frau, die uns mit dem Garten hilft. Sie hat es nicht leicht, deshalb haben wir ihr diesen Job angeboten."

Schließlich verabschiedeten sich Marie und Bruns. Und als Theresa sich erhob, fiel ihr die Perlenkette aus der Sweatshirt-Tasche. Bruns bückte sich, um Theresa die Kette zu reichen. Am unteren Ende der Kettenglieder baumelte ein Schlüssel.

Obwohl ihr Auto am Straßenrand geparkt war, betrat Marie den gepflasterten Weg, der zum Garten hinter dem Haus zu führen schien. Hohe Tannen boten einen Sichtschutz zum Nachbargrundstück. Während Sven Bruns schon zum Wagen ging, folgte Marie dem Pfad. Und dann entdeckte sie auch schon, wonach sie gesucht hatte. In einer mit bunten Mosaiksteinen besetzten Schale von vielleicht einem Meter Durchmesser blühten einige Märzveilchen, umgeben von einem Meer von Zucht-Gänseblümchen.

Auf ihr erneutes Klingeln hin reagierte der Pfarrer überrascht. Fragend blickte er zwischen den beiden Beamten hin und her, nicht ohne dabei sein freundliches Lächeln zu vergessen.

„Wir haben doch noch eine Frage, Pfarrer Hausmann.

Interessiert sich Theresa für Pflanzen? Hilft sie zum Beispiel bei der Gartenarbeit?"

„Ich verstehe nicht?"

„Es geht nur darum, Ihre Nichte besser kennen zu lernen", schob Marie lahm hinterher.

Der Pfarrer nickte und erklärte, dass sich Theresa ausgesprochen gerne im Garten aufhielte und sogar einen eigenen kleinen Teil habe, den sie selbst versorge. „Nicht einmal Frau Breuer darf etwas an Theresas Beeten anrühren, obwohl sie wirklich ein Händchen für Pflanzen hat."

„Frau Breuer ist die Gärtnerin, die wir vorhin gesehen haben?", hakte Marie nach.

Lambert Hausmann nickte und erklärte, dass Theresa ihren Kummer und ihre Nöte, die jeder Teenager mit sich herumtrage, draußen in der Natur bei ihren Pflanzen loswerde. „Sie redet mit den Blumen und Stauden, als wären es ihre Freunde. Manches Mal habe ich mich schon gefragt, ob ich mir Sorgen machen müsste. Aber solange sie überhaupt spricht, ist alles besser, als wenn sie sich vor der Welt vollends verschließt. Immerhin sind auch Pflanzen Geschöpfe Gottes."

Marie Thalbach und Sven Bruns erfuhren, dass Theresa auch floristisch sehr bewandert sei und schon öfter bei der Kirchendekoration mit geholfen habe.

„Ich denke, wir müssen noch einmal kurz mit Theresa sprechen", bat Marie.

„Wegen der Pflanzen?" Verwundert trat Lambert Hausmann einen Schritt zurück, um die beiden Beamten wieder ins Haus zu bitten. Sie folgten dem Pfarrer die knarrende Holztreppe hinauf ins obere Stockwerk. Dieser blickte sich um, als ob er überlege, dass sie doch lieber unten im Arbeitszimmer auf Theresa warten sollten.

Der Treppenabsatz war mit einem dünnen, olivgesprenkelten Teppich ausgelegt, die Wände mit einer farblich darauf abgestimmten Tapete beklebt. Drei alte Holztüren gingen vom oberen Flur ab. Pfarrer Hausmann blieb vor der ersten stehen. Sie war verschlossen. Marie Thalbach klopfte, öffnete die Tür jedoch ohne abzuwarten und blieb im Türrahmen stehen.

Theresa saß im Schneidersitz auf dem Boden vor ihrem Bett, das mit einer dunkelgrünen Tagesdecke bezogen war. Trotz seiner Weite spannte der Rock über ihren kräftigen Oberschenkeln. Eine Marienikone schmückte die Stirnseite der Schlafstatt. Auf dem Nachttisch, den ein gehäkeltes, weißes Deckchen krönte, lag eine aufgeschlagene Bibel. Obwohl es draußen noch hell war, hatte das Mädchen die langen Stoffgardinen mit dem hellen Blumendekor zugezogen. Einzige Lichtquelle waren dicke Stumpenkerzen in einem fünfarmigen, silbernen Leuchter.

Marie suchte Blickkontakt zu Theresa, aber diese hielt den Kopf gesenkt und konzentrierte sich auf eine Art Stein in ihren Händen. Der Pfarrer wollte etwas sagen, aber Sven Bruns hielt ihn zurück.

„Theresa, du hast uns gar nicht erzählt, dass du dich so gerne mit Pflanzen beschäftigst?“, versuchte es Marie.

„Warum sollte ich Ihnen das auch erzählen? Sie haben nicht danach gefragt.“

Marie fragte, ob sie eintreten dürfe. Theresa nickte mit gesenktem Kopf. Der Raum war nicht besonders groß, und Marie setzte sich auf den Stuhl, der knapp zwei Meter von Theresa entfernt vor einem ordentlich aufgeräumten Schreibtisch stand. Bruns und der Pfarrer blieben im Flur zurück. „Welche ist denn deine Lieblingsblume?“

„Lavendel“, kam es ohne Zögern. „Maria salbte Jesus damit die Füße und das Haupt. Es ist eine heilige Pflanze.“

„Die Religion ist dir sehr wichtig, nicht wahr?“

„Was bleibt dem Menschen, wenn er den Glauben verliert?“, sagte Theresa ohne aufzublicken.

„Deshalb warst du im Kloster bei den Nonnen, um zu prüfen, ob das dein Lebensinhalt sein könnte.“

„Ich werde mein Leben in Seinen Dienst stellen. Das wusste ich schon immer.“

„Und für dieses Ziel bist du bereit zu kämpfen?“

Endlich hob das Mädchen den Kopf. Sie musste zu Marie aufblicken, aber das schien sie nicht zu stören. „Ich bin volljährig, ich kann tun, was ich will. Und es ist mir egal, ob Sie das nachvollziehen können.“ Ihre Finger streichelten wieder über den Gegenstand in ihren Händen. Jetzt sah Marie, dass es sich um einen Handschmeichler handelte.

„Hast du den Schlüssel vom Klostergarten mitgenommen, um jederzeit in den Garten gehen zu können, wenn du eine Zuflucht brauchst?“ Dieser Gedanke hatte sich Marie aufgedrängt, seit dem Mädchen die Perlenkette aus der Tasche gerutscht war.

„Nein.“ Theresa senkte den Kopf. Aber Marie entging die feine Röte nicht, die sich über die Wangen des Mädchens legte.

„Mädchen, wenn du den Schlüssel genommen hast, musst du es sagen“, drängte der Pfarrer.

Das Mädchen schwieg, und Marie legte ihr sanft eine Hand auf die Schulter. „Theresa . . .“

„Ich habe nichts Böses getan. Gott weiß, dass ich ihn nur für meine Gebete ausgeliehen habe.“

Langsam zerrte dieses gottesfürchtige Verhalten, das das Mädchen an den Tag legte, an Maries Geduld. „Also hast du den Schlüssel mitgenommen?“

Theresa nickte zögernd und immer noch mit gesenktem Kopf. Schließlich zog sie die Perlenkette aus der Tasche ihres Sweatshirts, nestelte ungelenk am unteren Ende der Kette und streckte der Kommissarin den Schlüssel entgegen, ohne jedoch Blickkontakt aufzunehmen.

„Warst du am Donnerstagmorgen im Klostergarten?“, mischte sich Sven Bruns ein.

„Nein!“ Plötzlich schrie sie: „Ich bin keine Mörderin! Ich habe das Kind nicht vergraben!“

Beschwichtigend streckte Marie den Arm aus, aber das Mädchen schlug ihn zur Seite. „Ich bin keine Mörderin!“

Erst nachdem Marie ihr wiederholt versicherte, dass niemand sie für eine Mörderin hielt, beruhigte sich das Mädchen.

Lambert Hausmann erklärte, er könne bezeugen, dass Theresa Mittwochnacht schon geschlafen habe, als er um drei Uhr zu Bett gegangen sei.

„Wo liegt ihr Schlafzimmer denn?“, fragte Marie nach.

Sein Zimmer sei ebenfalls im dritten Stock, ereiferte sich der Pfarrer.

„Aha, und die Tür zum Zimmer ihrer Nichte stand offen, sodass Sie hineingesehen haben und uns schriftlich bezeugen können, dass sie geschlafen hat?“, wollte Bruns ihn festnageln.

Der Pfarrer sah den Kommissar verblüfft an und verneinte zögernd.

„Viel wichtiger ist doch die Frage, ob du bei deinen Besuchen im Klostergarten jemanden gesehen hast“, lenkte Marie ein. „Oder hast du den Schlüssel an eine andere Person verliehen?“

Theresa, die sich wieder mit ihrem Handschmeichler beschäftigte, als ginge es bei der ganzen Unterhaltung nicht um sie, sondern um eine völlig Fremde, verneinte beides.

„Aber Annkathrin hat auch einen“, brachte sie trotzig hervor und schob die rechte Hand in die Seitentasche ihres Kapuzen-Sweatshirts.

„Hat sie dir das erzählt, oder woher weißt du das?“, fragte Marie sofort nach.

Theresa gab zu, dass sie beide sich den Schlüssel gemeinsam hatten nachmachen lassen. Nur unter Murren überreichte sie ihr Exemplar schließlich der Kommissarin.

Kurz darauf befanden sich Marie und Sven Bruns erneut vor dem Bungalow, in dem Annkathrin Leibowitz mit ihrer Tante lebte. Die Kommissarin lehnte die Einladung, sich ins Wohnzimmer zu setzen, ab und kam gleich zum Grund ihres nochmaligen Besuchs. „Frau Leibowitz, wieso haben Sie uns nicht gesagt, dass Sie ebenfalls in Besitz eines Schlüssels zum Klostergarten sind?“

Annkathrin Leibowitz öffnete den Mund, sagte aber nichts. Sie trat einen Schritt zurück, dann schien sie sich gefasst zu haben. „Nun bauschen Sie das doch nicht so auf.“ Sie steckte beide Hände in die Taschen ihrer kurzen Hose. „Ja, ich habe auch einen Schlüssel. Na und? Für mich ist er ein reines Erinnerungsstück“, empörte sie sich dann. „Seit ich das Kloster verlassen habe, habe ich den Garten nicht mehr betreten. Es war so etwas wie eine Mutprobe - und ich fand es ganz spannend, jederzeit wieder dorthin gehen zu können. Wenn ich wollte.“

„Würden Sie uns Ihren Schlüssel bitte einmal zeigen“, forderte Marie sie auf.

Woraufhin Annkathrin Leibowitz sich umdrehte, nach ihrer Tasche griff, die unter der Garderobe lehnte und kurz darin herumwühlte. Dann lief sie die Treppen hinunter in ihr Zimmer. Kurz darauf kam sie mit überraschtem Gesichtsausdruck zurück und musste kleinlaut zugeben, dass der Schlüssel verschwunden sei. Sie müsse ihn verloren haben.

„Glauben wir das mit dem verlorenen Schlüssel?“, fragte Bruns auf dem Rückweg ins Präsidium.

Marie Thalbach zuckte mit den Schultern. Vorerst

blieb ihnen nichts anderes übrig. Die Studentin hatte angegeben, am Mittwochabend mit einer Kommilitonin im Kino in der Spätvorstellung gewesen zu sein. Sie würden das überprüfen.

Sven Bruns war schon aus dem Wagen ausgestiegen, als Maries Mobiltelefon klingelte. Sie hörte einige Sekunden schweigend zu und bedeutete ihrem Kollegen mit einer Geste, er solle schon vorgehen. Dann setzte sie sich zurück auf ihren Sitz hinter dem Steuer, zog die Autotür zu und fingerte ihr Notizbuch aus der Umhängetasche.

Marie Thalbach hatte alle Kollegen sowie Hans-Joachim Schlüter zusammengerufen und präsentierte nun die Neuigkeiten, die sie vor wenigen Minuten am Telefon erfahren hatte. „Ich glaube, soeben haben wir einen Durchbruch erzielt.“ Ihr Chef sah sie mit zusammengekniffenen Augen skeptisch an.

„Die DNA-Abteilung aus der Rechtsmedizin hat herausgefunden, dass die beiden toten Säuglinge miteinander verwandt sind.“ Ein Raunen ging durch die Gruppe, aber Marie hob die Hand, um zu Ende sprechen zu können. „Der sogenannte Geschwistertest funktioniert ähnlich einem Vaterschaftstest, wird aber nicht standardmäßig vorgenommen. Staatsanwalt Böhm hatte das in seinem Obduktionsauftrag mit angegeben.“

„Das verstehe ich nicht.“ Katja Fehrenbach runzelte die Stirn. „Die beiden Babys sind doch nur wenige Tage nacheinander gefunden worden. Wie kann es denn sein, dass sie Geschwister sind? Eines von beiden müsste doch in dem Fall eine weitaus stärkere Verwesung vorweisen.“ Dann hellte sich ihr Gesicht auf, „außer die beiden sind Zwillinge.“

„Das ist in der Tat genau der Punkt, an dem auch Spangenberg hängt. Der Test ist eindeutig. Die beiden sind Bruder und Schwester, aber keine Zwillinge", fuhr Marie fort. „Laut Obduktionsbericht sind das Mädchen und der Junge jeweils am Vorabend des Auffindens verstorben. Der Altersunterschied läge demnach nur bei wenigen Tagen. Keine der Grabstätten hatte eine konservierende Wirkung, zudem sind beide Fundorte frisch gewesen."

Hans-Joachim Schlüter lehnte an einem brusthohen Aktenschrank und warf einen Blick in die Runde.

„Spangenberg sitzt an der Klärung dieser Frage und meldet sich, sobald er eine Idee hat, wie das zusammenhängen kann. Zumindest legt diese Erkenntnis die Vermutung nahe, dass die Theorie mit dem Serienmörder haltlos ist."

Schlüter nickte zwar zu Maries Ausführungen, schien aber in Gedanken versunken. Sie informierte die Kollegen darüber, dass auch Annkathrin über einen Schlüssel zum Klostergarten verfügt hatte, der aber nun verschwunden sei. Sven Bruns wurde damit beauftragt, das angegebene Alibi der Studentin für den Mittwochabend zu überprüfen, dann löste sich die Besprechung auf.

Hans-Joachim Schlüter hatte die Oberkommissarin nach der Teambesprechung in sein Büro gebeten. „Frau Thalbach, ich habe soeben Staatsanwalt Böhm über die neuen Ermittlungsergebnisse informiert, und er ist der Ansicht, dass wir nun Unterstützung über das LKA erhalten sollten." Es passte ihm gar nicht, dass ein Psychologe des LKA in Kürze alles auf den Kopf stellen würde. Andererseits wusste er auch, wenn ein Fall nicht in der ersten Woche aufgeklärt wurde, gestalteten sich die weiteren Ermittlungen äußerst schwierig. Nur in diesem speziellen Fall wäre es ihm lieber, wenn nicht zu viele Leute Staub aufwirbeln würden. „Ich persönlich teile die Ansicht des Staatsanwalts nicht, aber die

Sache ist bereits veranlasst. Da seit dem ersten Fund schon fünf Tage verstrichen sind, wir mittlerweile sogar zwei Leichen haben, die noch nicht identifiziert sind, wird der Druck - auch seitens der Presse - größer. Dr. Adalbert Reuters wird am Montag im Laufe des Tages zu uns stoßen. Ich möchte, dass Sie als Leiterin der Mordkommission die Kommunikation mit Dr. Reuters übernehmen und koordinieren." Sie müssten abwarten, welche neuen Ermittlungsansätze Dr. Reuters ihnen liefern könnte.

Dana Seiler, die sich an diesem Abend Sasha Viroux nannte, genoss den bewundernden Blick, den der Mann im eleganten Nadelstreifenanzug ihr zuwarf. Er war Anfang fünfzig, etwas rundlich, hatte ein durchaus interessantes Gesicht mit freundlichen Augen und zurückweichendes, dunkles Haar, das er sehr kurz geschnitten trug.

Als er sich erhob, um sie zu begrüßen, befanden sie sich auf Augenhöhe. Sasha in einem schwarzen Mini-Strickkleid betonte mit zwölf Zentimeter hohen schwarzen Nappalederstiefeln ihre langen Beine. Sie trug glänzende Strümpfe in einem hellen Puderton und einen schwarzen, knielangen Seidenmantel in modischer A-Linie. Die langen, roten Haare flossen über ihre Schultern. Sie nahm seine Hand und hauchte ihm einen Kuss zwischen Wange und Ohr. Gerade so, dass ihr Atem ihn streifte. Als sie sich zurückzog, kitzelte ein Rest ihres Parfums seine Nase.

„Guilty", säuselte sie.

„Wie bitte?"

„Mein Lieblingsparfum - von Gucci. Ich hoffe, du magst es."

Er lächelte, nahm ihren Arm und deutete auf die Bar, die sich an der Längsseite des Raumes s-förmig entlang schlängelte. Die Theke war mit glänzendem Klavierlack gestrichen, und der milchig-transparente Sockel, der von innen dunkelrot beleuchtet wurde, stand in auffallendem Kontrast zu den groben Backsteinwänden. Hinter der Bar waren in einem deckenhohen, verspiegelten Regal auf einer Länge von mindestens sieben Metern alle erdenklichen Spirituosen aufgereiht. Zwei Gäste saßen an der Bar vor ihren Aperitifs, und auch die schwarzen Clubsessel, die in Gruppen im Raum verteilt standen, waren teilweise belegt. Lounge-Musik rieselte aus den Lautsprechern.

Der Mann führte Sasha an die nach außen gewölbte Ausbuchtung der Theke, nahm ihr den Mantel von den Schultern und übergab ihn an einen der bereit stehenden Kellner. Dann bestellte er eine Flasche Dom Perignon.

Sasha lächelte, als sie anmutig auf den Barhocker glitt und die langen Beine übereinander schlug. „Bernd“, sagte sie, „schön, dass wir uns kennen lernen.“

Sechs

Pfefferminze (bot. Mentha piperata):
Verzeihe mir.

Die Flügeltür mit den länglichen, bronzenen Griffen, auf denen die zwölf Apostel untereinander abgebildet waren, war schon weit geöffnet. In etwas weniger als einer Stunde würde das Lateinische Hochamt in der St. Aposteln Kirche im Herzen der Stadt beginnen.

Subsidiar Marko Steffens schritt den Gang zwischen den dunklen Holzbänken aus Richtung des Altars entlang. Sein schwarzer, langer Rock schwang dabei rhythmisch um seine hochgewachsene, schmale Gestalt. Auf einer der hinteren Bänke saß bereits eine ältere Frau, die ihren Gehstock an der Seitenlehne platziert hatte. Ihre Hände waren gefaltet, und sie schien in sich selbst versunken zu sein.

Marko Steffens nickte in ihre Richtung und trat durch das geöffnete Gittertor hinaus in die Vorhalle. Er blickte nach links auf das achteckige Taufbecken, das im Zentrum der westlichen Vierung stand. Jemand hatte die vier handtellergroßen Eisenringe, mit denen man den Deckel abheben konnte, nach oben geklappt. Der Subsidiar lief hinüber und drückte die Ringe herunter. Auf seinem Weg zurück in Richtung des Langschiffes blickte er auf die Pietà mit dem Eisengestell davor, auf dem Kerzenopfer dargebracht werden konnten. Die Pietà ist eine Statue, die als Andachtsbild fungiert und die Beweinungsszene der trauernden Maria mit ihrem toten Sohn auf dem Schoß zeigt. An dem Gestell war die Inschrift angebracht: ‚Ein Opferlicht zu Ehren der schmerzhaften Mutter'.

Steffens warf einen Blick auf die beiden Ablageflächen rechts und links, die bereits ausreichend mit Teelichtern bestückt waren. Er wollte sich schon abwenden, da stockte er mitten in der Bewegung. Zwischen dem Sockel der Statue und einer breit wuchernden Wasserlilie in einem Terrakottatopf hatte jemand etwas abgelegt. Das Bündel wirkte, als seien mehrere Lagen einer Decke um etwas herum gewickelt worden. In der Mitte, quer über dem Knoten aus Paketkordel, ruhte eine langstielige, weiße Lilie.

Der Subsidiar hatte zuerst seinen kirchlichen Vorgesetzten über seinen Fund in Kenntnis gesetzt und dann umgehend die Polizei informiert. Keine halbe Stunde später postierten uniformierte Beamte vor den Türen von St. Aposteln. Der eilig herbei gerufene Küster erklärte gemeinsam mit Subsidiar Marko Steffens den eintreffenden Gemeindemitgliedern, dass die heutige Sonntagsmesse ausfallen müsse.

Oberkommissarin Marie Thalbach, die gemeinsam mit Jürgen Thiele vor Ort war, blickte auf den dritten toten Säugling hinab. „Verdammt nochmal!" Sie erntete einen vorwurfsvollen Seitenblick des Pfarrers von St. Aposteln. „Es darf doch nicht wahr sein, dass jemand die Stadt mit Babyleichen übersät. Was für ein krankes Gemüt macht so etwas?"

„Er steigert sich", raunte Kommissar Jürgen Thiele seiner Kollegin zu. „Erst der Friedhof, dann ein Kloster, jetzt direkt im Innern einer Kirche. Entweder ist unser Täter ein fanatisch Glaubender, oder er erhofft sich durch die Verbringung auf geweihten Boden Vergebung für das, was er getan hat."

Marie rieb sich mit den Fingerspitzen beider Hände die Schläfen. Sie mussten dem ein Ende bereiten und endlich auf die Spur des Mörders oder der Mörderin kommen. Die weiße Lilie war ein weiteres Indiz dafür, dass diese Leiche mit den beiden anderen in Zusammenhang stand. Die Blumenfunde waren ein Detail, das sie der Presse bewusst auch weiterhin vorenthalten hatten, um Trittbrettfahrer auszuschließen. Sie schickte Susanne eine Kurznachricht, die nur zwei Worte enthielt: Weiße Lilie.

Staatsanwalt Willi Böhm hatte Bereitschaftsdienst und traf am Leichenfundort ein, kurz nachdem der Notarzt das Bündel geöffnet und eine weitere Babyleiche vorgefunden hatte. Die Kriminaltechniker waren noch dabei, sich in der Kirche umzusehen, aber auf den blank polierten Steinfliesen würden sie kaum Spuren finden.

Marie vertrat die Ansicht, dass der Täter den Leichnam zuerst in das Taufbecken hatte legen wollen, den schweren Bronzedeckel aber nicht allein hatte bewegen können. Möglicherweise waren an den Eisengriffen, die nach oben geklappt worden waren, Fingerabdrücke oder Fragmente davon zu finden, die sie zu einem späteren Zeitpunkt mit denen eines Verdächtigen vergleichen konnten.

Wie bei ihrem ersten Fund, handelte es sich auch dieses Mal um eine Mädchenleiche. Mit den geschlossenen Augen wirkte der Säugling, als schlafe er nur. Wieder war das Baby nur in eine Decke gewickelt, die mehrmals mit einem Leinentuch umschlagen worden war. Die leicht bräunliche Haut des Babys war feucht und eiskalt. Marie widerstand nur schwer dem Impuls, ihren Mantel auszuziehen und ihn über das kleine Mädchen zu legen. Unter ihrem Rippenbogen schien sich ein dicker Kloß zu befinden, der sich nicht auflösen wollte. Es hatte keine Vorwarnung gegeben. Sie standen wieder einmal vor vollendeten Tatsachen. Sie brauchten schnell Ermittlungsergebnisse, um weiteren Funden zuvorzukommen und eventuell weitere Taten zu verhindern. Marie wandte sich ab und lief ein paar Schritte in das Langschiff hinein.

Die Babyleiche war direkt ins Rechtsmedizinische Institut gebracht worden. Da sich die Funddaten ähnelten, rechnete Marie damit, dass der Bericht entsprechend den vorangegangenen ausfallen würde. Außer ihr war nur noch Jürgen Thiele im Büro.

„Sie war zwar nicht da, aber die Kirche ist nur einen Steinwurf von ihrer Wohnung entfernt."

Marie wusste genau, auf wen Jürgen anspielte. „Ja, aber das reicht als Indiz kaum aus."

Jürgen wirkte nicht überzeugt, und auch Marie hatte immer noch das unbestimmte Gefühl, dass Dana Seiler ihnen etwas verheimlichte. Sie stützte den Kopf in beide Hände. „Wir haben eine neue Leiche, aber keine neuen Hinweise. Die Decke ist von derselben Marke wie die vorigen, und wieder wurde das Etikett abgeschnitten. Es sieht fast so aus, als hätten wir hier noch ein Kind derselben Mutter. Aber wie ist das möglich? Ich habe keine Ahnung, wo wir ansetzen sollen." Sie schloss die Augen und atmete gepresst aus.

„Ich weiß auch nicht, was im Moment mit den Leuten los ist. Oder fällt es uns nur gerade auf?" Thiele spielte auf die Meldung im Radio an, dass am Vorabend ein fünfunddreißigjähriger Vater seine dreizehn-jährige Tochter auf offener Straße erschossen hatte. Der Tat sei ein Familienstreit vorausgegangen.

„Dann lieber keine Familie und Single, wenn ich mir so anschaue, was das alles für Auswüchse annehmen kann."

„Das ist doch Blödsinn, so etwas zu sagen, Jürgen", fuhr Marie auf. „Als ob jede Familie aus Psychopathen bestünde. Wir haben eben das Pech, dass wir immer nur mit der Kehrseite der Medaille konfrontiert werden.“ Sie stand auf, lief auf den Aktenschrank zu, auf dem die Kaffeemaschine stand und goss sich eine Tasse ein. „Mein Bauchgefühl sagt mir, dass wir bei Dana Seiler und Theresa Hausmann noch tiefer graben müssen.“ Marie füllte eine zweite Tasse und drückte sie Jürgen in die Hand. „Ich persönlich finde dieses gottgerechte Verhalten, das Theresa an den Tag legt, etwas aufgesetzt. Oder sie will ihrem Onkel damit zeigen, dass sie es ernst meint. Ich bin mir nicht sicher, aber um dieses Nonnen-Ding durchzuziehen streckt sie mir ein bisschen zu sehr das Kinn nach vorn - bildlich gesprochen.“

„Ich bleib’ an der Seiler dran. Vielleicht sollten wir mal ihre Wohnung auf den Kopf stellen.“

„Dafür gibt es derzeit leider keinen Anlass. Ich wiederhole mich ungern, aber achte auf deinen Abstand - in mehr als einer Hinsicht.“

Jürgen Thiele winkte ab.

Nur etwa eine Stunde später meldete sich Susanne Drewitz über Maries Festnetzanschluss im Präsidium. Ohne lange Vorrede kam sie direkt zum Punkt. „Die weiße Lilie ist ein Symbol der Reinheit und der Schönheit, aber auch des Todes.“

Letzteres war Marie bereits bekannt gewesen. „In der Bibel wurde Maria mit dem Symbol der Lilie dargestellt.“

„Das passt zum Ablageort unter der Marienstatue. Als ob die Täterin eine neue Mutter, im übertragenen Sinne, für ihr Kind gesucht hätte“, sinnierte Susanne.

„Und Sie sind absolut sicher?“ Marie konnte kaum glauben, was Dr. Michael Spangenberg ihr soeben eröffnet hatte. Aufgrund der Brisanz des Falles und des noch nicht gelösten Rätsels, dass die ersten beiden Säuglinge nachweislich Geschwister waren, jedoch nur wenige Tage Altersunterschied aufwiesen, war Dr. Spangenberg sofort nach dem Anruf Hans-Joachim Schlüters ins Rechtsmedizinische Institut geeilt. Er hatte sich die neue Leiche sofort selbst ansehen wollen und die Kommissarin kurz darauf hinzugebeten.

„Kein Zweifel. Die Kerntemperatur der Organe ist immer noch ungewöhnlich niedrig. Wenn ich die Zeit nach dem Auffinden bis zum Moment der Messung einrechne, waren sie heute Nacht noch gefroren."

„War es denn in der Kirche nachts so kalt, dass der Leichnam mehr oder weniger einfrieren konnte?"

„Es ist keine natürliche Kälte, der die Leiche ausgesetzt war. Sie wurde bewusst tiefgefroren und befand sich praktisch noch im Auftauprozess, als sie gefunden wurde."

Ein Wirrwarr unterschiedlicher Gedanken schoss der Kommissarin durch den Kopf, aber sie konnte keinen einzigen davon in Worte fassen.

Spangenbergs Assistent, der ebenfalls der Obduktion beiwohnte, legte seine Stirn in Falten. „Erinnern Sie sich an die grau-braunen Flecken auf dem Körper des ersten Fundes?", fragte er.

Marie Thalbach nickte.

„Ähnlich raue Stellen haben wir auch an diesem Leichnam vorgefunden. Ich glaube, es ist das, was man umgangssprachlich Gefrierbrand nennt."

Marie schluckte hart.

„Sie müssen sich das vorstellen wie bei einem Rehrücken", erklärte Dr. Spangenberg. „Das kommt von der Größe sogar in etwa hin. Wenn Fleisch im tiefgefrorenen Zustand Frischluft ausgesetzt wird, trocknet es aus. Eine undichte Verpackung kann so etwas verursachen. Die Stellen verfärben sich dann weiß bis grau-braun – ähnlich denen, die wir hier vorliegen haben."

„Können Sie das in der Berechnung des Todeszeitpunktes berücksichtigen? Gibt es für die Dauer des Auftauens Tabellen, die Sie zugrunde legen können?“, fragte Marie mit belegter Stimme.

Dr. Spangenberg schüttelte den Kopf. „Leider ist es so, dass wir keine Möglichkeiten haben, zu bestimmen, wie lange der Körper gefroren war, und wir also in diesem Fall keinen Todeszeitpunkt benennen können. Das Gefrieren unterbricht den Verwesungsprozess, der sofort nach dem Tod eintritt, und der nach dem Auftauen wieder einsetzt.“

Entsetzt schaute Marie Thalbach hinüber zu dem Tisch, auf dem der Körper des toten Babys lag. Sie legte die Hände an die Schläfen und rieb sich dann über die Stirn. „War das Einfrieren . . .“, ihre Stimme brach. Sie räusperte sich, doch Spangenberg schien zu wissen, worauf ihre Frage abzielte. Er erklärte, dass der Säugling durch Ersticken zu Tode gekommen war. Genauso wie der Säugling aus dem Klostergarten, war auch dieses Kind wenige Stunden nach der Geburt erstickt worden, wie durch Faserspuren in der Lunge nachgewiesen werden konnte.

„Der Geschwistertest läuft, auch die Fasern aus der Lunge werden mit denen der Decke vom Fundort abgeglichen. Aufgrund ähnlicher Hautveränderungen an den anderen beiden toten Körpern, liegt die Vermutung nahe, dass alle drei Babys postmortal eingefroren worden sind. Dies erklärt auch, dass diese Kinder Geschwister sind, ihr vermeintlicher Altersunterschied aber nur wenige Tage beträgt.“ Er wandte sich an seinen Assistenten und sagte: „Die Angaben zu den jeweiligen Todeszeitpunkten müssen wir also revidieren.“

„Das bedeutet, dass die Mutter ihr Kind nach der Geburt getötet hat, und es - wahrscheinlich, um nicht aufzufliegen - zu Hause in der Kühltruhe versteckt hat. Und das wiederholte sie noch zweimal, vielleicht ein, zwei oder Jahre später, wenn sich tatsächlich herausstellen sollte, dass alle drei Säuglinge miteinander verwandt sind. Wir haben also keine Möglichkeit, den Tatzeitraum festzulegen."

Es war bereits nach achtzehn Uhr, als Jürgen mit seinem grünen A3 in eine Seitenstraße am Neumarkt einbog. Er lenkte den Wagen auf eine schraffierte Fläche und stellte den Motor ab. Mehrere Sekunden blieb er sitzen, die Hände noch auf dem Lenkrad. Vor zwei Stunden hatte seine Kollegin ihm telefonisch die Obduktionsergebnisse mitgeteilt. Er hatte schon einiges erlebt, aber dieser Fall schien ihm kaum begreifbar. Eltern oder vermutlich eine Mutter, die ihre Neugeborenen umbrachte und konservierte! Je länger er darüber nachgedacht hatte, desto hilfloser hatte er sich gefühlt, und seine Hilflosigkeit hatte ihn in Fahrt gebracht. Schließlich hatte er es zu Hause nicht mehr ausgehalten, war in sein Auto gestiegen und losgebraust. Ohne Ziel, ohne Plan. Plötzlich merkte er, dass er in Richtung Innenstadt unterwegs war. Ohne weiter darüber nachzudenken, war er in die Straße eingebogen, in der Dana Seiler wohnte.

War es clever, hier zu sein? Andererseits hatte sich schon oft die Atmosphäre einer Privatwohnung positiv auf die Redseligkeit der Befragten ausgewirkt. Oder suchte er nur nach einem Grund, seinem Besuch den Deckmantel versteckter Ermittlungen überwerfen zu können? Er dachte an den gestrigen Abend, den er mit Katja verbracht hatte. Unzählige Kerzen, gedimmtes Licht, überall Kissen in Pastelltönen, jede Menge Nippes und Schnickschnack. Überhaupt hatte Katjas Wohnung auf ihn gewirkt wie ein Ausflug nach Zuckerland. Katjas verhuschte, leise Art, die übertriebene Sanftheit, mit der sie ihn gefragt hatte, welche Musik er hören wolle, ob es warm genug im Zimmer sei, ob sie das Licht dimmen solle, ob er Käse und Cracker möge ... Er zog es vor, wenn die Frau den Ton angab, wenn sie einfach machte, was sie für richtig hielt. Katja hatte ja nicht einmal entscheiden wollen, welchen Wein sie öffnete.

Er schüttelte sich in Gedanken an den Fortgang des Abends. Auch der Sex nach dem Essen war geprägt von zarten Berührungen und weichem Dahinfließen – ihre geflüsterten Komplimente hatten ihn nicht gerade in Stimmung gebracht. Es bereitete ihm keine Freude, sich an den Abend zu erinnern. Und dann ihr enttäuschter Gesichtsausdruck, als er ihr eröffnete, dass er nicht über Nacht bleiben würde. Aber weil sie immer so furchtbar nett und lieb war, hatte sie auch das verstanden. Keine Ahnung, wie er da hatte hineinschlittern können.

Er verdrängte die Erinnerungen und war plötzlich wütend, auch weil es mit dem Fall nur schleppend voran ging. Schon die dritte Leiche heute Morgen, und immer noch waren sie der Täterin keinen Schritt näher gekommen. Er dachte an Dana Seiler. Ihr leicht spöttischer Blick, der ihm zu verstehen gab, dass sie ihn gar nicht ernst zu nehmen schien. Sie würde ihn mit der Spitze ihres Zeigefingers von der Brüstung ihrer Dachterrasse stürzen, wenn es sie weiterbringen würde. Diesen Eindruck machte sie zumindest auf ihn. Ohne es zu merken, lächelte er. Sie hatte ihn mehr als einmal eingeladen. Und er war schließlich nur hier, um sie zu befragen, weil sie in ihrem Fall endlich weiter kommen mussten. Er straffte die Schultern, zog den Zündschlüssel ab und öffnete die Fahrertür.

Gerade als er die Straße überqueren wollte, öffnete sich die Tür des Hauses, in dem Dana Seiler das Penthouse bewohnte. Eine aufgedonnerte Rothaarige trat in den Kegel der Straßenlampe und strich sich die langen Haare hinter das Ohr. Jürgen Thieles Atem stockte. Die Frau in glitzernden Stilettos, silbernem Minirock und schwarzem Kurzmantel blickte sich um, lief dann über den Bürgersteig und schien nach etwas oder jemandem Ausschau zu halten. Diese typische Geste, sich durch die Haare zu fahren, und der Gang. Jürgen glaubte, sie schon einmal gesehen zu haben. Aber wo? Er schaute der Frau hinterher, und dann fiel es ihm plötzlich ein. Dana Seiler hatte genauso mit ihrem Hintern gewackelt, als sie in seinem Büro gewesen war. Sie hatte sich die Haare mit genau dieser Geste hinter die Ohren gestrichen.

In diesem Moment bog ein schwarzer 5er BMW vom Neumarkt her in die kurze Straße ein. Die Rothaarige trat zwischen den parkenden Autos auf die Fahrbahn. Gleich würde sie einsteigen, und er könnte nicht mehr mit ihr sprechen. Kurz dachte er an eine wilde Verfolgungsjagd, aber das wäre dann doch zu albern. Er rief ihren Namen, aber sie reagierte nicht. Er eilte über die Straße, als sie sich gerade in den Fond des BMW setzte.

„Frau Seiler? Dana Seiler?"

Sie wollte die Tür zuziehen, aber Jürgen war schneller und hatte den Griff bereits in der Hand. Er beugte sich ein wenig nach vorn, um besser in das Wageninnere sehen zu können. Im dünnen Licht der Innenbeleuchtung bestätigte sich seine Ahnung. Vor ihm saß Dana Seiler mit dunkelroter Langhaarperücke.

Dana Seiler war wütend. Er hatte sie unter Androhung, er könne sie auch hier und jetzt in Gewahrsam nehmen, gezwungen auszusteigen, ihre Verabredung sausen zu lassen und ihn in ihre Wohnung zu begleiten. Er wusste, dass er eine Menge Ärger bekommen würde, wenn sie sich über ihn beschweren würde. Aber er konnte sie jetzt nicht einfach gehen lassen.

„Wenn das ein Spiel ist, haben Sie sich den denkbar schlechtesten Moment dafür ausgesucht!" Sie riss sich den silbergrauen Seidenschal vom Hals und schleuderte ihn auf die Theke der offenen Küche. Die rote Perücke behielt sie auf.

„Warum tragen Sie eine Perücke?"

„Wieso haben Sie Hosen an?"

„Das ist keine Antwort auf meine Frage."

„Es geht Sie auch nichts an, was ich in meiner Freizeit mache."

Sie standen sich gegenüber, Dana Seilers Augen waren zu Schlitzen verengt. Die Luft zwischen ihnen schien so dick, als könnte man sie in Scheiben schneiden.

„Wer war der Mann in dem BMW?"

„Auch das geht Sie nichts an. Aber ich sage es Ihnen trotzdem – ein Freund."

Das war ja klar. Allerdings wurde ihm auch langsam klar, dass er keine konkrete Handhabe hatte, Dana Seiler in die Enge zu treiben. Er wagte einen letzten Vorstoß. „Sie haben sich äußerst verdächtig gemacht, weil Sie an den beiden ersten Fundorten aufgetaucht sind. Kennen Sie das Sprichwort? Ein Täter kehrt immer an den Tatort zurück."

„Nun, so wie ich das verstanden habe, sind die Babys nicht an den Fundorten zu Tode gekommen, sondern ganz woanders."

„Das ist übertragen zu verstehen." Er hielt ihren Blick fest, er würde sich von ihr nicht vorführen lassen. „Merkwürdig auch, dass die letzte Leiche in unmittelbarer Nähe Ihrer Wohnung gefunden wurde."

„Sie haben nichts in der Hand und nutzen Ihren Status als Polizist, um mir den Abend zu ruinieren." Dana Seiler machte keine Anstalten, ihren Mantel auszuziehen. Sie hatte die Arme vor der Brust verschränkt und blitzte ihn aus grünen Augen an.

„Ich denke, dass ihr leichtfüßiges Leben Ihnen drei nicht so schöne Erinnerungen beschert hat, die Sie beseitigen mussten, weil sie nicht in ihren Lebensplan passten."

„Was soll das heißen, Ihr leichtfüßiges Leben?", zischte sie ihn an.

Jetzt war er im Fahrwasser, das spürte er. „Sie machen mir nichts vor. Das Outfit, die roten Haare. Diese teure Wohnung. Sie verkaufen sich für Geld. Und dabei sind Sie schwanger geworden. Nach der ersten Totgeburt sind Sie auf die Idee gekommen, die anderen Säuglinge auch zu beseitigen. Sie haben die Babys einfach in der Tiefkühltruhe versteckt. Niemand suchte nach ihnen, weil es auch keinen Vater gibt, der sie vermissen könnte."

„Sie spinnen doch total!" Sie tippte sich mit dem Zeigefinger an die Stirn.

„Ganz und gar nicht. Vielleicht haben Sie vor kurzem doch noch Ihr Gewissen entdeckt und wollten den Kindern nun endlich eine würdigere Grabstätte besorgen."

„Was reden Sie da überhaupt für einen Blödsinn? Jemand hat die Babyleichen tiefgefroren? Ich soll das getan haben?" Dana Seiler war immer lauter geworden, nun unterbrach sie sich und stemmte die Hände in die Seite. „Es wäre niemandem aufgefallen, wenn ich dreimal schwanger gewesen wäre? Schauen Sie mich an! Meinen Sie, bei meiner Figur ließe sich eine Schwangerschaft verbergen?"

Thiele schwieg. Er fühlte wie ihm heiß wurde.

„Ich bin siebenundzwanzig Jahre alt und arbeite seit zehn Jahren ohne Unterbrechung beim Radio. Wann und wo hätte ich da drei Kinder zur Welt bringen sollen? Fragen Sie im Sender, wenn Ihnen das nicht zu peinlich ist."

Thiele schwieg. Er spürte, wie sich Schweißperlen auf seiner Stirn sammelten. Er hatte etwas übersehen. Er musste etwas übersehen haben, was ihm bei seiner spontanen Anschuldigung entgangen war. Aber sie hatte nicht widersprochen, als er ihr seine Vermutung offenbarte, sie würde ihren Körper für Geld verkaufen. Er konfrontierte sie erneut damit. „Ihr Outfit lässt darauf schließen, dass Sie heute als jemand anderes als Dana Seiler unterwegs sind. Und Sie haben mir vorhin nicht widersprochen. Ich frage Sie also ganz direkt: Sind Sie eine Prostituierte?“

„Ist es das, was du willst?“ Dana Seiler machte zwei Schritte auf den Kommissar zu, legte ihre Hand an seinen Hinterkopf und drückte ihren Mund auf seinen. Ihre Lippen waren angenehm voll und fest, sie ließ ihm keine Zeit zu überlegen. Ein Hauch ihres Parfums stieg ihm in die Nase. Er kannte den Duft nicht, aber die blumige Schwere gefiel ihm. Er sollte aufhören, sie von sich stoßen, entrüstet sein und sie für Montag ins Präsidium vorladen. Aber er war nicht entrüstet. Und er wollte auch nicht aufhören. Er packte ihren Kopf mit beiden Händen, hielt sie fest, während seine Zunge durch ihren Mund fuhr. Sie waren sich ebenbürtig, keiner war bereit, dem anderen die Oberhand zu gewähren. Sie drängte ihn in den offenen Wohnbereich hinein, er drückte sie hinab auf das Sofa. Sie zogen sich gegenseitig die Jacken aus, und sie biss ihn in den Hals. Dana Seiler, oder welchen Namen sie auch gerade tragen wollte, hielt sich nicht damit auf, die Knöpfe von Thieles schwarzem Hemd zu öffnen. Sie fasste die Knopfleiste und riss sie mit einem Ruck auf. Thiele schob ihren Rock nach oben. Über den champagnerfarbenen Strümpfen trug sie einen schwarzen Spitzenslip, der unten nur durch eine Perlenkette zusammengehalten wurde. Er stöhnte auf. Ihre Fingernägel hinterließen Spuren auf seiner Brust, als sie die Hand bis zu seinem Nabel hinunter zog. Dann drehte sie ihn um, bis sie auf ihm saß. Ihre langen, roten Haare kribbelten auf seinem Bauch, als sie sich über ihn beugte.

Müde stieg Marie Thalbach die Treppen zu ihrer Wohnung hinauf. Der Fall schien immer komplizierter zu werden. Und das, obwohl sie durch die Obduktion einige neue Erkenntnisse gewonnen hatten. Ihr Schlüssel verhakte sich im Schloss, ließ sich nicht ganz hinein stecken. Was hatte die Vermieterin gesagt? Mit Gefühl im Schloss herumspielen, dann findet er seinen Weg. Sie versuchte es erneut, und schließlich nach zwei weiteren Versuchen glitt der Schlüssel ins Schloss. Gefühl. Sie war nicht sicher, ob sie davon momentan zu wenig oder zu viel mit sich herum schleppte.

Sie verspürte keine Lust, sich etwas zu kochen und schaute auf die Uhr, deren großer Zeiger auf der sechs lag. Sie nahm ein Weinglas aus der Vitrine im Wohnzimmer, goss sich etwas aus der Flasche ein, die vom Vorabend noch auf dem Tisch stand. Dann betrachtete sie die Schwarz-weiß-Fotografien, die an ihrer roten Wand über dem Sofa hingen. Menschen. Gesichter. Geschichten, die keiner kannte. Was war ihre Geschichte? Wovon erzählte ihr eigenes Leben? Sie befand sich auf gefährlichem Boden. Allzu schnell konnte er sich in Treibsand verwandeln und sie mit sich reißen. Es war besser, nicht zu viel nachzudenken.

Marie nahm die Fernbedienung vom Sofa und schaltete den Fernseher ein. Irgendeine Soap, die sie nicht kannte, lief gerade. Jede Ablenkung ist gut, dachte sie und setzte sich in ihren Lieblingssessel, ein quadratisches Möbelstück im Bauhausstil, dessen flache Rückenlehne sie mit einem dicken Brokatkissen ausgestopft hatte. Sie mochte den dunkelgrauen, rauen Stoffsessel deshalb so gern, weil er eine tiefe Sitzfläche hatte, die es ihr erlaubte, im Schneidersitz in ihm zu sitzen. Oder sich schräg über die Armlehnen hinweg hinein zu lümmeln. Sie lehnte sich zurück in das dicke und schwere Kissen, legte die Füße auf den kleinen Holztisch, der vor dem Sofa stand, und schloss für einen Moment die Augen.

„Aber ich bin deine Tochter. Du kannst mich nicht einfach wegschicken . . ."

Marie schreckte auf. Auf dem Bildschirm schaute ein junges Mädchen einen älteren Mann mit herzzerreißendem Blick an.

„Wie hast du mich gefunden?", fragte er. Und das Mädchen erklärte, dass es so lange alle Behörden und Leute gelöchert hatte, bis es endlich die Adresse ihrer leiblichen Eltern in Erfahrung gebracht hatte.

„Was für ein Kitsch!", schimpfte Marie, und haute auf die Tasten der Fernbedienung. Sie stand auf, lief in die Küche und öffnete den Kühlschrank. Zwei leere Fächer gähnten ihr entgegen, im Gemüsefach sammelte sich eine braune Flüssigkeit unter einem Kopf Salat und mehreren Tomaten, die sie lieber nicht näher untersuchen wollte. Sie drückte die Tür wieder zu und ging mitsamt dem Weinglas ins Badezimmer. Ein heißes Bad würde vielleicht helfen, die trübe Stimmung zu vertreiben. Zumindest würde sie danach gut schlafen können.

Kurz darauf war die Badewanne vollgelaufen. Marie entzündete vier dicke Kerzen, die auf dem Rattanregal standen, und schaltete das Deckenlicht aus. Sie wollte keine Musik, keine Geräusche, nur noch Stille. Das Vanillearoma des Badezusatzes verteilte sich in warmen Schwaden im Raum. Der Spiegel über dem Waschbecken war vom Wasserdampf schon beschlagen. Marie warf ihre graue Stoffhose, den cremeweißen Angorapullover und ihre Unterwäsche auf den Korbsessel, der zu diesem Zweck in der Ecke stand, und ließ sich in das angenehm warme Wasser gleiten. Die Haare hatte sie zu einem dicken Knoten hochgezwirbelt. Sie lehnte den Kopf zurück auf den Badewannenrand und schloss die Augen.

Es klingelte an der Tür. Als sie öffnete, stand ihr ein junges Mädchen gegenüber. Wilde Locken umrahmten ihr offenes Gesicht. „Wie hast du mich gefunden?“, fragte Marie. Das Mädchen schaute sie nur an. Marie musterte sie von oben bis unten, suchte in ihrem Gesicht nach einer Regung. Endlich verzogen sich die Lippen des jungen Mädchens zu einem Lächeln. Erst schmal, dann immer breiter. Als sich die Mundhöhle öffnete, erschrak Marie. Es waren nur noch verfaulte Zahnstümpfe zu sehen. Dann lachte das Mädchen, ein schrilles, hysterisches Lachen, das Marie Gänsehaut verursachte. Dennoch konnte sie sich nicht abwenden oder die Tür einfach zuschlagen. Sie starrte das Mädchen an, dessen Gesicht immer mehr die Züge einer Fratze annahm. Nur die Augen leuchteten im gleichen Blau wie ihre eigenen. Elena! Marie hatte das Gefühl, als ob ihre Kräfte sie verlassen würden.

Als sie sich festhalten wollte, war um sie herum nur Wasser. Sie riss die Augen auf. Erst nach und nach wurde ihr klar, dass sie immer noch in der Badewanne lag. Ihr Atem ging stoßweise, ihr war heiß. Auf einmal empfand sie den Vanilleduft als viel zu klebrig, als nähme er ihr die Luft zum Atmen. Ruckartig stand sie auf, griff nach dem Badehandtuch und stieg aus der Wanne. Auf nackten Füßen lief sie in die Küche und blieb vor der Spüle stehen. Die kalten Fliesen beruhigten ihre flatternden Nerven. Sie stützte sich mit beiden Händen ab. Das Badetuch glitt zu Boden. Sie bemerkte es nicht einmal.

In diesem Moment surrte ihr Mobiltelefon, das auf dem Küchentisch lag. Eine SMS. Dankbar für die sich aufdrängende Realität las sie die Nachricht. „Hab Mist gebaut. Müssen morgen vor der Teambesprechung reden. Jürgen.“ Marie war froh, in die Rolle der MK-Leiterin schlüpfen zu können. An diesem Abend war ihr das Entspannen nicht besonders gut gelungen. Kurzerhand rief sie ihn zurück.

Sie schlug vor, sich mit Jürgen in der Stadt zu treffen und zu reden. Jürgen hatte am Telefon nur Andeutungen gemacht, und Marie hoffte, dass nicht das passiert war, was sie befürchtete.

Da es Sonntagabend war, fand sie sogar einen Parkplatz an der zweispurigen Cäcilienstraße, die auf den Neumarkt zuführte. Sie stellte ihren Mini ab und lief die wenigen Meter zu der kleinen Eckkneipe.

‚Bei d'r Tant' hieß das Lokal, das sich in einem schmalen, hohen Haus befand. Küchendunst schlug ihr entgegen, als sie die mit farbigem Glas durchsetzte Holztür öffnete. Jürgen saß an einem hohen Tisch nahe des Seitenfensters und trank ein Bier. Marie setzte sich neben ihn auf die Holzbank, und sofort stellte der Wirt ihr ebenfalls ein Kölsch hin.

„Sag' nichts, ich weiß, dass es das Blödeste war, was ich hätte tun können." Dann erzählte er von seinem Besuch bei Dana Seiler und schloss damit, dass er kurz bevor es zum Äußersten gekommen wäre, zur Vernunft gekommen und gegangen sei.

„Du hast sie einfach sitzen lassen? Nachdem ihr quasi schon mittendrin wart?" Marie zog die Stirn in Falten. Das würde sich eine Frau wie Dana Seiler sicher nicht gefallen lassen. Es lag nahe, dass sie sich über Jürgen Thiele beschweren würde. Allein schon aus Rache.

„Etwas habe ich allerdings doch herausgefunden", sagte er schwach. „Sie hat eine Narbe am unteren Bauch. So wie nach einem Kaiserschnitt, stelle ich mir vor."

Marie seufzte mitleidig. „Mensch Jürgen, das ist wirklich Mist. Das mit der Narbe können wir kaum verwenden. Und wenn sie es drauf anlegt, könnte sie dir werweiß-was anhängen. Der ‚Freund' im Auto kann ja sogar bezeugen, dass du sie genötigt hast, dich in ihre Wohnung zu begleiten. Warum hast du sie nicht gehen lassen und wärst morgen mit Adrian zu ihr gefahren, um sie mit deinem Verdacht zu konfrontieren?“

„Ja, das weiß ich jetzt auch.“ Unglücklich starrte er in sein Bier. „Schlüter glaubt ja sowieso, dass ich einen Bock nach dem anderen schieße. Das wäre doch Wasser auf seinen Mühlen.“

„Schlüter hat momentan enormen Druck. Aber er weiß auch, dass du ansonsten durchaus gute Arbeit leistest.“ Marie war der Ansicht, Jürgen solle Schlüter gleich reinen Wein einschenken, noch bevor Dana Seiler sich beschweren könnte. Jürgen wollte aber lieber abwarten. Es gab die winzige Möglichkeit, dass Dana Seiler ruhig blieb.

Marie zuckte mit den Schultern. Natürlich war dies der einfachere Weg, aber sie wusste, dass sich solche Dinge auf lange Sicht nicht verheimlichen ließen und es besser war, selbst in die Offensive zu gehen.

Jürgen sah sie von der Seite an. „Dieser Fall lässt einen nicht kalt. Irgendwie wühlt er Dinge auf.“ Jürgen suchte nach Worten. Marie trank stumm ihr Bier. „Ich bin bestimmt nicht zimperlich, aber ich sehe immer diese winzigen, nackten Babys vor mir, in diesen dreckigen Decken. Und jemand hat sie einfach in der Gefriertruhe gelagert.“ Er schüttelte den Kopf, dann sah er Marie von der Seite an. „Ich verstehe nicht, wieso man heutzutage ungewollte Kinder nicht einfach in die Babyklappe legt. Das ist das Beste für alle. Oder zumindest besser, als sie zu töten.“ Jürgen drehte sein Kölschglas auf dem Bierdeckel hin und her. Als er wieder zu Marie hinüber blickte, sah er, dass sie Tränen in den Augen hatte.

„Es geht dir auch an die Nieren. Klar. Du bist ja auch noch dazu eine Frau“, sagte er hilflos.

Marie wollte ihn fragen, was er damit sagen wolle, aber aus ihrer Kehle löste sich nur ein Krächzen. Jürgen zögerte kurz, dann legte er Marie einen Arm um die Schultern. Sie wirkte erstaunlich zerbrechlich. Er spürte ihr unterdrücktes Weinen. In solchen Situationen suchte er gerne schnellstmöglich das Weite. Aber Marie war seine Kollegin, er konnte sie nicht einfach sich selbst überlassen. Trotzdem, weinende Frauen waren nicht sein Ding. Mit der freien Hand wühlte er in seiner Hosentasche, kämpfte mit dem Ärmel seines Mantels und hielt dann seine leere Hand vor Maries Gesicht. Sie hob irritiert den Kopf. Jürgen ließ ihre Schultern los, rückte etwas von ihr ab und hielt seine Hand kurz an ihr rechtes Ohr. Dann zog er zwischen Daumen und Zeigefinger ein Zwei-Euro-Stück hervor, das er ihr strahlend präsentierte. „Was haben wir denn da? Wenn das nicht danach aussieht, als wolle es in ein Kölsch verwandelt werden?"

Maries verblüffter Blick wanderte von Jürgen zu der Münze und wieder zu ihm zurück. Er war nicht sicher, ob sie gleich wieder losweinen würde. Doch Marie schluckte, und dann lachte sie. „Das ist dein Trick?" Marie schüttelte den Kopf und sah ihn dankbar an. „Damit sinkt dir die Damenwelt in die Arme?"

Jürgen grinste. „Und? Es wirkt doch!"

Marie wischte sich die Tränen aus dem Gesicht.

„Wir gehen in die Altstadt", er nickte ihr verschwörerisch zu.

„So?" Marie blickte zweifelnd an sich hinunter. Sie trug schwarze Wildlederstiefeletten, eine helle Stoffhose und eine weiße, taillierte Bluse. Das Erste, was ihr vorhin in der Eile in die Finger gefallen war. Nicht unbedingt das Outfit, das sie für einen Kneipenbummel wählen würde.

Aber Jürgen wischte ihre Einwände beiseite. Sie wollten ja nicht großartig ausgehen, sondern nur gepflegt unter Kollegen noch ein paar Kölsch trinken. Und es würde Zeit für sie, ein bisschen was von Kölns Altstadt kennen zu lernen. Er zwinkerte ihr zu, und Marie spürte, dass es ihr gut tat, sich mitziehen zu lassen. Es war schön, einmal den Abend nicht allein zu verbringen.

Jürgen bestimmte, dass sie die Autos stehen ließen und die kurze Strecke zum Heumarkt zu Fuß gingen. Von dem Platz mit dem Reiterdenkmal aus peilte er eine Kneipe in einer der Nebengassen an. Marie trippelte vorsichtig über das Kopfsteinpflaster, um nicht mit den Absätzen in den Zwischenräumen stecken zu bleiben. Plötzlich kam es ihr nicht richtig vor, Spaß zu haben, solange der Mörder nicht gefasst war.

Jürgen blieb stehen und drehte sich zu ihr. „Es kommt mir auch oft komisch vor, dass ich mein Leben ganz normal weiterlebe, dass ich lache und Spaß habe, während wir in einer Mord-Ermittlung stecken. Aber du weißt selbst, dass wir in solchen Phasen sowieso kaum Freizeit haben. Wenn wir mal die Gelegenheit haben, den ganzen Morast hinter uns zu lassen, den wir sonst durchwühlen, dann sollten wir das nutzen." Jürgen nahm sie am Arm und schaute ihr eindringlich in die Augen. „Woraus ziehst du sonst deine Kraft weiterzumachen, Marie? Der Tag heute ist wohl für uns beide bescheiden genug gelaufen, wir sollten wenigstens einen halbwegs guten Abschluss hinkriegen." Er war gut einen Kopf größer war als sie, und sie musste zu ihm hinauf schauen.

Marie blickte ernst zurück. Er hatte Recht. Sie spürte ja selbst, wie sehr ihr der aktuelle Fall zusetzte. Die Träume, die sie in letzter Zeit heimsuchten, waren der beste Beweis dafür. Wenn sie weiter Verbrechen bekämpfen und für eine bessere Welt sorgen wollte, musste sie auch selbst einmal Luft holen und Distanz zwischen sich und die Täter bringen. Sie nickte und hakte sich bei ihm ein.

Das ‚Keks' in der Salzgasse war eine Stimmungskneipe, wie in bunter Leuchtschrift über dem Eingang behauptet wurde. Jürgen blieb abrupt stehen. ‚Heute

Super-Sonntag. Schunkele bis 11 Uhr 11 in der Nacht' stand auf einem Aufsteller vor dem Eingang.

„Normalerweise haben die sonntags geschlossen", grinste Jürgen. „Aber da gehen wir jetzt rein!"

Marie hatte sich mehr eine gediegene Kneipe mit Tischen und Holzbänken vorgestellt und keinen Tanzschuppen, in dem sie mitschunkeln musste. Aber ihr Protest verhallte ungehört, denn Jürgen zog sie hinter sich her in die schummrige Bar. Das erste, was ihr auffiel, war der Altersdurchschnitt, der mindestens zehn Jahre unter ihrem eigenen Alter lag. Aus den Boxen dröhnte ihnen Musik entgegen, eine blonde Kellnerin küsste Jürgen im Vorbeigehen auf die Wange.

Marie zerrte nervös an ihrem Schal und fuhr sich durch die Haare. Sie hatte das Gefühl, von allen Seiten angestarrt zu werden. „Kein Wunder", dachte sie. „Ich sehe ja aus wie eine Mutter, die ihre abtrünnige Tochter sucht."

Jürgen steuerte zielstrebig einen der Stehtische in der Nähe des DJs an. Kaum hatte Marie den Mantel abgelegt, wurden ihnen zwei Kölsch gebracht. Selbst in der dünnen Bluse war es Marie augenblicklich viel zu warm, aber sie prostete Jürgen tapfer zu. Er schien nicht zum ersten Mal in diesem Laden zu sein, und wiegte schon die Hüften im Takt zu ‚Sie liebt den DJ'. Verschmitzt schaute er sie an. Die Kellnerin, die Jürgen so nett empfangen hatte, jonglierte mit drei braunen Tequila, bedeckt mit je einer Orangenscheibe, auf ihren Tisch zu. Sie stellte ihr Tablett ab, hob eines der Tequila-Gläser und wartete darauf, dass die beiden mit ihr anstießen.

„Schön, dass du mal wieder da bist." Und zu Marie gewandt, „ich bin die Desi, wenn du was brauchst, einfach nur winken." Sie biss in die Orangenscheibe und kippte den braunen Schnaps hinterher.

„Was soll's", dachte Marie, tat es ihr nach. Der Schnaps brannte im Rachen, und sie war froh, als er endlich den Magen erreicht hatte. Wie lange war es her, seit sie das letzte Mal ausgegangen war? Wenn sie schon nachrechnen musste, war es sowieso viel zu lange her. In Augsburg hatte sie ihre freie Zeit mit Martin geteilt, bis sie es endlich geschafft hatte, sich von diesem Betrüger, der ihr jahrelang vorgemacht hatte, sich von seiner Frau trennen zu wollen, zu lösen. Ihre Freundin Bettina war auf Weltreise – es gab tatsächlich nicht viele Menschen in ihrem Leben, mit denen sie etwas unternehmen konnte. Wahrscheinlich hatte sie deshalb auch so viel Zeit für die merkwürdigen Gedanken, die sie in letzter Zeit immer häufiger befielen.

Marie leerte das Kölsch-Glas in einem Zug und wischte sich mit dem Handrücken über den Mund. Gleichzeitig winkte sie Desi für Nachschub. Jürgen grinste. Er forderte Marie zum Tanzen auf, aber sie war noch nicht in Stimmung. Selbst ‚Ein Stern, der deinen Namen trägt' konnte sie nicht umstimmen. Um sie herum wurde ausgelassen getanzt und die Texte laut mitgesungen. Marie schwitzte in den Hosen und der Bluse. Wieder standen zwei Tequila vor ihnen auf dem Tisch, dieses Mal trank Desi nicht mit. Als der DJ ‚Wo mir sin is Kölle' spielte, ignorierte Jürgen Maries Proteste und zog sie in die Menge hinein. Sie konnte gar nicht anders, als sich im Takt mit zu bewegen. Sie ließ sich mitreißen, und nach kurzer Zeit stimmte sie sogar in den Refrain mit ein.

Plötzlich war Marie verschwunden. Jürgen schaute sich um. Er konnte sie in der Menge nicht ausmachen und ließ seinen Blick schweifen. Vielleicht wollte sie sich ein Lied wünschen, er sah hinüber zum DJ – aber auch dort war sie nicht zu sehen. Er blickte sich noch einmal um, vielleicht war sie nur von einer Gruppe anderer Tanzender verschluckt worden. Nach einer Weile gab er auf. Gerade als er zu ihrem Stehtisch zurückgekehrt war, berührte ihn jemand an der Schulter. Es war Marie, die sich auf der Toilette der Bluse entledigt und die Locken mit einer pinkfarbenen Haarspange aufgesteckt hatte. Sie trug ein weißes Shirt mit Spaghetti-Trägern, und es wirkte ganz und gar nicht wie ein Unterhemd.

„Die Spange hat mir ein Mädchen geschenkt. Die Leute sind alle so nett in Köln." Maries Augen glänzten. „Jetzt ist mir auch nicht mehr so warm." Sie wandte sich um und rockte zu ‚Moves like Jagger'. Offensichtlich hatte der Tequila seine Wirkung nicht verfehlt.

Stunden später traten sie hinaus in die kühle Gasse. Maries Wangen glühten, Jürgens Haare lagen nicht mehr so gekonnt frisiert am Kopf wie zuvor. Gleichzeitig drängten neue Gäste in die Bar und drückten Marie gegen ihren Kollegen. Sie lachte, und Jürgen hielt sie fest, damit sie nicht den Halt verlor. Er sah sie an, bemerkte, wie hübsch sie war und wie gut es sich anfühlte, sie so nah zu spüren. Er beugte sich zu ihr und küsste sie auf den Mund.

Seine Lippen waren weich und warm, und sie war schon so lange nicht mehr geküsst worden. Es war Nacht, und sie waren jetzt einfach nur zwei Menschen, die einen stimmungsvollen Abend zusammen verbracht hatten. Sie wollte nicht nachdenken, sie wollte nur einmal nicht mehr nachdenken müssen. Marie spürte seine Arme um sich, roch einen Rest Aftershave, der noch an ihm haftete. Es fühlte sich gut an. Die Geräusche der lärmenden Menschen um sie herum lösten sich auf. Sie spürte nur seinen Mund auf ihrem, schmeckte seinen Kuss. Sie schloss die Augen und ließ es geschehen, dass seine Zungenspitze über ihre Lippen fuhr. Dann zog sie ihn fester an sich und erwiderte den Kuss.

Kopfschmerzen. Ein pappiger, schaler Geschmack im Mund. Der Wecker hatte noch nicht geklingelt, aber er würde sicher in den nächsten Sekunden loslegen. Es war Unsinn, anzunehmen, man wüsste am nächsten Morgen nicht mehr, was am Abend zuvor passiert sei.

Marie wusste genau, wo sie war, und, dass sie nicht allein im Bett lag. Sie verspürte keine Lust, die Augen zu öffnen. Aber das würde an den Tatsachen nichts ändern. Sie griff nach ihrem Mobiltelefon, das auf dem Nachttisch lag, und stellte mit einem Blick auf die Uhrzeit fest, dass der Wecker gleich klingeln würde. Vorsichtig schlug sie die Decke zurück, warf einen Seitenblick auf Jürgen, der noch schlief. Sie glitt leise aus dem Bett und schlich nackt hinüber ins Badezimmer. Sie stellte sich unter die Dusche, legte den Kopf in den Nacken und ließ das lauwarme Wasser in den geöffneten Mund laufen. Dann ließ sie heißeres Wasser auf Nacken und Schultern prasseln. Für den Moment gab ihr die sanfte Massage das Gefühl, gar nicht mehr so müde zu sein. Als sie aus der Dusche stieg, fiel ihr ein, dass sie keine Kleidungsstücke mit ins Bad genommen hatte. Sie wickelte sich in das große Badetuch, um hinüber ins Schlafzimmer an ihren Schrank zu gehen. Als sie die Badezimmertür öffnete, hörte sie die Maschine in der Küche mit surrendem Geräusch Kaffee mahlen. Jürgen war in der Küche. Sie schaffte es nicht, ungesehen ins Schlafzimmer zu gelangen, denn Jürgen grinste sie an der Türfüllung lehnend mit zwei dampfenden Bechern in der Hand an.

„Ich hab mir schon ein Taxi gerufen.“ Er reichte ihr einen der Kaffeebecher.

Marie zupfte am oberen Rand des Handtuchs, dass sie sich um den Körper geschlungen hatte. Was für eine blöde Situation. „Danke für den Kaffee“, brachte sie spröde hervor.

„Ich denke nicht, dass es irgendetwas gibt, weshalb wir uns unwohl fühlen sollten, oder?“ Jürgen schien in bester Verfassung zu sein. Sein Blick war offen und freundlich. Ihm schien der viele Alkohol des gestrigen

Abends nichts auszumachen. Dann stellte er den Kaffeebecher hinter sich auf der Arbeitsplatte ab, nahm seinen Mantel von der Garderobe und trat auf Marie zu. Stocksteif beobachtete sie ihn, unfähig sich zu rühren oder etwas zu sagen. Sie fürchtete, er würde ihren Herzschlag hören. Immer noch hielt sie mit einer Hand das Badetuch zusammen, die andere Hand umklammerte den Kaffeebecher.

Jürgen küsste Marie auf die Wange. „Bis gleich im Präsidium", grinste er.

Als die Haustür ins Schloss fiel, stand Marie immer noch in ihrer Diele. Sie schüttelte den Kopf, lief barfuß in die Küche und füllte den inzwischen geleerten Becher nach. Gestern war nicht das Problem, sie hatte Schwierigkeiten mit dem Heute. Damit, dass sie sich gleich im Präsidium über den Weg laufen würden. Damit, dass sie sich normal verhalten musste, auch wenn sie sich ganz und gar nicht normal fühlte.

Sieben

Zypresse (bot. Cupressus sempervirens):
Ich bin todunglücklich.

Katja Fehrenbach brachte ihr eine Tasse Tee an den Tisch mit der Bemerkung, sie sähe seit Tagen so fertig aus. Marie schaffte es kaum, der jungen Kollegin in die Augen zu schauen. Nach Jürgens Abgang aus ihrer Wohnung hätte sie nicht gedacht, dass es möglich wäre, sich noch mieser zu fühlen. Als sie sich an den Besprechungstisch setzte, warf sie Jürgen und den anderen Kollegen nur einen Blick und ein kurzes Nicken zu. Hans-Joachim Schlüter stand hinter seinem Stuhl, die Hände auf der Lehne abgestützt. Er sah so elend aus, wie Marie sich fühlte.

Nachdem der Erste Kriminalhauptkommissar die Kollegen begrüßt und über die Ereignisse des Sonntags informiert hatte, entbrannte eine kurze Diskussion über den erneuten Leichenfund und die Tatsache, dass diese offenbar in einer Gefriertruhe aufbewahrt worden war. Schlüter bat um Ruhe und teilte den Kollegen mit, dass ein LKA-Psychologe die Ermittlungen ab sofort unterstützen würde.

„Kommt wieder dieser kurze, dürre?", murrte Thiele, was ihm einen vorwurfsvollen Seitenblick des Kommissariatsleiters einbrachte.

„Nach den gestrigen Ereignissen hat Staatsanwalt Böhm nochmals bekräftigt, dass jemand, der Säuglingsleichen einfriert, nicht mehr zu den - in Anführungsstrichen - alltäglichen Tätern zählt. Immerhin haben wir es bereits mit drei toten Babys zu tun. Dr. Adalbert Reuters wird heute im Laufe des Tages zu uns stoßen. Einige von Ihnen kennen ihn sicher von früheren Ermittlungen. Als Leiter der MK wird Frau Thalbach die Gespräche mit Dr. Reuters koordinieren."

Es klopfte an der Tür zum Großraumbüro, und Peter Koch aus der Kriminaltechnik steckte den Kopf zur Tür herein. „Wir haben da was entdeckt, was euch freuen wird." Er trat ein und berichtete, dass bei allen drei Decken das Etikett abgeschnitten worden sei, bei der letzten aber nur sehr flüchtig. Vorn auf dem Etikett wären die Waschinformationen angegeben, auf der Rückseite die Chargennummer. Er habe bereits mit der Herstellerfirma telefoniert. Er lächelte hinüber in Katja Fehrenbachs Richtung. „Im linken Teil des rückseitigen Etiketts waren noch die oberen Enden einiger Zahlen erkennbar. Wir haben mal durchgespielt, welche in

Frage kommen, haben das mit dem Produktionsleiter des Unternehmens abgeglichen, und siehe da . . .", er machte eine bedeutungsvolle Pause, bevor er zu Ende sprach, „siehe da, die letzte Decke gehört zu einer Charge, die 2000 in den Läden war."

„Nur hier im Rheinland?", wollte Adrian Franzen wissen.

„Das ist doch unwichtig, solange die Decken hier überhaupt in den Läden waren. Wir gehen nicht davon aus, dass jemand aus weiterer Entfernung dreimal nach Köln reist, nur um hier Leichen zu verstecken. Der Bezug zur Stadt ist meiner Meinung nach ganz klar gegeben. Kirchen, Friedhöfe und Kloster gibt es überall. Warum ausgerechnet Köln, wenn es keine Bedeutung für den Täter hat." Hans-Joachim Schlüter wanderte wieder vor seinem Team auf und ab. Allerdings schien sich seine Gesichtsfarbe in den letzten Minuten etwas erholt zu haben.

Mit Kenntnis der Herstelldaten der Decke ließ sich nun zum ersten Mal der ungefähre Todeszeitpunkt für eine der Babyleichen festlegen. Das Mädchen aus der Apostelnkirche war aller Wahrscheinlichkeit nach 2005 erstickt worden. Das Team ging vorerst davon aus, dass die letzte Leiche auch das jüngste Kind gewesen war. Schlüter vermutete, dass der Täter oder die Täterin die Kinder in der Reihenfolge ihrer Geburt hatte beerdigen wollen, weil auch bei der Auswahl der Ruhestätten so planvoll vorgegangen worden war.

Adrian Franzen meldete sich zu Wort. „Damit fällt Theresa Hausmann zumindest für diesen Säugling als mögliche Mutter aus. Sie war im Jahr 2000 gerade mal acht Jahre alt." Er trat an das Whiteboard und setzte drei große Fragezeichen hinter den Namen der Pfarrersnichte. „Im schlimmsten Fall haben wir es mit jemandem zu tun, der nach jahrelangem Schweigen nun durchdreht und die ‚Stimme Gottes' hört, die ihm diese Dinge befiehlt. Oder aber diese Person empfindet Reue für die Taten und sucht Absolution im Glauben." Er schrieb die Worte Kirche und Gott an die Tafel. „Ich denke, wir müssen in unsere Befragungen auch die Pfarrer der umliegenden Kirchengemeinden mit einbeziehen."

Die restlichen Teamkollegen stimmten ihm zu.

Alles in ihr sträubte sich dagegen, aber im Anschluss an die Besprechung begab sich Marie zu Jürgens Arbeitsplatz. „Ich müsste kurz mit dir sprechen, Jürgen. Unter vier Augen."

Er sah auf, schob seinen Stuhl zurück und folgte ihr. Auf dem Weg hinaus in den Flur schien es Marie, als blickten ihnen alle anderen Kollegen hinterher.

Bei der Sitzgruppe am Ende des Ganges blieb Marie stehen und sah sich um. Außer ihnen war niemand auf dem Flur. „Du musst mit Schlüter reden. Wir können nicht einfach unter den Teppich kehren, was gestern passiert ist."

„Vielleicht bleibt aber auch alles ruhig. Schließlich wird Dana Seiler klar sein, dass sie mit ihrem Doppelleben nicht gerade punkten wird."

„Das ist Unsinn, und das weißt du. Sie arbeitet nebenbei bei einem Escort-Service - na und? Das ändert nichts daran, wie wir uns ihr gegenüber verhalten dürfen."

„Ohne meinen Besuch bei ihr wüssten wir nicht, dass sie auch als Sasha Viroux unterwegs ist. Und das ist meiner Meinung nach ein sehr gutes Motiv, lästige Kinder loswerden zu müssen."

Marie war müde, und sie war es auch leid, dass Jürgen sich so unprofessionell verhielt. „Entweder redest du mit Schlüter, oder ich tue es."

„Ach, jetzt hängst du die Chefin raus? Das hat sich gestern Nacht aber ganz anders dargestellt!“

Marie schüttelte den Kopf, eine Reaktion auf das ungute Gefühl, das seit dem Aufstehen in ihrem Magen kreiste. Sie sog heftig Luft ein, wandte sich ab und ließ Jürgen einfach stehen.

Etwa eine halbe Stunde später klingelte das Telefon auf ihrem Schreibtisch, und Hauptkommissar Hans-Joachim Schlüter bat sie in sein Büro. Als Marie Thalbach eintrat, saß Jürgen bereits auf einem der beiden Besucherstühle.

„Frau Thalbach, was sagen Sie zu den Vorkommnissen der letzten Nacht?“

Marie schoss die Hitze ins Gesicht. Für eine Sekunde dachte sie, er wollte wissen, wieso sie heute Morgen neben ihrem Kollegen wach geworden war. Dann wurde ihr bewusst, dass Schlüter von Thieles Besuch bei Dana Seiler sprach. Ihr Magen entkrampfte sich wieder.

„Auch wenn die Aktion etwas unglücklich gelaufen ist, haben wir zwei hilfreiche Anhaltspunkte gewonnen. Die Narbe an ihrem Bauch und die Tatsache, dass sie ein Doppelleben führt.“

„So sehen Sie das?“ Schlüter verzog keine Miene, seine Stimme klang scheinbar ruhig.

„Ich habe dem Kollegen schon den Kopf gewaschen, wenn Sie darauf anspielen. Sicherlich war sein Vorgehen nicht richtig, aber Frau Seiler hat es drauf angelegt. Auch schon bei früheren Befragungen“, lenkte Marie ein.

Schlüter lehnte sich zurück, musterte erst die Leiterin der MK, dann Jürgen Thiele. Er schüttelte den Kopf. „Sind Sie eigentlich völlig übergeschnappt? Was glauben Sie, was die Presse mit uns macht, wenn die Seiler denen das steckt? Glauben Sie, ich habe Lust, für solche

Aktionen meinen Kopf hinzuhalten?“ Bevor Marie oder Jürgen Thiele etwas darauf entgegnen konnten, fuhr er fort: „Selbst wenn wir ihr Doppelleben bekannt machen und sie damit in eine schlechtere Position drängen, wirbelt diese Sache erst einmal Staub auf. Und das können wir nicht gebrauchen!“

Marie schluckte. Es war besser, jetzt nicht zu widersprechen.

Hans-Joachim Schlüter stützte die Ellbogen auf die Tischplatte und legte die Hände zusammen. „Gehen Sie, Thiele. Ich will darüber jetzt nicht weiter sprechen. Aber Sie können sicher sein, dass das in Ihrer Beurteilung eine Rolle spielen wird.“

Jürgen Thiele erhob sich wortlos und zog die Tür ungestüm hinter sich ins Schloss.

Marie wartete, dann wagte sie einen Vorstoß. „Vielleicht steht es mir nicht zu, das zu fragen, aber geht es Ihnen gut?“

Hans-Joachim Schlüter schaute sie an. Immerhin schien er sich wieder beruhigt zu haben, dennoch befürchtete Marie, mit ihrer Frage zu weit gegangen zu sein. Schlüter wurde von seinem Team sehr geschätzt, nicht nur wegen seiner normalerweise ruhigen Art, auch weil er den Druck, unter dem er oft stand, nicht an seinen Mitarbeitern abließ. Er stand hundertprozentig vor seinen Leuten. Seine Zurückhaltung, die manchmal in Distanz überging, verbot es ihm, mit den Kollegen allzu salopp umzugehen. Er war kein Verfechter der unter vielen Polizisten und Kriminalbeamten üblichen Du-Anrede und zog es vor, per Sie zu bleiben.

„Nein, es geht mir nicht gut. Aber das gehört nicht hierher.“ Es klang nicht abweisend, eher resigniert.

Marie registrierte, dass sein Blick auf dem Foto seiner Tochter hängen blieb, das auf seinem Schreibtisch stand. „Ist etwas mit Ihrer Tochter?“

Wieder nickte er. „Magdalena ist verschwunden. Sie

ist seit zehn Tagen nicht nach Hause gekommen, und wir haben keine Ahnung, wo sie ist und wie es ihr geht."

Marie war bestürzt. Das erklärte seine Nervosität in den letzten Tagen. Plötzlich schien der Damm gebrochen, denn Schlüter berichtete ihr nach und nach von der Schwangerschaft der Freundin, dem Verschwinden der Mädchen und seiner Sorge, bei den gefundenen Säuglingen könne es sich um Lisas Baby handeln. Dies konnte inzwischen glücklicherweise ausgeschlossen werden, aber von den Mädchen gab es weiterhin kein Lebenszeichen.

Es war nicht einfach für Marie, die richtigen Worte zu finden. „Wahrscheinlich fühlt sich Lisa im Moment von allen Seiten bevormundet. Vermutlich braucht sie Zeit, um wieder zur Ruhe zu kommen."

Schlüter kommentierte Maries Worte mit hochgezogenen Augenbrauen. Er nickte, dann räusperte er sich. „Ich denke, wir sollten Frau Seiler noch einmal unter die Lupe nehmen", kam er zurück auf den Fall. „Sie hat kein Alibi für den Zeitraum der Ablage der ersten beiden Leichen und war zweimal bei der Entdeckung vor Ort. Wo war sie gestern, als die dritte Leiche in St. Aposteln gefunden wurde? Ich muss sicher nicht extra betonen, dass Kommissar Thiele an dieser Befragung nicht teilnimmt." Er griff nach seinem Kugelschreiber, zog sich ein Blatt Papier heran, und Marie wusste, dass sie damit aus dem Gespräch entlassen war.

Kaum war Marie an ihrem Platz, klingelte ihr Telefon, und die Dame von der Zentrale teilte mit, dass Dr. Adalbert Reuters eingetroffen sei. Marie machte sich umgehend auf den Weg, ihn in Empfang zu nehmen. Als sie die gläserne Doppeltür, die ins Foyer führte, öffnete, drehte sich ein etwa ein Meter siebzig großer Mann mit ledernem Aktenkoffer, der fast jünger wirkte als sie selbst, zu ihr um. Marie war überrascht. Sie hatte sich von seinem Namen dazu verleiten lassen, einen älteren Herrn zu erwarten.

„Oberkommissarin Thalbach, nehme ich an?“ Dr. Adalbert Reuters lächelte Marie an und streckte ihr die Hand entgegen.

Während des Aufenthalts im Fahrstuhl wechselten sie einige Belanglosigkeiten, bis sie das Großraumbüro, das sich das Team des KK 11 teilte, erreichten. Die Kollegen waren alle unterwegs, so dass Marie Dr. Reuters direkt in den hinteren Teil des Raumes an den Besprechungstisch geleitete.

Einen Kaffee oder Tee lehnte Dr. Reuters ab, er wolle gleich zur Sache kommen. Je eher er die Sachlage kenne, desto früher könne er den Fall klären. Trotzdem holte Marie für sich selbst eine frisch aufgefüllte Tasse Tee von der Anrichte. Als sie wieder Platz genommen hatte, umriss sie in knappen Worten die Ereignisse der letzten Tage, beschrieb die drei Fundorte sowie den Zustand der Leichen und schob Reuters eine Kopie der beiden vorhandenen Obduktionsberichte zu. „Die Möglichkeit, es mit einem Serientäter - oder einer Serientäterin - zu tun zu haben, können wir inzwischen ausschließen. Da wir wissen, dass zwei der drei Säuglinge Geschwister sind, gehen wir davon aus, dass es sich um eine Beziehungstat handelt und dass das Motiv in der zugehörigen Familie zu finden ist. Der Geschwistertest für den dritten Säugling läuft noch.“ Sie fasste einige Ermittlungsdetails zusammen, wurde von Reuter aber mehrfach unterbrochen. Geduldig parierte sie auf seine Zwischenfragen. „Bei der Identifizierung der Leichen haben wir Schwierigkeiten, weil sie offenbar heimlich zur Welt gebracht wurden. Weder Krankenhäuser noch Hebammen aus der Umgebung konnten uns mit passenden Geburtsdaten unterstützen. Es ist fast, als existierten diese Kinder gar nicht, und doch sind ihre Leichen da.“

„Liebe Frau Thalbach, in einem Satz das Offensichtliche mit dem Konjunktiv zu verbinden lässt mich darauf schließen, dass Sie und Ihr Team hier schon an Ihre Grenzen stoßen."

Marie stutzte, verschränkte die Arme vor der Brust und lehnte sich in ihrem Stuhl zurück. Innerlich rief sie sich zur Ordnung. Sie zählte gedanklich bis fünf, hob das Kinn und zog die Mundwinkel in die Breite. „Lieber Herr Dr. Reuters. Ich bin erst seit einigen Monaten in Köln, und ich hoffe, dass wir hier eine ebenso fruchtbare Zusammenarbeit aufbauen werden, wie ich das vom LKA München her kenne." Kaum war der Satz heraus, ärgerte sie sich darüber, von einer fruchtbaren Zusammenarbeit gesprochen zu haben.

Dr. Adalbert Reuters verzog keine Miene. „Von meiner Seite aus gibt es da keine Schwierigkeiten. Sie sprachen von mehreren Spuren. Welche gibt es noch?"

Die wässrig-blauen Augen des Psychologen beobachteten sie eindringlich. Marie griff nach ihrer dickwandigen Keramiktasse, die sie ihm liebend gerne an den Kopf geworfen hätte und nahm einen langen Schluck des mittlerweile nur noch lauwarmen Getränks. „Da wäre einmal eine junge Frau, Dana Seiler, die an beiden Fundorten aufgetaucht ist." Sie gab ihm Personenbeschreibung, Charakterisierung und alle Informationen weiter und fügte eine Pause an, als warte sie auf seinen Kommentar. Aber Reuters schwieg. „Frau Seiler käme auf Grund ihres Alters theoretisch als Mutter der Kinder in Frage."

„Gibt es dafür konkrete Hinweise?", fragte Reuters dazwischen.

Die Kommissarin verneinte. „Die nächste Spur, die wir haben, kommt aus dem Kloster, in dessen Garten die zweite Leiche gefunden wurde." Sie berichtete von den beiden jungen Frauen, die für einige Zeit Gast im Kloster gewesen waren. Reuters griff nun endlich in seine Aktentasche, entnahm ihr ein in Leder gebundenes Notizbuch im DIN A4 Format und schrieb einige Stichpunkte hinein.

„Wie der rechtsmedizinische Bericht ergibt, haben wir es in zwei Fällen mit Neonatizid zu tun“, setzte Reuters wieder an, der kurz die Seiten studiert hatte, die sie ihm zusammengestellt hatte. Marie kannte den Fachausdruck für die Tötung eines Kindes innerhalb von vierundzwanzig Stunden nach seiner Geburt bereits von Dr. Spangenberg.

„Es gibt zwar keine hinreichenden statistischen Erhebungen, jedoch wird angenommen, dass zwischen zwei Drittel und drei Viertel der Kindstötungen durch die leiblichen Mütter verübt werden. Auch wenn bei Fällen von Misshandlungen in den letzten Jahren vermehrt Väter als Täter auftreten, gilt dies nicht für den Neonatizid. Die Tatmotive sind vielfältig.“ Er sah Marie eindringlich an. „Was ist das Motiv im vorliegenden Fall?“

Bevor sie etwas sagen konnte, blätterte er in seinen Unterlagen. „Tötung in Kombination mit Suizid des Täters, Tötung unter Einfluss von psychotischen Symptomen, Tötung eines ungewollten Kindes, unbeabsichtigte Tötung aufgrund körperlicher Misshandlung oder aus Vernachlässigung ohne Absicht, das Kind zu verletzen, Tötung aus Rache am Ehepartner oder Ex-Partner, Tötung aus einer Wochenbettdepression heraus.“ Er sah kurz auf, kniff die Augen hinter seiner randlosen Brille zusammen und fuhr fort: „Weiter wäre das Münchhausen-Stellvertreter-Syndrom zu nennen. Dabei handelt sich um eine subtile Form der Kindesmisshandlung, die bis zum Tod des Opfers führen kann. Häufig ist der von der Störung Betroffene ein Elternteil, meist die Mutter, oder ein Erziehungsberechtigter. Natürlich kann auch sexueller Missbrauch ein Motiv sein.“

„Das haben wir untersucht. Die Kinder wurden weder misshandelt noch missbraucht.“

„Ich spreche von der Mutter."

Marie schwieg. Hinter jedem der Motive, die Reuters genannt hatte, lagen Schicksale. Scheinbar unüberwindbare Probleme, die zur Kindstötung geführt hatten. Warum hatten die Eltern nicht frühzeitig zugeben können, dass sie mit der Situation überfordert waren und Hilfe in Anspruch genommen? Warum hatten sie überhaupt Kinder in die Welt gesetzt, wenn sie nicht in der Lage waren, für sie zu sorgen?

„Frau Thalbach?"

Marie schreckte auf und konzentrierte sich wieder auf das Gespräch. „Sie meinen, wenn wir die Mutter finden, haben wir die Täterin?"

Reuters nickte.

„Dann konzentrieren wir ab sofort unsere Ermittlungen auf die Suche nach dem Motiv, um über diesen Weg auf die Mutter zu stoßen?"

Reuters nickte erneut, klappte Aktenkoffer dabei zu und erhob sich. „Ich habe noch einen Termin im LKA, aber wir bleiben in engem Kontakt."

Marie bedankte sich höflich für seine Unterstützung und bedeutete ihm mit einem Handzeichen, dass sie ihn hinunter an den Ausgang begleiten würde.

Zurück an ihrem Platz, stützte Marie die Ellbogen auf dem Tisch ab und legte das Kinn auf die gefalteten Hände. Sie vermisste ihre Kollegin Susanne Drewitz. Die Zusammenarbeit bei der Blumenrecherche war erstaunlich unkompliziert verlaufen; Susanne arbeitete schnell und zuverlässig und machte nicht viele Worte.

Marie wollte noch einmal in Brauweiler mit Pfarrer Lambert Hausmann und seiner Nichte Theresa sprechen. Die Täterin konnte den Klostergarten nur mit Hilfe des Schlüssels betreten haben. Und den konnte sie nur von Annkathrin Leibowitz oder über Theresa Hausmann erhalten haben. Außerdem konnte Marie die

Hilfe des Seelsorgers brauchen, um sich von ihm einen Überblick über die kirchlichen Beratungsstellen in der Umgebung geben zu lassen. Allerdings wollte sie heute nicht mit Jürgen zusammen arbeiten. Sie beschloss, dieses Mal allein zu fahren. Es war jedoch dringend nötig, dass sich ihr Verhältnis wieder entspannte.

Eine schlanke Frau um die fünfzig mit sehr kurz geschnittenen, braunen Haaren öffnete die Tür zum Pfarrhaus Brauweiler. Ihre Augen standen ein wenig zu eng beieinander, was ihr ohnehin schon rundes Gesicht noch mehr betonte. Über einem dunkelgrünen Wickelkleid trug sie eine grau-weiß gestreifte Schürze, die sie hinter dem Nacken zusammengebunden hatte. Ihre Füße steckten in schwarzen Filzpantoletten. Sie stellte sich als Magda Thimm, Haushälterin im Pfarrhaus, vor.

Marie bat, mit Pfarrer Hausmann sprechen zu können und wurde ohne großes Aufhebens in sein Arbeitszimmer geleitet. Lambert Hausmann saß vor einem Laptop und tippte konzentriert mit zwei Fingern auf der Tastatur. Seine Lippen formten dabei lautlos Worte. Ohne aufzusehen winkte er seinen Besuch mit einer Kopfbewegung herbei mit dem Hinweis, er müsse nur noch schnell diesen Satz zu Ende formulieren, dann sei er ganz Ohr. Marie Thalbach blieb in der Nähe der Tür stehen, die die Haushälterin hinter sich geschlossen hatte.

Als Lambert Hausmann sah, wer ihn beehrte, beeilte er sich, hinter seinem Schreibtisch hervorzukommen und der Kommissarin die Hand zu schütteln. „Ich habe von dem neuen Fund in St. Aposteln gehört. Schrecklich. Der dritte Säugling nun mittlerweile."

„Ich hoffe, es geht Theresa gut?"

Der Pfarrer nickte. „Sie verhält sich oft etwas verstockt." Er schien das Verhalten seiner Nichte erneut entschuldigen zu wollen.

Marie beruhigte ihn. „Auch wenn Theresa den Schlüssel aus dem Kloster entwendet hat, macht sie das noch nicht zur Tatverdächtigen. Sie ist eine Zeugin. Aber deshalb bin ich heute nicht hier. Ich habe gelesen, dass Sie hier im Pastoralbüro ein gemeinsames Projekt der katholischen Caritas und der evangelischen Diakonie anbieten."

Pfarrer Hausmann bestätigte, dass es ein solches Projekt mit dem Namen ‚Rat und Hilfe' gebe. Es sei als erste Anlaufstelle für Leute in finanzieller Not, zur Schuldnerberatung, als Hilfe und Begleitung bei Amtsgängen oder zur Berufsberatung gedacht.

„Wir sind dabei, alle Kirchengemeinden in einem bestimmten Umkreis zu befragen. Es hatte sich für mich angeboten, bei Ihnen zu beginnen", erklärte Marie.

„Kennen Sie den Verein ‚Lobby für Mädchen' in Ehrenfeld?"

Die Kommissarin musste zugeben, von dieser Einrichtung noch nichts gehört zu haben.

„Es ist eine Anlaufstelle für Mädchen im Alter von zwölf bis siebenundzwanzig. Sprechen Sie einmal mit Marietta Kornblum - sie ist eine der dortigen Sozialpädagoginnen. Ich denke, das ist eher die Art Beratungsstelle, die Sie sich vorgestellt haben." Lambert Hausmann nahm ein abgegriffenes Notizbuch zur Hand und blätterte einige Seiten darin herum. „Der Verein sitzt in der Fridolinstraße. Am besten vereinbaren Sie einen Termin. Die Damen sind meist unterwegs oder in Beratungsgesprächen."

Marie steckte den Zettel mit Adresse und Telefonnummer, die der Pfarrer für sie notiert hatte, in die Tasche, bedankte sich für die Unterstützung und verabschiedete sich auch schon wieder.

Auf dem Weg zu ihrem Auto wog die Kommissarin das Für und Wider ab, ob sie nicht doch direkt zu der Beratungsstelle fahren sollte. Sie fischte ihren Schlüssel aus der Tasche, als ihr plötzlich schmerzhaft etwas in die Kniekehlen stieß. Als sie das Gleichgewicht wieder gefunden hatte, erkannte sie die Gartenhilfe, die sie versehentlich mit ihrer Schubkarre angefahren hatte. Mit scheuem Blick wollte die Frau sich schon abwenden, doch Marie sprach sie an.

„Laura Breuer, nicht wahr? Mein Name ist Thalbach, Kriminalpolizei. Ich hätte ein, zwei Fragen an Sie." Die Kommissarin reichte der Gärtnerin die Hand.

Laura Breuer wischte sich die erdverkrusteten Hände an ihren Jeans ab. Dabei schob sich ihr Hemdsärmel nach oben, was sie schnell korrigierte, bevor sie Marie Thalbach begrüßte. Ihre Augen streiften nur kurz das Gesicht der Kommissarin, dann hielt sie den Blick gesenkt.

„Wissen Sie, ob Theresa viele Freunde hat? Bekommt sie oft Besuch oder geht sie aus?"

Laura Breuer schüttelte den Kopf. „Ich bin nur zweimal die Woche hier, um im Garten zu arbeiten. Mit der Familie habe ich nicht viel zu tun."

Marie musterte die Frau. Sie konnte um die dreißig sein, aber es war schwer, ihr Alter zu schätzen. Ihr Gesicht wirkte eingefallen. Die Haare hatte sie unter einem Kopftuch verborgen, ihr Körper steckte in Arbeitsklamotten, die ihr mindestens eine Nummer zu groß waren.

„Ist Ihnen vielleicht sonst etwas aufgefallen?"

Laura Breuer schwieg. Dann schüttelte sie wieder den Kopf und fügte zögernd hinzu, dass sie das Mädchen nur gesehen habe, wenn sie zufällig mit ihr zusammen im Garten gewesen sei.

Marie bedankte sich dennoch für die Auskünfte und lief weiter zu ihrem Wagen, doch dann kam ihr unvermittelt ein Gedanke. Sie musste noch einmal mit dem Pfarrer sprechen.

Wieder saßen sie in der grünen Sitzgarnitur in Lambert Hausmanns Arbeitszimmer. Wenn er sich über ihr ständiges Kommen und Gehen wunderte, so ließ er sich nichts davon anmerken. Laura Breuer sei ein ganz armes Mädchen, erzählte er. Vor knapp einem Jahr sei ihre Mutter verstorben, die sie abgöttisch geliebt habe. Zwar sei sie kein aktives Mitglied der Kirchengemeinde, aber er verstehe seine Aufgabe als Seelsorger auch so, dass man seinen Nächsten helfen müsse, wenn es ihnen nicht gut ginge.

„In welcher Hinsicht?"

„Die Mutter hatte ein bisschen Land gepachtet, auf dem sie Gemüse anpflanzte, das sie auf den Märkten hier verkauft hat. Laura hat keine andere Einnahmequelle. Daher habe ich ihr angeboten, mir im Pfarrgarten zu helfen, da sie keine Almosen und auch keines unserer sonstigen Angebote annehmen wollte."

„Ist es nicht ungewöhnlich für eine junge Frau, so lange zu Hause wohnen zu bleiben?", wollte die Kommissarin wissen.

Aber Lambert Hausmann meinte, allein hätte die Mutter den Hof nicht halten können. Das schweiße zusammen. „Sie müsste jetzt etwa vierundzwanzig sein. Aber so genau weiß ich das auch nicht."

„Hat sie Kontakt zu Theresa?"

„Nein, das glaube ich nicht. Ich habe die beiden nie zusammen gesehen. Laura Breuer ist sich derzeit selbst genug, und Theresa ist mit ihren eigenen Plänen beschäftigt."

Bevor sie den Wagen startete, versuchte Marie Marietta Kornblum über ihr Mobiltelefon zu erreichen, wurde jedoch nur mit deren Mailbox verbunden. Auch in der Lobby für Mädchen ging niemand ans Telefon. Marie hinterließ ihre Nummer und die Mitteilung, dass sie es zu einem späteren Zeitpunkt erneut versuchen würde.

Sie beschloss, auf dem Weg zurück ins Präsidium Susanne einen Besuch abzustatten. Kurz überlegte Marie, unterwegs etwas Süßes zu kaufen, das sie als Krankengeschenk mitbringen konnte, verwarf diesen Gedanken jedoch schnell wieder.

Eine halbe Stunde später saßen sich die beiden Oberkommissarinnen in Susannes Wohnzimmer gegenüber.

„Ich hatte ein Gespräch mit Dr. Reuters, einem Psychologen vom LKA, den Schlüter angefordert hat. Reuters teilt unsere Annahme, dass es sich höchstwahrscheinlich um eine Täterin handelt."

„Ach, der gute Adalbert. Bevor ich den zum ersten Mal gesehen habe, dachte ich, ich treffe gleich auf einen netten, älteren Herrn so um die siebzig - bei dem Namen. Ich hab' ganz schön blöd aus der Wäsche geschaut, als dann so ein junger, schlaksiger Typ um die Ecke bog."

Marie konnte sich lebhaft vorstellen, wie Susannes Gesichtsausdruck in diesem Moment ausgesehen haben mochte. Zum ersten Mal an diesem Tag musste sie schmunzeln. Dann berichtete Marie von den möglichen Motivationen, die hinter der Kindstötung stehen konnten. „Thiele, Franzen und einige Kollegen, die uns unterstützen, befragen heute Ärzte, Therapeuten, Psychologen und psychologische Beratungsstellen in der Umgebung, ob dort jemand bekannt ist, der in unser Profil passt. Es ist möglich, dass die Täterin sich Hilfe gesucht hat oder in Behandlung war."

Susanne saß auf der Kante des Sofas, das eingegipste Bein hatte sie gerade vor sich auf dem Boden abgestellt. „Ich habe keine Lust mehr, den ganzen Tag nur hier rumzuliegen, das kannst du mir glauben. Ich will endlich wieder raus, mit am Fall arbeiten." Sie drehte das Bein hin und her. „Mir fehlt die Bewegung, das macht mich ganz verrückt. Schön, dass du gekommen bist, und ich wenigstens ein bisschen Anteil an den Ermittlungen haben kann. Wenn du übrigens etwas trinken möchtest, müsstest du das für uns aus der Küche holen. Ich bin derzeit nicht so beweglich." Sie versuchte ein schiefes Grinsen.

Marie war überrascht. Derartige Offenheit hatte sie von Susanne nicht erwartet. Um den Moment nicht zu zerstören, stand sie auf und holte eine Flasche Wasser und zwei Gläser aus Susannes Küche. „Nächstes Mal gibt's wieder was Ordentliches", versuchte Marie zu witzeln und fügte hinzu, dass sie heute einen klaren Kopf brauchte.

„Wirklich fit siehst du auch nicht aus, aber das ist ja wohl kein Wunder bei diesem Fall. Los, erzähl, was Reuters noch gesagt hat."

„Manche der Möglichkeiten, die er genannt hat, scheiden in unserem Fall aus." Marie gab in kurzen Worten Reuters' Auflistung möglicher Motive wider.

„Aber vielleicht hat der Erzeuger oder Partner die Kinderleiche weggeschafft, wenn sich die Mutter nämlich gemeinsam mit ihrem Kind umgebracht hat. Sucht ihr nach weiblichen Suizidfällen der letzten Jahre?", grübelte Susanne.

„Das passt nicht zu der Tatsache, dass der erste Säugling eine Totgeburt war. Schlüter will, dass wir unseren Fokus auf die Psychologen setzen. Wenn die Mutter das Kind nicht wollte, hat sie sich eventuell zu Beginn der Schwangerschaft beraten lassen. Das gilt auch für den Fall, dass sie Opfer einer Vergewaltigung war oder psychische Probleme hat. Unsere Täterin ist also höchstwahrscheinlich weiblich und müsste heute im Alter zwischen zwanzig und fünfzig sein. Leider gibt es für Spangenberg keine Möglichkeit, herauszufinden, wie lange die Leichen eingefroren waren, so dass er keinen genauen Todeszeitpunkt errechnen kann. Das einzige, was er sagen kann, ist wie alt die beiden anderen Säuglinge waren, als sie getötet wurden. Die Morde können also vor drei Monaten oder fünf Jahren verübt worden sein."

„Hm, das macht es nicht gerade einfacher." Susanne schob nachdenklich einen Bleistift von oben in den Gips und bewegte ihn hin und her, während sie weitersprach. „Offenbar hat vor kurzem ein einschneidendes Ereignis im Leben der Täterin stattgefunden, das sie dazu gebracht hat, die Leichen aus ihrem bisherigen Versteck zu nehmen und an einen anderen Ort zu bringen. Wobei hier die Wahl der neuen Grabstätten eine entscheidende Rolle spielt, denke ich."

Marie nickte und nahm einen Schluck aus ihrem Wasserglas. „Vielleicht musste sie den Ort, an dem sie lebte, verlassen. Das Risiko eines Umzuges mit einer Kühltruhe, in der drei Leichen liegen, war zu groß, daher brauchte sie neue Verstecke."

Susanne schüttelte langsam den Kopf. „Nein. Ich glaube, der religiöse Aspekt an den neuen Gräbern ist das, worum es geht. Als ob sie die Kinder jetzt an einen gesegneten Ort bringt, um für sie oder für sich Vergebung zu erbitten. Denk an die Blumen, die du gefunden hast. Die sagen doch genau das aus. Die Margerite - das Gute, das Reine. Damit ist das erste Kind gemeint. Es ist gestorben, ohne je geatmet zu haben. Es hatte überhaupt keine Gelegenheit, etwas Böses zu tun. Oder das Gänseblümchen. Ewiges Leben, Erlösung. Sie bittet um Erlösung für die Seelen ihrer toten Kinder. Es ist ein Zeichen der Reue. Wir müssen nach einer Frau suchen, die ihr Leben nach Gott und der Kirche ausrichtet."

Während sich Marie und Susanne über den Fall unterhielten, saß Adrian Franzen Dana Seiler zu einer erneuten Befragung gegenüber. Katja Fehrenbach lehnte an der Wand und verfolgte das Gespräch, ohne sich einzuschalten.

„Frau Seiler, das Alibi, das Sie uns am Morgen des

zweiten Leichenfundtages gegeben haben, wurde nicht bestätigt. Friedhelm Bosbach sagt, er habe an diesem Tag keinen Termin mit Ihnen gehabt, und auch an keinem anderen Tag. Da die Sekretärin donnerstags ihren freien Tag hat, gibt es niemanden sonst in der Ulrepforte, der Sie gesehen haben könnte."

Dana Seiler lachte kurz auf. Sie drehte den Kopf zur Seite und spielte mit ihrem Ohrring. Dann schaute sie Adrian Franzen direkt an. „Es ist mir schon klar, weshalb der alte Sack nicht zugibt, mich an diesem Nachmittag getroffen zu haben."

„Sie bleiben also dabei, bei Friedhelm Bosbach gewesen zu sein? Weshalb sollte er das verschweigen? Es war doch ein beruflicher Termin, oder nicht?"

Dana presste die Lippen zusammen. „Ich bin zu ihm gegangen, weil ich eine Sendung aus dem Turm machen wollte. Er jedoch hatte ganz andere Vorstellungen. Im Majoratszimmer wollte er mir an die Wäsche. Ich habe ihm einen Tritt in die Weichteile verpasst und klargestellt, dass so etwas mit mir nicht läuft."

„Nach unseren Informationen sind Sie auch als Sasha Viroux unterwegs. Unter diesem Namen scheinen Sie allerdings etwas weniger zurückhaltend zu sein. Bosbach besitzt eine mittelständische Spedition - damit passt er doch ins Profil Ihrer sonstigen Klientel, oder?" Franzen zog die Augenbrauen hoch und verschränkte die Arme vor der Brust.

„Das ist typisch Mann. Und typisch Bulle noch dazu."

Franzen äußerte sich nicht zu ihrer Provokation.

„Als Sasha begleite ich Geschäftsleute zum Essen, in Konzerte oder zu sonstigen Veranstaltungen. Sie kennen mich nur unter diesem Namen. Ich mache das aus nur einem Grund - weil es mir Spaß macht. Und auf jeden Fall halte ich die Fäden in der Hand. Ich entscheide, was geht und was nicht. Das ist es, was mich reizt. Bosbach wollte diese Regeln umgehen - und vor allem war ich bei ihm nicht als Sasha, sondern als Radiomoderatorin. Ich vermische diese beiden Seiten von mir niemals. Natürlich ist es ihm peinlich, seine Niederlage zuzugeben. Also kann er auch nicht bestätigen, dass ich dort war."

„Wenn dem so ist, wieso haben Sie uns das nicht beim letzten Mal schon erzählt?"

Dana Seiler schwieg.

„Oder haben Sie Geld von ihm genommen, um den Vorfall zu verschweigen?" Franzen schloss aus Dana Seilers Blick, dass er mit seiner Vermutung richtig lag. „Wir werden das überprüfen. Dennoch werden wir eventuell von Ihnen eine Speichelprobe nehmen, um Ihre DNA mit denen der toten Säuglinge zu vergleichen."

Dana Seiler zuckte nur mit den Schultern.

Als Marie am Abend zurück in die Dienststelle kam, lag das Großraumbüro fast im Dunkeln. Nur ein einzelner Monitor war noch eingeschaltet und erhellte einen der hinteren Arbeitsplätze. Marie rief einen Gruß hinüber, erhielt aber keine Antwort. Unvermittelt wurde eine Tastatur bearbeitet, als nähme jemand an einem Schnell-Schreib-Wettbewerb teil. Marie schaltete ebenfalls ihren Computer an. Aus einer Ecke war deutlich ein Schniefen zu vernehmen. Sie wollte es ignorieren, aber sie wusste natürlich, dass der Schreibtisch dort hinten Katja Fehrenbach gehörte. Marie war müde, der Tag steckte ihr in den Knochen, sie wollte einfach nur ihre Ruhe haben, trotzdem fragte sie schließlich nach. „Alles okay bei dir, Katja?"

Ein hastig genuscheltes „Jaja" war die Antwort.

Marie stand auf und ging auf den Schreibtisch der Kollegin zu. Katjas Augen waren gerötet, die Wimperntusche verwischt. Vom Monitor strahlte sie das grelle Weiß eines leeren Word-Dokumentes an. „Er hat Schluss gemacht“, schniefte sie und wurde von einem Weinkrampf geschüttelt. Es war klar, dass es um Jürgen ging, aber Marie fühlte sich nicht in der Stimmung, mit Katja ausgerechnet über ihn zu reden. Leider war es dafür nun zu spät.

„Ich wusste, dass er im Moment viel Ärger hat, und da habe ich ihm heute Mittag ein kleines Geschenk überreichen wollen. Damit er weiß, dass ich immer bei ihm bin.“

Marie fuhr sich mit der Hand übers Kinn. Und obwohl sie es gar nicht wissen wollte, fragte sie, was Katja ihm denn mitgebracht hatte. Es war der hellbraune Plüschteddy, der ein dickes, rotes Herz mit dem Aufdruck ‚Du gehörst zu mir’ trug und nun neben Katjas Monitor auf dem Schreibtisch saß.

„Er hat gesagt, er gehört immer nur sich selbst. Das wäre schon immer so gewesen, und das sollte auch so bleiben. Und außerdem gäbe es da eine andere.“ Tränen liefen ihr über das Gesicht.

Marie schob ihr eine Packung Taschentücher zu. „Warum gehst du nicht nach Hause und kommst ein bisschen zur Ruhe?“

„Meinst du, er hat das nur gesagt, weil er heute Ärger mit Schlüter hatte?“ Katja schien schon wieder neue Hoffnung zu schöpfen.

„Katja, mach’ nicht den Fehler, etwas in seine Worte hinein zu interpretieren, das er nicht gesagt hat. Er ist alt genug, auszusprechen, was er will. Und glaub’ mir, Jürgen ist sicher niemand, der mit versteckten Botschaften arbeitet. Du kennst ihn doch. Wenn er sagt, er will seine Ruhe, dann kannst du das nur so hinnehmen.“

„Nein, nein. Ich habe ihn bestimmt überfahren. Wir stecken mitten in dieser furchtbaren Mordserie, und ich ...“ Katjas Augen blickten schon nicht mehr so hoffnungslos.

„Du solltest ihm nicht hinterherlaufen. Das hat auch

etwas mit Würde zu tun. Wenn überhaupt, sollte er auf dich zukommen und sich entschuldigen. Das ist meine Meinung."

„Du meinst also auch, dass alles wieder gut wird?"

Marie schüttelte den Kopf. Katja wollte einfach nicht verstehen, und sie selbst hatte auch langsam die Nase voll von all den Beziehungsproblemen. Sie strich der jungen Kollegin über den Arm und riet ihr, sich selbst nicht unter Wert zu verkaufen.

Nach einiger Zeit packte Marie ihre Sachen zusammen und verabschiedete sich. Sie hoffte, dass Jürgen nicht sie als Grund benutzte, mit Katja Schluss zu machen, oder gar davon ausging, dass sie beide dort weitermachen konnten, wo sie letzte Nacht aufgehört hatten.

Ihr rechter Unterarm fühlte sich klebrig an, und plötzlich sah sie das Blut. In der rechten Hand hielt sie das Küchenmesser, mit dem sie sonst immer ihren Apfel schälte. Sie musste das Messer reinigen. Sie lief in die Küche, ließ kaltes Wasser über die Klinge laufen, wischte mit der Bürste darüber. Sie drehte den Wasserhahn zu, griff nach dem Geschirrtuch, trocknete das Messer ab und legte es an seinen Platz in der Schublade. Ihr Unterarm fühlte sich klebrig an. Sie blickte an sich hinab. Wieso blutete sie?

Obwohl Marie todmüde war, fand sie nun, da sie endlich zu Hause in ihrem Bett lag, keinen Schlaf. Die möglichen Motive, von denen Reuters gesprochen hatte, beschäftigten ihre Gedanken. Eine Mutter, die ihr Kind sofort nach der Geburt tötete, um so vielleicht ihren Partner zu halten. Oder die das Baby als Eindringling sah, die es nicht lieben konnte oder wollte. Laut Reuters kam es gar nicht so selten vor, dass Mütter oder Eltern den Tod des Kindes als einzigen Ausweg aus ihren Schwierigkeiten sahen. Sie konnte nicht verstehen, dass diese Eltern sich keine Hilfe holten oder nach echten Alternativen suchten.

Schließlich gewann die Müdigkeit die Oberhand, und Marie fielen die Augen zu. Ein letzter Gedanke zog vorbei, als sie schon in den ersten Traum driftete. Elena.

Acht

Heidekraut (bot. Calluna vulgaris):
Ich liebe die Einsamkeit.

Lisa klammerte sich an Magdalenas Arm. Sie waren auf dem Weg zum Einkaufen, und Lisa hatte es sich nicht ausreden lassen, mitzukommen. Sie hatten es beide satt, in der Wohnung von Lisas Tante, die zurzeit verreist war, zu sitzen. Magdalena wusste zwar nicht, ob ihr Vater sie beide suchen ließ, wollte aber sicher gehen. Daher hatten sich die beiden Mädchen bisher nur selten aus der Wohnung heraus gewagt. Auf den wenigen Metern bis zu dem kleinen Kiosk, in dem sie einige Lebensmittel besorgen wollten, würde schon nichts passieren, hatte Lisa gedacht. Nun spürte sie erneut, wie ein stechender Schmerz durch ihren Unterleib fuhr. Ängstlich schaute sie ihre Freundin an.

In Gedanken hatte Magdalena diese Situation etliche Male durchgespielt. Eine Geburt war schließlich das

Natürlichste der Welt. Allerdings war sie immer davon ausgegangen, dass Lisas Fruchtblase zu Hause in ihrem Zimmer platzen würde, dass Lisas Mutter dann da wäre und ihrer Tochter helfen würde. Jetzt erkannte sie, dass sie sich selbst nur hatte beruhigen wollen. Sie hatte so konkret gar keine Vorstellungen, was sie zuerst tun musste. Das schmerzverzerrte Gesicht ihrer Freundin löste Panik in ihr aus. Am liebsten hätte sie ihre Mutter angerufen und um Hilfe gebeten. Bis zum Termin, den die Ärztin Lisa genannt hatte, waren es noch drei Wochen. Bis dahin hatten sie längst wieder zu Hause sein wollen. Die Frist, die sie beide sich gesetzt hatten, war heute abgelaufen. Elf Tage Zeit zum Nachdenken, elf Tage Ruhe vor den Erwachsenen, die Lisa mit ihren ständigen Gesprächsangeboten verrückt gemacht hatten. Und vor allem elf Tage Bedenkzeit für Lisa, ob eine Adoption der Ausweg war, nach dem sie gesucht hatte. Tatsächlich hatte Lisa diese Entscheidung, nachdem sie sie einmal getroffen hatte, noch keinen Tag in Frage gestellt. Somit hatten sie das Ziel ihrer Auszeit erreicht.

Wieder krümmte sich Lisa und bohrte ihre Fingernägel in den Arm der Freundin.

„Was sollen wir denn nun machen? Kommt das Baby jetzt?“ Magdalenas Stimme brach.

Lisa schüttelte nur den Kopf. „Es tut verdammt weh!“

„Ich dachte, zuerst muss die Fruchtblase platzen. Das haben wir doch so gelesen.“

„Jetzt ist es aber anders. Tu was!“ Lisa lehnte sich an die Hauswand. Ihre Beine zitterten, sie fühlte sich nicht in der Lage, auch nur einen Schritt weiterzugehen.

Magdalena streichelte ihrer Freundin über den Arm. „Ich laufe zurück und hole Hilfe bei den Nachbarn“, schlug sie vor.

Lisa fing an zu weinen. „Nein! Ich will hier nicht allein bleiben“, schluchzte sie, als die nächste Wehe kam.

Jetzt weinte auch Magdalena. Sie klammerten sich aneinander, nicht in der Lage, zu entscheiden, was sie nun tun sollten.

Ein junger Mann fuhr auf seinem Rennrad vorbei. Mit einem Blick streifte er die beiden Mädchen, die an der Hauswand lehnten. Als er auf ihrer Höhe war, sprang er von seinem Rad und fragte, ob er helfen könne.

Magdalena schaute den Radfahrer aus verweinten Augen an. Mit dem Handrücken wischte sie sich die Tränen aus dem Gesicht und verschmierte dabei etwas Wimperntusche. Der junge Mann warf einen Blick auf Lisa, die ihre Hände auf den Bauch gepresst hatte, zückte sein Mobiltelefon und tippte eine Nummer ein.

Minuten später hielt ein Krankenwagen am Straßenrand. Zwei Sanitäter halfen Lisa auf eine Bahre und schoben sie in den Transporter. Magdalena stand mit hängenden Schultern dabei, bis einer der Rettungskräfte sie fragte, ob sie ihre Freundin ins Krankenhaus begleiten wolle.

Hans-Joachim Schlüter und seine Frau Ilona eilten den Gang der Frauenklinik entlang. Ihre Absätze klapperten über den glatten Linoleumboden, während sie Ausschau nach ihrer Tochter hielten. Sie näherten sich einem etwas zurückgesetzten Bereich für Besucher, der mit orangefarbenen Plastikstühlen bestückt war. Einige der Sitze waren mit zerfledderten Zeitungen übersät, der Mülleimer in der Ecke quoll über vor leeren Pappbechern. Auf einem der Stühle an der rechten Seite des Wartebereichs kauerte Magdalena mit angezogenen Beinen. Sie hatte den Kopf auf die Knie gelegt, die langen, braunen Haare fielen vornüber.

Ilona Schlüter stürzte auf ihre Tochter zu, sank in die Hocke und umschloss das Mädchen mit beiden Armen. Hans-Joachim Schlüter strich Magdalena unbeholfen über den Kopf.

„Mama . . .“, Magdalena zog die Nase geräuschvoll hoch und legte ihren Kopf an Ilona Schlüters Schulter. Sie wollte etwas sagen, aber außer einem lauten Schniefen war nichts zu verstehen.

„Jetzt seid ihr ja Gott sei Dank in Sicherheit. Wie geht es Lisa? Ist sie noch im Kreißsaal?“

Magdalena nickte. Lisa war direkt in die Geburtsvorbereitung gebracht worden.

„Ihr könnt von Glück reden, dass alles so glimpflich abgelaufen ist. Wo wart ihr denn in den letzten Tagen?“

Ilona Schlüter wandte den Kopf und sah zu ihrem Mann auf. Sie schüttelte den Kopf, aber Hans-Joachim Schlüter ließ sich nicht so einfach bremsen. „Nein Ilona, das muss ich jetzt sagen. Weißt du eigentlich, Magdalena, was wir für Sorgen ausgestanden haben? Einfach abzuhauen, dein Konto leer zu räumen, nicht mit uns zu reden - so kenne ich dich gar nicht. Und ich glaube auch nicht, dass wir es verdient haben, so behandelt zu werden.“

Magdalena blickte ihren Vater aus rot verquollenen Augen an. Ilona Schlüter streichelte ihrer Tochter über die Wange, aber Magdalena schob die Hand zur Seite.

„Es tut mir leid, Papa. Aber da Lisa plötzlich niemanden mehr hatte, konnte ich sie nicht auch noch im Stich lassen. Ich dachte, ihr würdet das schon verstehen.“ Sie schaute ihren Vater an, und Hans-Joachim Schlüter brachte es nicht übers Herz, ihr noch länger böse zu sein. Er machte eine fahrige Bewegung mit der Hand und brummte, dass sie später zu Hause noch einmal über alles sprechen würden. Das Wichtigste sei, dass sie wohl behalten zurück sei.

Zwei Stunden später war das Baby zur Welt gekommen. Gemeinsam mit ihren Eltern betrat Magdalena schließlich das Zimmer, in dem Lisa untergebracht war. Im ersten Bett schlief eine dunkelhaarige Frau, das mittlere Bett war derzeit leer. Lisa hatte den Platz am Fenster bekommen. Sie erschien Magdalena plötzlich viel kleiner als sonst, wie sie dort unter der weißen Bettdecke lag, die sie bis zum Kinn hochgezogen hatte. Sie lächelte nicht, als sie Magdalena mit ihren Eltern erblickte.

„Geht's dir gut?“, wollte Magdalena wissen.

Lisa schüttelte den Kopf.

Ilona Schlüter beugte sich vor, um dem Mädchen über die Schulter zu streichen. Doch Lisa zuckte zusammen.

„Wo ist denn das Baby?“, fragte Frau Schlüter freundlich.

„Weg“, flüsterte Lisa heiser.

Ilona Schlüter strich noch einmal über Lisas Arm, dann sagte sie, dass sie kurz die Waschräume aufsuchen wollte, aber gleich zurückkäme.

Magdalena zog sich einen Stuhl an das Bett heran. „Sie kann doch erst einmal bei uns wohnen, oder Papa?“ Auch ohne ihren flehenden Blick hätte seine Antwort nicht anders gelautet. Was sie nach diesen endlos erscheinenden Tagen der Sorgen alle brauchten, war die Wiederherstellung des Alltags. Er nickte. „Natürlich. Lisa ist uns immer willkommen.“ Er lächelte hilflos.

Lisa lag weiterhin still in ihrem Bett. Immerhin hatte sie eine Hand unter der Decke herausgeschoben und ließ es zu, dass Magdalena sie festhielt.

„Sie hat sich geweigert, ihre kleine Tochter auch nur anzusehen. Schließlich haben wir das Baby wieder auf die Säuglingsstation gebracht. Morgen kommt jemand vom Jugendamt, mit dem sie über die Adoption sprechen will. Frau Schorning sagt, sie habe sich das alles in den letzten Tagen und Wochen reiflich überlegt, eine andere Lösung käme für sie nicht in Frage.“

Ilona Schlüter hatte sich als Lisas Tante ausgegeben und von Schwester Barbara mit etwas Überredungskunst auch tatsächlich Auskunft erhalten. Sie tippte die Zahlen, die sie inzwischen auswendig kannte, in die Tastatur ihres Mobiltelefons und sprach kurz darauf mit Lisas Mutter. Aber die Mitteilung, dass ihre Tochter gerade ein kleines Mädchen entbunden hatte, und es ihr gut gehe, interessierte Lisas Mutter nicht.

„Es gibt da noch etwas. Lisa möchte das Kind sofort zur Adoption freigeben. Sie will es nicht einmal sehen. Ich glaube, sie braucht Sie jetzt. Das ist immerhin eine weitreichende und schwere Entscheidung", versuchte Ilona Schlüter es noch einmal.

„Sie war alt genug, sich ein Kind andrehen zu lassen, dann ist sie jetzt auch alt genug, Entscheidungen dafür zu treffen. Ich weiß, wovon ich rede, denn genau das war auch mein Schicksal. Und ich habe es satt, immer zurückzustecken und mich abzurackern für nichts. Sie soll ihren eigenen Weg gehen, ich kann ihr nichts mehr geben."

Die Verbindung wurde unterbrochen, und Ilona Schlüter hielt fassungslos ihr Mobiltelefon in der Hand. Wie konnte diese Frau ihre Tochter gerade jetzt abweisen? Wo sollte das Kind denn hin? Sie musste die Schule beenden, bevor sie auch nur daran denken konnte, sich ihren Lebensunterhalt allein zu verdienen. Sie schob das Telefon in ihre Handtasche, blieb aber noch einen Moment auf dem harten Plastikstuhl sitzen.

Die Kollegen saßen alle um den großen Besprechungstisch herum, während Adrian Franzen über sein Gespräch mit dem Chefredakteur bei Radio Köln berichtete. „Zu der Zeit, die wir als möglichen Geburtszeitraum der Babys annehmen, war Dana Seiler zwei Monate lang nicht im Sender. Sie war damals noch Praktikantin und hat dem Chefredakteur gegenüber angegeben, eine Reise machen zu wollen. Wir haben gemeinsam in die Personalakte gesehen, und als er die Beschäftigungsunterbrechung sah, fiel ihm sofort wieder ein, dass er damals lange überlegt hat, ob er ihr so einen langen Urlaub genehmigen kann." Franzen blätterte in seinen Notizen. „Es war zwar kein bezahlter Urlaub, aber immerhin musste er ihr die Stelle ja freihalten beziehungsweise jemanden finden, der ihren Job für diese Zeit übernimmt. Bei denen wird sehr viel mit Praktikanten gearbeitet - einerseits sind sie billig, andererseits haben die Redakteure nicht immer genug Zeit, sich für die täglichen Umfragen auf die Straße zu begeben, um sogenannte O-Töne von Passanten einzuholen."

„Der Chefredakteur Johannes Mertens wollte Dana Seiler unbedingt behalten, deshalb hat er sich darauf eingelassen", ergänzte Katja Fehrenbach. Sie und Kommissar Adrian Franzen hatten den Vormittag bei Radio Köln verbracht und sich mit dem dortigen Chefredakteur, der diese Position seit mehreren Jahren innehatte, unterhalten.

„Das heißt also, Dana Seiler kann sehr wohl in diesen acht Wochen ein Kind zur Welt gebracht haben", stellte Marie fest.

Franzen nickte.

„Es gibt ja Frauen, die erst in den letzten Wochen der Schwangerschaft richtig zulegen. Bei meiner Cousine war das auch so", fügte Katja hinzu.

Jürgen Thiele brummte einen Laut der Genugtuung. „Damit ist ihre Behauptung, dass sie gar nicht als mögliche Täterin in Frage käme, geplatzt."

Marie dämpfte seine Freude. „Immerhin besteht noch die Möglichkeit, dass sie wirklich Urlaub gemacht hat. Es ist an uns, das zu beweisen."

„Es gibt da noch etwas. Auf dem Gang ist uns Annkathrin Leibowitz begegnet. Leider haben wir nicht mit ihr sprechen können.“ Franzen erzählte, er sei sich nicht ganz sicher gewesen, aber einer der Redakteure hatte bestätigt, dass es sich um Annkathrin handelte. Sie sei die Freundin eines der Nachmittagsmoderatoren und öfter mal im Sender.

„Das könnte bedeuten, dass Dana Seiler und Annkathrin sich kennen.“ Marie sprach langsam, als ob sich ihre Gedanken gerade noch formen mussten. „Und es könnte bedeuten, dass Dana Seiler über Annkathrin den Schlüssel für den Klostergarten bekommen hat.“

Die Indizien schienen in eine Richtung zu weisen, dennoch hatte Marie das Gefühl, etwas übersehen zu haben. Etwas, das sie in den letzten Tagen erfahren hatte, passte nicht ins Bild. Es machte sie schier verrückt, dass sie nicht darauf kam, was es war. Sie schüttelte den Kopf und holte tief Luft. „Das reicht nicht. Wir brauchen alles, was es über Dana Seiler in Erfahrung zu bringen gibt. Angefangen bei ihrer Geburt bis zum heutigen Tag. Befragt Nachbarn, Arbeitskollegen, Freunde, Familie - einfach alle, die etwas mit ihr zu tun haben. Und wir konfrontieren sie mit der Tatsache, dass sie sehr wohl Möglichkeiten hatte, an den Schlüssel zum Klostergarten zu gelangen. Vor allem, da Annkathrin ausgesagt hat, ihr sei der Schlüssel gestohlen worden.“

Dr. Reuters, der an der Teambesprechung nicht teilgenommen hatte, da er zeitgleich einen anderen Termin hatte wahrnehmen müssen, rief kurz darauf bei Marie an, um zu erfahren, ob es etwas Neues zu berichten gäbe. Sie fasste Franzens Bericht noch einmal zusammen und kam dann zu einem anderen Punkt. „Was meinen Sie, Dr. Reuters, um die Täterin identifizieren zu können, müssen wir versuchen, sie besser zu verstehen. Daher möchte ich möglichst viel über das Verhalten von Personen mit den genannten psychischen Dispositionen erfahren. Möglicherweise ergeben sich daraus Verbindungen zu den Erkenntnissen, die wir bereits haben."

Dr. Adalbert Reuters schien einen Moment zu überlegen, dann räusperte er sich. „Das könnte funktionieren. Eine seelische Verletzung, die durch starke psychische Erschütterung aufgrund eines traumatisierenden Erlebnisses hervorgerufen wird, wird als psychologisches, seelisches oder mentales Trauma bezeichnet", setzte er an. „Solche Erlebnisse können unter anderem auch Vergewaltigungen sein."

„Gut", versuchte Marie sofort, seinen Redefluss zu unterbrechen. „Konzentrieren wir uns auf Vergewaltigungs- und Missbrauchsfälle." Sie legte ein Lächeln in ihre Stimme.

Dr. Reuters reagierte jedoch nicht und fuhr fort: „Derartige Ereignisse können in einem Menschen extremen Stress und ein Gefühl der Hilflosigkeit auslösen. Das Selbstbildnis und die eigene Weltanschauung werden dauerhaft erschüttert. Hierdurch können die normalen Verarbeitungsprozesse im Gehirn blockiert werden, und es kommt zur Ausbildung von psychischen Symptomen."

Marie registrierte, dass sie ungeduldig wurde. Reuters hatte doch wohl nicht vor, ihr eine Vorlesung zu halten.

„Zu den typischen Hauptsymptomen nach Traumatisierungen gehören ungewolltes und wiederholtes Erinnern an das Ereignis, oftmals hervorgerufen durch sogenannte Schlüsselreize; das Vermeidenwollen von Gedanken und Gefühlen, die an das Trauma erinnern könnten; emotionale Taubheit oder im Umkehrschluss vermehrte Wut, um Ihnen zumindest einen kurzen Abriss zu geben."

Marie schluckte, wie konnte sie ihn dazu bringen, auf den konkreten Fall zurück zu kommen? Sie starrte auf ihren Notizblock während Dr. Reuters unbeirrt über fehlgeleitete Selbstheilungskräfte nach traumatisierenden Ereignissen dozierte.

„Wie äußern sich diese Störungen?", versuchte sie einzuhaken.

„Wir sprechen hier von posttraumatischen Belastungsstörungen, Angststörungen oder somatoformen Dissoziationen. Die Symptome oder Verhaltensweisen können unter anderem Panikattacken, Angst- oder Zwangserkrankungen sein, selbstverletzendes Verhalten, ebenso wiederkehrende Alpträume und dissoziative Zustände. Obwohl das traumatisierende Erlebnis in seiner Wirkung von einer gewissen Stärke gewesen sein muss und einen bleibenden, nachhaltigen Eindruck bei der betroffenen Person hinterlassen hat, kann es sein, dass sich die Person dessen weder im Zeitpunkt des Erlebens noch später bewusst ist. Sie kann das Erlebnis dauerhaft oder über lange Zeit gänzlich vergessen."

„Bedeutet das, ein Teil der Psyche spaltet sich ab und bildet andere Persönlichkeiten aus?"

„Nein. Sie spielen auf Schizophrenie an. Eine dissoziative Reaktion ist eine völlig normale Form der Informationsverarbeitung. Zum Beispiel, wenn man von einem Raum in den anderen geht und plötzlich nicht mehr weiß, was man dort wollte. Erst unter Extrembelastungen, wie der einer Vergewaltigung, kann es zu einer hochgradigen Stressreaktion kommen, bei der die Informationen nicht mehr miteinander in Verbindung gebracht werden. Es bilden sich Erinnerungslücken in Bezug auf die eigene Person. Die Symptome sind eine Sofort-Reaktion auf traumatische Erlebnisse und ermöglichen, automatisiert zu reagieren oder das Erlebte nicht mit sich selbst in Verbindung zu bringen. Die Situation wird so wahrgenommen, als passiere das gerade jemand anderem."

„Das heißt, um in meinem Fall zu bleiben, die Täterin wurde möglicherweise durch eine Vergewaltigung traumatisiert und hat diesen Übergriff einfach aus ihrer Erinnerung gestrichen?“

Dr. Reuters erklärte, dass dies nicht gerade ein einfacher Prozess sei, er könne ihr aber im Groben zustimmen. „Es ist eine Art Schutzmechanismus der Seele, wenn Sie so wollen. Eine passive Abspaltung von etwas Erlebtem, das somit gar nicht erst ins Bewusstsein dringt, sondern im Unterbewusstsein verbleibt, weil sonst ein Überleben nicht möglich wäre.“

Augenblicklich drängten Bilder von Missbrauchsdelikten an Kindern in Maries Gedanken, und es kam ihr richtig vor, dass die Psyche nach einem Weg suchte, das Schreckliche zu verdrängen. Gerade wenn der Täter jemand aus der Familie war. Jemand, dem das Kind vertraute. „Könnten Sie bitte die typischen Reaktionen noch einmal kurz zusammenfassen?“ Marie hoffte dieses Mal auf eine unkomplizierte Antwort des Psychologen.

„Da wären einige zu nennen: Selbstverletzungen wie Ritzen der Unterarme, Ausreißen von Haaren oder extremes Fingernagelkauen, das Ausbilden von Abhängigkeiten wie Alkohol- oder Drogensucht, Depressionen, Essstörungen, Schlaf- und Konzentrationsschwierigkeiten, soziale Beziehungsstörungen bis hin zu totaler emotionaler Abgestumpftheit und Selbstmordabsichten.“

Nachdem sie das Gespräch beendet hatte, fühlte es sich an, als laste ein schweres Gewicht auf ihrem Brustkorb. Sie lehnte sich zurück und atmete einige Male tief in den Bauch hinein. Gerade als sie erneut zum Hörer greifen wollte, rief Hans-Joachim Schlüter an, und bat sie zu einem kurzen Rapport in sein Büro, da er bei der morgendlichen Besprechung nicht dabei gewesen war.

Als Marie Thalbach die Tür zum Büro des Leiters des Kriminalkommissariats 11 öffnete, lächelte Schlüter und winkte sie freundlich hinein. „Was gibt es Neues?", fragte er so unbeschwert wie seit Tagen nicht mehr.

Die Kommissarin setzte sich und fasste den aktuellen Ermittlungsstand zusammen. „Ich habe gerade mit Dr. Reuters gesprochen, der unsere Vermutung teilt, dass die Geburten der Babys zeitlich relativ nah beieinander liegen müssten", schloss sie.

Schlüter nickte. „Möglicherweise markiert die Zeit, in der die Babys auf die Welt kamen, eine bestimmte Phase im Leben der Mutter. Einen Abschnitt, den sie entweder vergessen wollte oder mit dem sie sich nicht konfrontieren konnte. Je nachdem, wie die Überprüfung Dana Seilers verläuft, veranlassen wir einen Gen-Test", fügte er entschlossen hinzu. „Es wird Zeit, dass wir Ergebnisse vorweisen können."

In diesem Moment klingelte Maries Mobiltelefon. Nach einem kurzen Hinweis an Hans-Joachim Schlüter, dass es sich bei dem Anrufer um Dr. Spangenberg handelte, nahm sie das Gespräch entgegen. Einen Moment lang hörte sie nur zu. „Und Sie sind absolut sicher?", war schließlich das einzige, das sie zu den Informationen des Rechtsmediziners sagte. Als Marie das Telefon vor sich auf den Tisch legte, hob Schlüter fragend die Augenbrauen.

„Der Geschwistertest mit der dritten Leiche war negativ."

„Also haben wir es mit zwei Müttern zu tun", stellte Schlüter fest.

Marie nickte. „Für eine Nachahmungstat halte ich es trotzdem nicht." Sie zögerte. „Irgendwie müssen diese drei Leichen zusammenhängen, und somit auch die beiden Mütter. Vor allem, da die anderen Indizien wie die Decke und das Einfrieren übereinstimmen."

Hans-Joachim Schlüter rief die Kollegen, die sich alle

noch nebenan befanden, in sein Büro, um sie über die Erkenntnisse des DNA-Vergleichs zu informieren. Auf Anhieb hatte jedoch auch keiner der anderen aus dem Team eine Idee, wo die Verbindung zwischen den drei Leichen liegen könnte. Schlüter entschied, dass vorerst die Spur weiterverfolgt werden sollte, die sie hatten: Dana Seiler. Möglicherweise stießen sie bei ihrer Überprüfung bereits auf Antworten, die sie weiterbringen würden.

Nachdem die Kollegen wieder zurück an ihre Arbeitsplätze gegangen waren, erhob sich auch Marie. „Ihre Tochter ist wieder zurück, nehme ich an?"

Schlüter lächelte. „Die beiden waren in der Wohnung von Lisas Tante in Vingst. Sie ist verreist, aber Lisa wusste, wo sich der Ersatzschlüssel befand." Er erzählte, dass Lisa ein gesundes Baby bekommen habe und zur Adoption freigeben wolle. „Lisas Mutter hat ihre Tochter auf die Straße gesetzt und lässt nicht mit sich reden. Meine Frau hat es bereits mehrfach vergeblich versucht. Ich bin nicht sicher, ob Lisa reif genug ist, so eine weitreichende Entscheidung wie eine Adoption zu überblicken. Sie bräuchte ihre Mutter."

Nur gedämpft drangen die Worte des Hauptkommissars zu Marie durch.

„Sie will das Kind nicht einmal sehen. So ein kleines Würmchen - es ist ja immerhin auch ein Teil von ihr. Sie kann doch nicht nur Gleichgültigkeit empfinden." Er sah sie bekümmert an.

Marie wurde schwindlig, ihr Gleichgewichtssinn schien ihr abhanden zu kommen. Sie hielt sich mit beiden Händen an der Lehne des Sessels fest.

„Lisa wird erst einmal bei uns wohnen. Wenn sie weiterhin daran festhält, das Kind wegzugeben, wird das Jugendamt die entsprechenden Schritte in den nächsten Tagen einleiten. Ist Ihnen nicht gut, Frau Thalbach?"

Marie hatte die Augen geschlossen, ihr war plötzlich ganz flau im Magen. Sie hob die Hand, als Geste, dass alles in Ordnung sei und verabschiedete sich schnell.

Im Flur blieb sie stehen, lehnte den Rücken an die Wand. Die Mauern schienen näher zu rücken, der Boden unter ihren Füßen zu wanken. Sie brauchte frische Luft. Doch noch bevor sie sich in Richtung des Fahrstuhls bewegen konnte, öffnete sich die Tür ihres Büros, und Jürgen trat auf den Flur. Er stürzte auf sie zu und hielt sie fest. „Was ist denn los? Du wärst ja fast umgekippt."

Jürgens fester Griff brachte sie wieder in die Realität zurück.

„Ich hab' mich nur kurz angelehnt, das ist alles."

Als sie ihn grob von sich schob, grinste Jürgen. „Bist du am Ende schwanger?"

„Lass' mich einfach in Ruhe!", fauchte sie und eilte den Gang hinunter nach draußen.

Die Informationen, die Adrian Franzen und Katja Fehrenbach über Dana Seiler zusammengetragen hatten, waren dürftig. Das Penthouse am Neumarkt hatte sie erst vor einem Jahr gekauft und bezogen, die Vermieterin der Wohnung, in der sie zuvor gelebt hatte, hatte die junge Frau nur zweimal gesehen. Nach Aussagen ihrer Kollegen hatte Dana Seiler nie Freunde oder Privates erwähnt. Sie war nicht unbeliebt, galt aber eher als unnahbar. „Sie macht halt ihr Ding", hatte eine der Redakteurinnen sie beschrieben. „Und dafür braucht sie niemanden von uns außer als Kulisse."

Wenn Marie diese Aussage mit den Eindrücken verglich, die sie aus Jürgen Thieles Erzählungen gewonnen hatte, fand sie die Einschätzung der Redakteurin durchaus treffend. Dana Seiler schien keine Familie mehr zu haben, beide Elternteile waren vor Jahren verstorben. Im Alter von sechzehn Jahren hatte sie nach

Auskunft der Meldebehörde offenbar auf der Straße gelebt, war aber wieder auf die Beine gekommen, und zwei Jahre später wieder mit festem Wohnsitz eingetragen.

„Die letzte Adresse, bevor sie obdachlos war, haben wir auch überprüft, aber das Haus ist mittlerweile abgerissen worden", gab Adrian Franzen den letzten Stand seiner Recherche bekannt.

„Es sieht so aus, als sollten wir die Seiler mal zum Gen-Test bitten." Jürgen Thiele lehnte lässig im Türrahmen und beobachtete die drei Teamkollegen, die an Maries Schreibtisch die Köpfe zusammensteckten.

„Du sollst dich doch aus allem, was Dana Seiler betrifft, raushalten." Marie blickte ihn streng an. Zwischen ihren Augenbrauen hatte sich eine steile Falte gebildet. „Das ist nur die logische Konsequenz."

„Ich stimme Ihnen zu." Hans-Joachim Schlüter war vom Flur aus hinter Jürgen Thiele getreten.

Erschrocken sprang Jürgen zur Seite, und Marie erwartete fast eine erneute Zurechtweisung des jungen Kommissars, aber nichts dergleichen geschah. Stattdessen gab der Erste Hauptkommissar nun tatsächlich den Auftrag der Staatsanwaltschaft weiter, Dana Seiler zum Gen-Test vorzuladen.

Knapp eine Stunde später stand fest, dass Dana Seiler verschwunden war. Die zwei Kollegen von der Streife, die sie abholen wollten, hatten sie weder in ihrem Penthouse angetroffen, noch war sie an diesem Tag zur Arbeit erschienen, wie sie auf Nachfrage im Sender erfahren hatten. Eine Nachbarin hatte zur Mittagszeit gesehen, wie sie in ein Taxi gestiegen war.

Hans-Joachim Schlüter gab daraufhin die sofortige Anweisung, Dana Seiler als ermittlungsrelevante Zeugin über INPOL zur Fahndung auszuschreiben.

Oberkommissarin Marie Thalbach war froh, als sie am Abend endlich zu Hause war. Dieser Tag hatte es in sich gehabt, und sie fühlte sich wie durch die Mangel gedreht. Sie warf den Haustürschlüssel auf die Arbeitsplatte in der Küche, schlüpfte aus den Stiefeletten und hängte ihren Mantel über einen Stuhl. Auf Strümpfen lief sie ins Wohnzimmer, sank in den Sessel und legte die Füße auf den niedrigen Couchtisch. Sie schloss die Augen und stieß die Luft aus. Hinter ihren Lidern tanzten weiße Flecken, die sich verstärkten, als sie die Augen fester zusammenkniff. Hatte sie heute eigentlich etwas gegessen? Ihr wurde bewusst, dass sie außer Mengen von schwarzem Kaffee und einem Brötchen am Vormittag nichts weiter zu sich genommen hatte. Doch ihr Magen fühlte sich an, als läge ein Brocken Zement darin, und sie hatte nicht einmal Appetit auf ein Stück ihrer Lieblingsschokolade.

In Maries Kopf rasten die Gedanken. Im Grunde wäre es jetzt am besten, die Laufschuhe auszupacken und einfach loszurennen. Der Gedankenmühle davonzulaufen. Aber sie konnte sich zu keiner Aktivität aufraffen. Wahrscheinlich sollte sie sich einfach ins Bett legen. Allerdings befürchtete Marie, dass der Schlaf sie an diesem Abend meiden würde. Zudem war sie noch nicht wirklich müde. Sie musste die Situation mit Jürgen klären. Bis zu diesem Abend in der Altstadt hatten sie fast ein freundschaftliches Verhältnis gehabt. Nun konnten sie nicht einmal mehr einen normalen Satz miteinander wechseln. Marie war sich durchaus bewusst, dass dieses unsichere Verhalten von ihr ausging. Sie wusste selbst nicht genau, wieso sie plötzlich so gereizt auf Jürgen reagierte. Dabei hatte er sich genauso verhalten, wie sie es sich gewünscht hatte. Keiner von ihnen war auf eine Beziehung aus. Sie passten überhaupt nicht zusammen. Marie würde mit Jürgen reden und sich bei ihm für ihr abweisendes Verhalten in den letzten beiden

Tagen entschuldigen. Dann konnten sie hoffentlich wieder zu einem normalen Umgang miteinander zurückfinden. Sie musste auch mit ihm darüber sprechen, was zwischen ihm und Katja gewesen war. Nicht, dass er am Ende mehr in diese eine Nacht hinein interpretierte, als ...

Abrupt sprang sie aus dem Sessel. Es machte keinen Sinn, sich den Kopf zu zermartern.

Sie lief hinüber in die Küche, um sich einen Tee zu kochen. Als sie das sprudelnde Wasser in die Tasse gießen wollte, schwankte sie für einen Moment und schüttete einen Schwall über ihre Hand. Vor Schreck ließ Marie die halbgefüllte Tasse fallen, der Inhalt spritzte auf ihre Füße, die nur in dünnen Seidenstrümpfen steckten. Der linke Handrücken verfärbte sich dunkelrot und brannte wie Feuer. Marie schrie auf, humpelte an den Wasserhahn und hielt die Hand unter den kalten Strahl. Um gleichzeitig den Fuß zu beruhigen, drückte sie den anderen kurzerhand fest auf den Spann.

Mit einer dicken Schicht Brandsalbe auf Hand und Fuß saß sie später in der Ecke ihres Sofas. Die Strümpfe hatte sie ausgezogen, das Hosenbein hochgekrempelt. Es schien, als klappte im Moment überhaupt nichts mehr. Sie konnte sich an keinen vorherigen Fall erinnern, der sie dermaßen persönlich belastet hatte. Bisher hatte sie es immer geschafft, sich einen Raum zu schaffen, in dem sie Abstand halten konnte. Doch sie musste sich eingestehen, dass Martin in den letzten Jahren immer bei ihr gewesen war, mit dem sie das Erlebte teilen konnte. Auch wenn er nie ganz zu ihr gehört hatte, war er für Marie eine Stütze gewesen. Aber Martin spielte in ihrem Leben keine Rolle mehr.

Um sich abzulenken, wollte sie nach der Zeitung greifen. Doch die unbedachte Bewegung löste einen reißenden Schmerz in ihrem Handrücken aus. Marie biss die

Zähne zusammen und schluckte die aufkommenden Tränen hinunter. Leider gab es im Moment nicht einmal jemanden, mit dem sie über ihr dummes Missgeschick mit der Teetasse lachen konnte. Wieder kamen ihr Tränen, die sie ungeduldig wegwischte. Sie war schließlich nicht die einzige, die ihren Feierabend allein verbringen musste. Sie dachte an die Mädchen und Frauen hinter den Krankheitsprofilen, die Reuters erwähnt hatte. Auch Lisa, die Freundin von Schlüters Tochter, fiel ihr ein. Ihre Mutter hatte sie vor die Tür gesetzt. „Ich hab dir gesagt, wenn du dich anbumsen lässt, fliegst du hier raus." Hatte Lisas Mutter sich so ausgedrückt? Kein Vater in Sicht, weder für die Tochter noch für deren Kind.

Es kam ihr vor, als liefe ein Film vor ihrem inneren Auge ab. Nur drehte er sich nicht um Lisa, sondern um sie selbst. Sie war auch ohne Vater aufgewachsen. Ein Schlüsselkind, weil die Mutter immer arbeiten musste, und trotzdem hatte das Geld nie gereicht. Nicht für Spielsachen, nicht für schöne Kleider oder den Schulausflug. Sie hörte Schlüters Stimme, als er sagte, Frau Schorning habe ihre Tochter auf die Straße gesetzt. „Wenn du dich anbumsen lässt, fliegst du hier raus." Es war ihre Mutter gewesen, die das gesagt hatte. Müde hatte ihre Stimme dabei geklungen, aber auch böse. Von sich wiederholendem Schicksal hatte sie gesprochen, und dass sie schon zuviel bezahlt hätte.

Tränen liefen Marie über das Gesicht. Sie wollte nicht an ihre Mutter denken. Es ging um Lisa Schorning, und nicht um sie. Sie wiederholte diesen Satz mehrmals, bis Wut in ihr aufwallte. Die Stille in ihrer Wohnung war auf einmal körperlich spürbar, drückte schwer auf ihren Brustkorb. Sie musste raus!

In diesem Moment klingelte ihr Mobiltelefon. Susanne. Kaum hatte Marie sich gemeldet, legte die Kollegin direkt los. „Dachte ich's mir doch, dass ich dich um die

Uhrzeit noch erreiche. Mir will dieser Pfarrer nicht aus dem Kopf. Das passt alles so schön mit dem kirchlichen Bezug, der starken Veränderung seiner Nichte in den letzten Monaten und schließlich ihrem Wunsch, ins Kloster zu gehen."

Marie pflichtete ihr bei, dass Theresas körperlicher Wandel ebenfalls als mögliche Abwehrreaktion zu deuten sei.

„Sag mal, ist alles okay bei dir? Du klingst verschnupft."

Marie schüttelte den Kopf, schob ein Nein, dann ein Ja hinterher. „Es ist nur dieser Fall. Wir haben ein bisschen Ärger im Team, das ist alles."

„Willst du reden?"

Marie hatte nicht erwartet, dieses Angebot von Susanne zu hören. Unentschlossen stammelte sie einen unzusammenhängenden Satz hervor.

„Hey, mir ist langweilig hier zu Hause auf der Couch. Da tut es ganz gut, zu erfahren, was bei euch los ist."

Würde es der Stimmung im Team Abbruch tun, wenn sie die krankgeschriebene Kollegin mit einbezog? Ihr selbst würde es sicher gut tun zu reden, und in ihrer Wohnung gab es nur leere Zimmer um sie herum. Marie fasste sich ein Herz. „Ich wollte sowieso noch ein bisschen raus, soll ich bei dir vorbeikommen?", antwortete sie zögernd.

Susanne stand bereits in der geöffneten Wohnungstür, als Marie mit mehreren Flaschen Kölsch aus dem Kiosk an der Straßenecke beladen die Stufen in den zweiten Stock erklommen hatte.

„Du kannst dir nicht vorstellen, wie sehr es mir auf die Nerven geht, zum Nichtstun gezwungen zu sein. Jens war zwar heute Nachmittag da und hat mir Lebensmittel und Wasser gebracht, aber er verbringt den Abend mit seiner Schwester", Susanne schnitt eine Grimmasse, „um ihr noch mal ins Gewissen zu reden, wie er sagt." Sie sagte es nur leicht dahin, aber sofort spürte Marie einen Stich in der Brust. Es gab für sie offenbar kein Entrinnen aus diesem Thema. Sie war froh über die fahle Beleuchtung im Treppenhaus.

Susanne freute sich über das Kölsch, bedauerte aber, dass Marie nicht mittrinken wollte. „Na gut, aber nur weil du noch fahren musst." Dann erzählte sie, dass sie den Gips wohl in zwei Wochen los sein würde. „Ich komme mir schon vor wie ein Tiger im Käfig." Es war offensichtlich, dass sich Susanne um eine lockere Stimmung bemühte, und Marie war ihr dankbar dafür.

„Erzähl doch mal, was bei euch los ist", bat Susanne, nachdem sie es sich zu zweit auf dem Sofa bequem gemacht hatten.

Marie sah die Kollegin ratlos an. Sie wusste nicht, wo sie beginnen sollte. In groben Zügen fasste sie den bisherigen Ermittlungsstand zusammen und berichtete auch über Jürgens übereifrigen Besuch bei Dana Seiler. Obwohl sie nicht zu viel Privates preisgeben wollte, sorgte Susannes Anteilnahme und die entspannte Atmosphäre dafür, dass Marie ihre Nacht mit Jürgen nicht unerwähnt ließ.

Susanne zwinkerte ihr zu und meinte nur, dass eine Affäre unter Kollegen völlig in Ordnung sei, solange das Arbeitsklima darunter nicht litt. „Aber ganz ehrlich", Susanne nahm einen Schluck Bier und sah Marie dann direkt in die Augen. „Ich habe das Gefühl, dass dich dieser Fall persönlich mehr betrifft, als du zugibst. Wenn du ein offenes Ohr brauchst, ich bin da."

Marie schluckte und schwieg einen Moment. Sie hatte es jahrelang vermieden, über diese Sache zu sprechen. Nicht einmal Martin wusste davon. Weil sie kein falsches Mitgefühl gewollt hatte. Weil sie sich immer noch schuldig fühlte. Und weil sie jeden Tag versuchte, diese Gedanken tief in sich zu vergraben. „Keiner sagt einem vorher, dass die Gedanken niemals aufhören. Dass man niemals zur Ruhe kommt, egal wie viel Zeit vergeht“, begann sie zögernd, den Blick auf ihre Hände geheftet. „Ich frage mich an jedem vierten April, ihrem Geburtstag, wie es ihr geht, wo sie ist, was sie macht. Ob sie glücklich ist. Ich weiß nicht, ob ich mir wünschen soll, dass sie es weiß, oder ob es besser ist, dass sie es nicht weiß.“

Susanne unterbrach die Kollegin nicht, hörte nur zu.

„Ich habe das immer alles mit mir allein ausgemacht. Vielleicht, weil ich daran gewöhnt war.“ Marie hob den Kopf und blickte Susanne ins Gesicht. „Ich habe eine Tochter, und ich habe sie vor einundzwanzig Jahren zur Adoption freigegeben.“

Neun

Baldrian (bot. Valeriana officinalis):
Ich werde dich beschützen.

Susanne sagte nichts. Marie spürte dem Klang ihrer eigenen Stimme nach, die sich seltsam fremd anhörte. „Ich habe sie Elena genannt, obwohl ihre neuen Eltern ihr sicherlich einen anderen Namen gegeben haben.“

„Und du weißt überhaupt nichts von ihr?“, fragte Susanne vorsichtig.

„Ich habe mich damals absichtlich für eine geschlossene Adoption entschieden. Kein Hin und Her, sondern eine klare Abgrenzung.“ Das klang hart, aber es war das gewesen, was sie gewollt hatte. „Ich ging noch zur

Schule, als ich schwanger wurde. Meine Mutter hat mich vor die Wahl gestellt, das Kind abzutreiben oder allein damit zurechtzukommen. Ich wusste, dass ich das Kind nicht behalten kann, aber ich wusste auch, dass ich es auf keinen Fall abtreiben wollte." Marie schwieg einen Moment, dann fuhr sie fort: „Weißt du, auch nach all den Jahren habe ich immer noch das Gefühl, mich für meine Entscheidung rechtfertigen zu müssen, und weiß, dass ich kein Verständnis finden werde. Nicht einmal in mir selbst."

Susanne knetete ihre Hände und schaute zu Boden, als Marie weiter sprach.

„Mir war klar, dass ich zu jung war, Mutter zu sein. Ich wusste ja nicht einmal, was eine Familie ist, weil ich so nicht aufgewachsen bin. Und ich wollte nicht noch einem Kind ein liebloses Zuhause schaffen. Also habe ich mich entschieden, es in eine Familie zu geben, die ein Kind wollte, die es lieben und beschützen würde. Ich bin bestimmt kein mütterlicher Typ, aber trotzdem hatte ich später immer das Gefühl, etwas weggegeben zu haben, das zu mir gehört."

„Hast du denn nie versucht, sie zu finden, wenn dir das so wichtig war?"

„Nein. Sie sollte in ihrer neuen Familie in Ruhe aufwachsen."

„Aber vielleicht wurde ihr mittlerweile gesagt, dass sie adoptiert ist. Vielleicht hätte sie sich gefreut, von dir zu hören?"

„Sag das nicht." Marie schüttelte den Kopf.

„Wieso hat dich deine Mutter nicht unterstützt? So dramatisch war ein uneheliches Kind Ende der achtziger Jahre doch auch nicht mehr, oder?", wollte Susanne wissen.

Maries Mutter habe sie selbst sehr jung bekommen, und der Vater sei kurz nach ihrer Geburt bei einem Verkehrsunfall verstorben. „Das ist auch schon fast alles, was ich über ihn weiß. Meine Mutter hat nie gerne über ihn gesprochen. Als ich dann schwanger war, ist sie ausgeflippt und hat mich rausgeworfen. Ein paar Monate nach der Adoption hat mich meine Tante aus der WG geholt, in der ich untergekommen war, und mich bei sich aufgenommen. So konnte ich die Schule abschließen, studieren und einen ordentlichen Beruf erlernen." Marie seufzte. „Seit wir die toten Säuglinge gefunden haben, muss ich ständig an Elena denken."

„Manchmal gehört zum Starksein dazu, sich auch seine schwachen Momente einzugestehen", sagte Susanne und stellte die leere Kölschflasche unter den Tisch.

Marie sah sie dankbar an. Sie hatte zwar nicht geplant, Susanne ihr Herz auszuschütten, aber nun war sie froh, es getan zu haben.

Als sie schließlich wieder vor ihrer Wohnung parkte, war es schon kurz vor Mitternacht.

In der Besprechung am nächsten Morgen berichtete Adrian Franzen, dass die Kommilitonin Annkathrin Leibowitz' Alibi für den letzten Mittwoch bestätigt hatte und gemeinsam mit ihr im Kino gewesen war. Nachdem es sonst keine weiteren Erkenntnisse gab, entschied Marie, sich auf den Weg in die ‚Lobby für Mädchen' zu machen. Die richtige Adresse war schnell gefunden, ein Parkplatz jedoch weit und breit nicht zu sehen. Schließlich stellte sie ihren Wagen vor eine Einfahrt, schrieb ihre Mobilnummer auf einen Zettel und klemmte diesen hinter die Windschutzscheibe.

Die Sozialpädagogin Marietta Kornblum reichte Marie gerade einmal bis zur Schulter. Über braunen Wildlederstiefeln trug sie einen langen, schwingenden Folklore-Rock, darüber eine weite Tunika in Erdtönen und einen olivgrünen Schal. Ihre hellbraunen, kurzen Locken waren mit kupferfarbenen Strähnen durchwirkt, eine randlose Lesebrille gab ihrem rundlichen Gesicht einen freundlichen Ausdruck. Sie setzten sich an einen schlichten Schreibtisch, der kaum groß genug war, die vielen Aktendeckel und losen Papiere aufzunehmen, die sich auf ihm türmten. Zwei grün gepolsterte Sessel standen sich vor dem Arbeitsplatz gegenüber, auf einem niedrigen Glastischchen kämpfte eine rote Primel ums Überleben. Überrascht stellte Marie fest, dass es leicht nach Lavendel roch.

„Nimmer will ich höher streben, denn ich lieb mein schlichtes Kleid. Glaub, das höchste Glück im Leben liegt in der Zufriedenheit."

„Bitte?" Marie neigte leicht verwundert den Kopf.

„Rainer Maria Rilke, mein Lieblingsdichter und eines meiner Laster - ich rezitiere gerne seine Texte. Diesen hat er über die Primula veris geschrieben, und da ich gerade ihren Blick auf meine arme Primel aufgefangen habe, musste ich das Gedicht widergeben. Leider ist mein grüner Daumen nur schwach ausgeprägt, so dass auch dieses Pflänzchen vermutlich nur mit einer kurzen Lebensdauer beschieden sein wird." Sie deutete auf die müde wirkende Topfpflanze. „Rilkes Gedicht passt dennoch sehr gut in diesen Raum. Je mehr Geschichten und Erlebnisse ich von unseren Mädchen höre, desto mehr weiß ich es zu schätzen, zufrieden mit mir selbst sein zu können. Das ermöglicht es mir, andere zu unterstützen." Sie griff hinter sich, nahm vom Fenstersims eine lilafarbene Flasche und sprühte damit etwas in die Luft. Sofort verstärkte sich der Lavendelgeruch. „Wenn schon unsere Räumlichkeiten etwas karg sind, soll es wenigstens gut riechen. Keine Sorge, das ist reines Lavendelöl, keine künstlichen Duftstoffe. Womit kann ich Ihnen helfen?"

Marie fasste kurz zusammen worum es ging. „Die Möglichkeit, dass der Täter männlich ist, haben wir ausgeschlossen. Wir suchen nach einer Frau, die heute zwischen Anfang zwanzig und Mitte fünfzig sein müsste. Gemeinsam mit einem Psychologen vom LKA haben wir bereits eine Art Profil der Täterin erstellt. Nun benötigen wir Unterstützung von niedergelassenen Psychologen und Therapeuten sowie psychologischer Beratungsstellen, ob sich möglicherweise eine Person, auf die diese Beschreibung zutrifft, bei ihnen in Behandlung befindet."

„Ja, da sind Sie im Grunde schon richtig bei uns. Wir betreuen hier junge Mädchen im Alter von zwölf bis siebenundzwanzig und unterstützen sie in Form von Beratungen oder begleiten sie bei diversen Schwierigkeiten. Wir wollen ihnen einen geschützten Rahmen bieten, in dem sie über ihre Probleme sprechen und gemeinsam mit einer Pädagogin Lösungen finden können." Die Probleme, auf die sie träfen, reichten von Schwierigkeiten in der Schule oder im sozialen Bereich über Essstörungen und Gewalt unter Freundinnen oder in der Familie bis hin zu sexuellen Übergriffen wie Vergewaltigung oder Missbrauch, erzählte Marietta Kornblum.

„Ich habe hier ein Foto, vielleicht können Sie mir sagen, ob eines der Mädchen hier bei Ihnen in der Beratungsstelle war?" Marie zeigte Marietta Kornblum das Bild, das sie von den Nonnen im Kloster erhalten hatten. Diese betrachtete das Foto mit zusammengekniffenen Augen. „Das ist Sandra. Sie war zweimal hier bei mir." Die Sozialpädagogin wies auf Theresa Hausmann.

„Sind Sie sicher, dass dieses Mädchen hier bei Ihnen war?", vergewisserte sich Marie.

Die Sozialpädagogin nickte heftig. „Ich habe ein sehr gutes Gedächtnis für Gesichter. Mit dem Namen bin ich mir sicher, weil meine Nichte ebenfalls Sandra heißt." Sie erzählte weiter, dass ‚Sandra' sich nur mit ihrem Vornamen vorgestellt und den Nachnamen nicht hatte nennen wollen.

„Sandra interessierte sich für Missbrauchsfälle und Vergewaltigungsopfer."

„Wie meinen Sie das?", hakte Marie Thalbach nach, der die Formulierung seltsam erschien.

„Nun, sie erklärte, dass sie diese Informationen für eine Freundin brauche, die möglicherweise in einer solchen Situation stecke. Für mich war das ein Hinweis, dass es sich sehr wohl um sie selbst handelte. Eine Art Schutzmechanismus." Sandra alias Theresa habe erzählt, ihre Freundin würde sich selbst verletzen, sei sehr schreckhaft, fast angstvoll und lebe äußerst zurückgezogen. Weiterhin habe sie sich erkundigt, was sie tun könne, um den Täter, den sie im näheren Umfeld vermute, dazu zu bringen, die Freundin in Ruhe zu lassen. Und sie habe wissen wollen, welche Auswirkungen sexueller Missbrauch auf die Seele haben könnte.

„Hatten Sie den Eindruck, sie stünde unter großem psychischem Druck?", frage Marie.

„Sie befand sich in emotionaler Not, würde ich sagen. In einem ansteigenden Stadium. Ich habe ihr angeboten, einen Arzttermin zu vereinbaren oder mich um einen Therapieplatz für ihre ‚Freundin' zu bemühen. Beides wollte sie nicht."

„Könnte sie planen, sich das Leben zu nehmen?"

Marietta Kornblum zögerte. „Einmal sprach sie von übergroßer Schande, die sie auf alle Beteiligten bezog."

Marie sprang auf und bedankte sich bei Marietta Kornblum. Noch im Gehen wählte sie die Nummer des Präsidiums, um Hans-Joachim Schlüter zu informieren. Im Anschluss sprach sie mit Jürgen Thiele und wies ihn an, augenblicklich ins Pfarrhaus nach Pulheim zu kommen. Sie selbst fuhr ebenfalls sofort los und brauchte knapp zwanzig Minuten bis zu Pfarrer Hausmanns Adresse.

Als sie ihren Dienstwagen abstellte, bog Jürgen gerade in die Straße ein.

„Ich hatte vorher schon befürchtet, dass die starke Veränderung des Mädchens in den letzten Monaten mit einem möglichen Missbrauch zusammenhängen könnte. Jetzt haben wir einen weiteren Anhaltspunkt." Marie wollte keine Zeit mehr verlieren. „Gerade hat mir eine Sozialpädagogin bestätigt, dass Opfer sexueller Gewalt alles tun, um keinen körperlichen Anreiz mehr zu bieten. Außerdem hat sie Theresa erkannt." Sie instruierte Jürgen, dass sie unbedingt allein mit dem Mädchen sprechen wollte, dann drückte Marie auf den Klingelknopf.

Die Kellertür war abgeschlossen. Der Schlüssel hing am Haken an der Wand. Sie drückte die Klinke nach unten, aber die Tür war verschlossen. Das war gut so. Sie mochte das Dunkel dort unten nicht. Manchmal hatte sie das Gefühl, die Schatten, die sich darin verbargen, könnten nach ihr greifen, wenn sie nicht aufpasste. Deshalb musste die Tür immer verschlossen sein. Sie wusste genau, wie es dort unten aussah. Früher war sie öfter im Keller gewesen. Aber das war lange her, jetzt war sie ganz allein. Es gab nur schmale Oberlichter, keine richtigen Fenster. Die ausgetretenen Steinstufen hinab waren sehr eng. Wenn man etwas Größeres in den Händen trug, stieß man mit den Ellbogen schon an die Wände. Der Handlauf war vor Jahren kaputt gegangen. Niemand hatte ihn je repariert. Der Keller war nicht groß. Trotzdem machte er ihr Angst. Es gab dort einen Waschraum, aber sie selbst hatte nie ihre Wäsche dort aufgehängt. Es gab einen Raum voller Regale für die Vorräte für den Winter, aber auch er blieb ungenutzt. Dann gab es noch den Heizungsraum.

Und einen Raum, in dem das Böse wohnte.

Nach dem zweiten Klingeln öffnete Pfarrer Lambert Hausmann persönlich. Über sein Gesicht zog sich ein Lächeln, als er Marie Thalbach erkannte. Sie hielt sich nicht lange mit Floskeln auf, sondern fragte, ob seine Nichte zu Hause sei.

„Nein. Sie ist schon sehr früh aus dem Haus gegangen."

„Hat sie gesagt, wohin sie wollte?"

„Ich war in der Küche mit den Vorbereitungen für das Mittagessen beschäftigt und habe gar nicht richtig mitbekommen, dass sie weg wollte. Durch den Windzug fiel die Küchentür zu, und als ich im Flur nachschaute, hing ihre Jacke nicht mehr am Haken."

„Ist es normal, dass sie nicht miteinander sprechen?", wollte Jürgen Thiele wissen und warf Marie einen Blick zu.

„Manchmal hat sie keine Lust sich abzumelden. Das ist doch sicher bei anderen Teenagern auch nicht anders." Er hob die Hände in einer hilflosen Geste und fragte, ob eventuell er den beiden Kommissaren helfen könne. Marie Thalbach verneinte und bat, sich noch einmal in Theresas Zimmer umsehen zu dürfen.

„Also ich weiß nicht, das wäre ihr sicher nicht recht." Pfarrer Hausmann wand sich unbehaglich.

„Wir haben Grund zu der Annahme, dass sie sich etwas antun könnte", mischte sich Jürgen Thiele ein. Marie kommentierte seine Aussage mit einem Seitenblick, der dem Pfarrer nicht entging.

„Wie kommen Sie denn auf so etwas?", fragte er besorgt und sah Marie an. „Stimmt das?"

„Es ist nicht auszuschließen. Deshalb möchten wir gerne mit ihr sprechen. Was wir jetzt schnellstens brauchen, sind Hinweise, wohin sie gegangen sein könnte. Es ist wirklich dringend."

Endlich ließ Lambert Hausmann die beiden Beamten hinein.

Die Tür zu Theresas Zimmer war zugezogen, aber nicht abgeschlossen. Dieses Mal war der Schreibtisch übersät mit Computerausdrucken, losen Papieren und kleinen Zetteln, die mit krakeliger Handschrift bedeckt waren. Während Jürgen Thiele den Pfarrer beruhigte, sah sich Marie im Zimmer um. Der Computer war ausgeschaltet. Über der Tastatur waren Ausdrucke über das Kloster in der Kölner Südstadt verteilt. Marie schob einige Blätter auseinander und entdeckte weitere Seiten mit Informationen über ein Ursulinenkloster in Ahrweiler sowie über das Benediktinerinnen-Kloster in Köln. Halb unter dem Mousepad klemmte ein Zettel.

„Hier steht ein Name, vielleicht jemand, den Theresa kennt und bei dem sie jetzt ist? Es sieht aus wie Tobi, aber die Schrift ist sehr schwer zu entziffern."

Pfarrer Hausmann schüttelte den Kopf, und Jürgen Thiele fragte nach, ob noch etwas anderes auf dem Zettel stünde.

„Eine Zwölf und eine Zehn – vielleicht die Uhrzeit, zu der sie sich treffen wollten?"

Hausmann zuckte die Schultern.

„Hier ist noch ein anderer Zettel, auf dem steht das Wort Römer und ebenfalls zwei Zahlen. Eine Zwölf und eine Neunzehn."

Hausmann hustete, sagte aber nichts.

Jürgen Thiele trat zu Marie an den Schreibtisch heran, um sich die beiden Zettel anzusehen. „Wenn die Kleine so versessen auf die Kirche ist, dann sind das vielleicht Verse aus der Bibel?"

Marie zog anerkennend die Augenbrauen nach oben, wandte sich an Pfarrer Hausmann, ob er einen Zusammenhang mit der Bibel erkennen könne.

„Die Römer sind ein Buch im Neuen Testament", sagte er zögernd.

„Und was genau steht in Kapitel zwölf, Vers neunzehn?" Jürgen Thieles Tonlage war streng geworden.

„Rächet euch selber nicht, meine Liebsten, sondern gebet Raum dem Zorn Gottes; denn es steht geschrieben: Die Rache ist mein; ich will vergelten, spricht der Herr."

Marie und Jürgen tauschten einen Blick, dann fragte der Kommissar, ob sich hinter Tobi ebenfalls ein Buch der Bibel verbergen könnte.

Die Stimme des Seelsorgers war nicht mehr als ein Flüstern. „Es heißt Tobit. Das Buch Tobit gehört zu den Apokryphen und wird als Teil des Schriftenkanons des Alten Testaments angesehen."

„Ja, und wie heißt der Vers", drängte Jürgen Thiele.

„Die Gottlosen aber bringen sich selber um ihr Leben."

„Verstehe ich nicht. Hat sie sich damit Mut gemacht, dass Verbrechen nicht ungestraft bleiben, auch im höheren Sinn? Oder befürchtet sie selbst Strafe von anderer Stelle?"

Marie Thalbach suchte weiter in dem Durcheinander auf Theresas Schreibtisch. Unter einem Buch lugte die Ecke eines Schreibblocks hervor. Sie zog ihn zu sich heran. Pfarrer Hausmann wandte sich ab und verließ mit schweren Schritten den Flur. Jürgen Thiele war in die Hocke gegangen und fischte einen Schnellhefter aus dem Raum zwischen Computer und dem Seitenfuß des Tisches heraus.

Er richtete sich auf, blätterte in den abgehefteten Seiten und stieß die Luft aus. „Hier sind jede Menge Informationen zum Thema Missbrauch, psychische Folgen, Anlaufstellen und Therapieansätze." Er hielt Marie eine aufgeschlagene Seite mit der Überschrift Posttraumatische Störung hin. Sie nickte.

„Auf diesem Block sind die Anfänge eines Briefes zu lesen. Vielleicht hat sie vorgeschrieben oder aber das Ganze dann doch nicht abgeschickt", vermutete Thiele.

Die Zeilen waren ohne Anrede verfasst und lasen sich,

als hätte Theresa versucht, zu einer anderen Person Kontakt aufzunehmen. Eine Mobilnummer war ebenfalls vermerkt. Marie tippte die Zahlen in ihr eigenes Telefon ein, wählte und landete auf einer Mailbox, auf der kein Name genannt wurde.

„Mensch, Marie! Hier hängt ein Klebezettel mit den Sendezeiten von Danas Nacht." Jürgen nahm die Notiz vom Regalboden, an dem sie haftete.

„Das muss nichts heißen. Sie kann ein Fan sein, der einfach gerne die Sendung hört."

„Das ist mir ein bisschen zu viel Zufall langsam. Die Seiler steckt da mit drin. Warum auch immer, hat Theresa vielleicht versucht, Kontakt mit Dana Seiler aufzunehmen."

Marie steckte den Block in ihre Tasche, und die beiden Kommissare eilten die Treppe hinunter ins Arbeitszimmer von Pfarrer Lambert Hausmann. Der Raum war leer. Marie rief seinen Namen, aber es kam keine Antwort. Daraufhin warf Jürgen Thiele einen Blick in die Küche, aber auch hier hielt sich niemand auf. Lambert Hausmann schien sich nicht mehr im Pfarrhaus zu befinden.

„Das gibt es doch nicht, der kann uns doch nicht einfach entwischt sein!" Jürgen war der Ärger deutlich anzusehen.

Marie sah ihn mit zusammengekniffenen Brauen an. „Irgendetwas stimmt hier nicht. Ich habe so ein Gefühl." Sie lief einige Schritte den Flur entlang.

Währenddessen telefonierte Jürgen Thiele mit den Kollegen im Präsidium und fragte nach, ob es Neuigkeiten über den Aufenthalt von Dana Seiler gäbe. Aber die Antwort war negativ. Marie ließ sich auf einer Stufe der Treppe nieder und ging im Geiste noch einmal die Leute durch, mit denen Theresa ihres Wissens Kontakt gehabt hatte. Annkathrin Leibowitz fiel ihr ein. Aber beide Mädchen hatten ausgesagt, sich nach dem Aufenthalt im Kloster nicht mehr gesehen zu haben. Es erschien unwahrscheinlich, dass Theresa ihr die Nachrichten auf dem Schreibblock geschrieben hatte.

Marie sah noch einmal die Zettel durch, die sie aus Theresas Zimmer mitgenommen hatten. Ein Gedanke versuchte sich an die Oberfläche zu kämpfen, war aber noch nicht greifbar.

Plötzlich sprang sie auf und rannte noch einmal die Treppen hinauf, immer zwei Stufen auf einmal nehmend. Der Schnellhefter lag mitten auf dem Schreibtisch, wo Jürgen ihn liegen gelassen hatte. Sie schlug ihn auf, blätterte einige Seiten um und blieb an einem Artikel hängen. Das war es, was ihr bisher nicht eingefallen war. Auf einmal wusste sie, wo Theresa war. Und dass alles ganz anders sein musste, als sie bisher angenommen hatten.

Ein kurzes Telefonat später, in dem sie die Auskunft erhalten hatte, die sie benötigte, stürmte sie die Treppe hinunter, zog Jürgen Thiele am Arm und rief ihm zu, dass sie sofort los müssten.

Da Jürgen mit seinem eigenen Wagen zum Pfarrhaus gekommen war, entschied er, Marie in seinem Fahrzeug hinterher zu fahren. Sie ließen den Ortsausgang von Pulheim hinter sich und fuhren weiter in Richtung Köln. Nach knapp anderthalb Kilometern bogen sie rechts in eine schmale Straße nach Freimersdorf ab. Sie passierten einige Gutshöfe, bis der Weiler an einer Gabelung endete. Rechter Hand wies ein Schild zu einer Tierarztpraxis, geradeaus führte ein asphaltierter Feldweg weiter, dem sie folgten.

Vor einer grün gestrichenen Scheune hielten die Kommissare ihre Autos an, direkt neben einer Egge mit rostigen Metallrädern. Marie wandte sich an Jürgen und flüsterte ihm zu, wen sie an diesem Ort vermutete.

Dann legte sie den Zeigefinger an die Lippen. Obwohl sie vielleicht schon bemerkt worden waren, wollte sie ihn darauf hinweisen, sich möglichst leise zu verhalten, während sie um das Gebäude herum gingen. Hinter der Scheune gackerten Hühner in einem etwa zwölf Quadratmeter großen Freigehege, auf der Weide grasten drei Ziegen. Felder schlossen sich an, auf denen schon kleine Salatpflanzen zu erkennen waren.

Marie blickte sich um, ob es hier vielleicht einen Hofhund gab. „Ich glaube, dass Theresa hier ist. Es ist eine eingetragene Adresse, also muss es auch ein Wohnhaus geben“, raunte sie Jürgen zu.

Hinter der Scheune stießen sie auf zwei mindestens zwanzig Meter lange Gewächshäuser. Marie ging behutsam auf die Tür zu, die am nächsten lag, und öffnete sie. Feucht-warme Luft schlug ihnen entgegen. Auf den Pflanztischen standen hunderte kleiner Töpfchen mit weißen Blümchen, die wie Gänseblümchen aussahen. Als sie eintrat, stieß sie an eines der unzähligen Margeritenbäumchen, die dort aufgereiht standen. Weiter hinten blühten lilafarbene Malven, gelbe Tulpen, rote Stiefmütterchen und weiße Christrosen. Etliche der anderen Blumen kannte Marie nicht mit Namen.

„Sieh mal, Jürgen, hier haben wir die Blumen, deren Blüten wir auf den Gräbern gefunden haben. Und da hinten wachsen sogar Lilien.“

Jürgen nickte und bedeutete ihr, sich draußen weiter umzusehen.

Sie entdeckten einen eingeschossigen Anbau, dessen Wände mit Teerpappe verkleidet waren. Ein mit Platten ausgelegter Weg, der mit einer Drahtkonstruktion überspannt war, führte auf eine Eingangstür zu, die von getönten Glasfragmenten durchbrochen war. Weinreben rankten durch das Gitter und bildeten ein natürliches Dach. Die Eingangstür befand sich in einem Vorbau. Eine windschiefe, offensichtlich selbst zusammengezimmerte Bank neben dem Eingang, die von Grünspan und Vogelkot überzogen war, lud nicht gerade zum Verweilen ein. An der Bank lehnte ein Fahrrad, davor stand ein Paar grüner Gummistiefel.

Jürgen deutete auf das Rad, trat auf die Bank zu und hob die Stiefel in die Höhe. Er zeigte Marie die Sohlen, auf denen die Schuhgröße neununddreißig eingeprägt war. Marie nickte, legte eine Hand an die Fensterscheibe hinter der Bank und warf einen vorsichtigen Blick ins Innere des kleinen Hauses. In der schlicht ausgestatteten Küche befand sich ein alter Spülstein, ein Ofen samt Herd, dessen Abdeckung aufgeklappt war, und ein hoher Kühlschrank. An die linke Wand war ein einfacher Kunststofftisch geschoben worden, auf dem zwei Gläser sowie eine Stiege Kartoffeln standen. Auf der anderen Fensterseite entdeckte Marie einen schmalen Schrank, der bis unter die Decke reichte, sowie eine kleine Kommode mit je zwei Schubladen und Türen. Das Haus wirkte zwar bewohnt, aber dennoch merkwürdig ruhig.

Eine Klingel war nicht zu finden, und so hämmerte Jürgen mit der Faust fest gegen die Haustür. Nichts geschah. Er wiederholte das Klopfen, wieder blieb alles still. Schließlich legte er die Hand über die Klinke, drückte diese hinunter, und zu seiner Überraschung ließ sich die Tür problemlos öffnen. Marie bedeutete ihm vorauszugehen.

„Hallo? Ist jemand zu Hause? Wir sind von der Polizei . . .“

Sie erhielten keine Antwort. Marie unterzog die Räume, die sich an die Küche anschlossen, einer kurzen Untersuchung. Es gab ein schmales Badezimmer mit einer altertümlichen Badewanne, einer Toilette und einem Waschbecken, die alle einer ausführlichen Reinigung bedurft hätten. Im Schlafzimmer befanden sich nur ein zerwühltes Doppelbett sowie ein einfacher

Sperrholzschrank. Im Wohnraum hatte jemand eine blaue Wolldecke nachlässig über ein altmodisches Brokatsofa geworfen. Der ehemals dunkelrote Veloursteppich war ausgetreten und wies helle Stellen auf. In der rückwärtigen Ecke fristete ein zerkratzter Holztisch sein Dasein. Die zugehörigen vier Stühle hatte jemand in dunklem Grün lackiert. In der halbhohen Anrichte hinter dem Tisch stand ein filigranes Kaffeeservice mit Goldrand.

„Sicher, das Fahrrad kann auch jemand anderem gehören, aber mein Bauchgefühl sagt mir, dass Theresa hier ist. Vielleicht hat sie sich versteckt."

„Sieh mal hier!" Jürgen Thiele hatte den Abgang zum Keller entdeckt. Der Schlüssel hing an einem Haken, aber als er die Klinke herunterdrückte, stellte er fest, dass auch diese Tür nicht abgeschlossen war.

Er folgte den engen Stufen hinunter in einen dunklen Gang, Marie blieb dicht hinter ihm. Nur eine einzelne Birne spendete Licht, das kaum bis in die Ecken des Ganges hinein reichte. Vier Türen gingen von dem Gang ab. Eine führte in eine Art Waschkeller, die nächste zum Heizungskeller. Die dritte öffnete sich in einen schmalen Raum, an dessen Wänden auf beiden Seiten leere Regale standen. Die letzte Tür war verschlossen.

Thiele schaute sich um und entdeckte auch hier den Schlüssel an einem Haken in der Nähe des Türrahmens. Er steckte ihn in das Schloss, drehte und drückte die Tür nach innen auf. An der Wand stand ein altes Klapp-Sofa. Der Bezug im Stil der 70er Jahre war an einigen Stellen bereits verschlissen. Statt Armlehnen gab es zwei längliche Kissen im selben grün-braunen Dekor. Eine geblümte Frotteedecke war halb zusammen gefaltet über der Rückenlehne ausgebreitet. Neben dem Sofa stand eine Kommode aus Kiefernholz, deren untere Schublade aufgezogen und offenbar durchwühlt worden war. Die Flickenteppiche, die auf dem groben Steinboden lagen, waren abgenutzt. Jürgen betrat den Raum und warf einen Blick hinter die Tür. Dort stand eine etwa anderthalb Meter breite und achtzig Zentimeter hohe Gefriertruhe, auf der eine beigefarbene, gehäkelte Tischdecke lag.

„Hier müssen schnellstens die Techniker ran." Während Jürgen in seiner Jackentasche nach Gummihandschuhen suchte, tippte Marie die Nummer der Kollegen in ihr Mobiltelefon. Mit spitzen Fingern fasste Jürgen den Griff der Kühltruhe und drückte den Deckel nach oben. Sie war leer. Eisablagerungen an den Seiten und auf dem Boden wiesen darauf hin, dass das Gerät bereits über einen längeren Zeitraum in Betrieb war.

Marie atmete erleichtert aus. Fast hatte sie befürchtet, eine vierte Babyleiche vorzufinden.

„Sie ist eingeschaltet. Und das, obwohl es nichts zu kühlen gibt. Oder nicht mehr." Jürgen ließ den Deckel wieder nach unten gleiten und streifte die Gummihandschuhe ab. „Viel Platz bietet das Häuschen nicht, wahrscheinlich wurden die Babys direkt im Schlafzimmer erstickt, in die Decken gewickelt und dann hier unten versteckt."

„Bis alle hier sind, suchen wir weiter nach Theresa. Vielleicht gibt es einen Heuboden oder so etwas Ähnliches."

„Lass uns das zweite Gewächshaus unter die Lupe nehmen", schlug Jürgen vor, als sie wieder auf dem Weg nach oben waren. Marie nickte und lief voraus.

Kurz darauf standen beide Kommissare vor dem Gewächshaus, an dem sie zuvor vorbei gelaufen waren. Marie drückte die Klinke hinunter und öffnete die Glastür. Auch hier schlug ihnen schwüle Luft entgegen. Dieses Mal teilten sich Buschwindröschen, Veilchen und Hyazinthen den Platz auf den Pflanztischen. An der Rückwand des Gebäudes reihten sich junge Birkenbäumchen in Töpfen aneinander. Davor lag eine große rote Umhängetasche auf dem Boden. Jemand schien sie dort achtlos hingeworfen zu haben.

Marie lief vor, war aber darauf bedacht, Theresa nicht zu verschrecken. „Sie brauchen keine Angst haben, wir sind von der Polizei."

Ein Kopf schob sich auf halber Höhe zwischen den Holzgestellen hervor, Theresa wirkte eingeschüchtert. Sie erhob sich und trat mit gesenktem Blick hinter den Tischen hervor. Aber da war noch jemand. Marie und Jürgen hörten ein Wispern.

„Das hab ich mir doch gedacht", sagte Jürgen und schob Theresa sachte zur Seite.

In eine Ecke gekauert saßen zwei junge Frauen auf dem Boden. Die eine wiegte sich monoton vor und zurück, während die andere ihre Hand hielt und beruhigend auf sie einsprach.

Jürgen Thiele trat auf die beiden Frauen zu und reichte Dana Seiler eine Hand, um ihr aufzuhelfen. „Wir haben nach Ihnen gesucht, Frau Seiler. Warum haben Sie sich der Zeugenbefragung entzogen?", fragte er mit ungewohnt gelassener Stimme.

Dana Seiler antwortet nicht. Sie sah mit halb geöffnetem Mund und großen Augen zu Jürgen Thiele auf. Langsam erhob sie sich, ohne jedoch seine Hand zu ergreifen, trat neben Theresa und legte ihren Arm um deren Schulter.

Marie Thalbach beugte sich zu der anderen jungen Frau hinunter. „Darf ich Sie Laura nennen?", die Kommissarin versuchte, Blickkontakt aufzunehmen. Aber Laura Breuer hielt die Augen geschlossen. Sie antwortete nicht.

„Laura, ich bin Marie Thalbach von der Kriminalpolizei in Köln. Ich glaube, Sie wissen, warum wir hier sind." Die Kommissarin sprach betont langsam und ruhig. „Ich weiß, dass Sie Furchtbares erlebt haben und ruhig. „Ich weiß, dass Sie Furchtbares erlebt haben und dass es Ihnen nicht gut geht."

Als sie den Artikel gelesen hatte, der in Theresas Zimmer gelegen hatte, war es ihr plötzlich wieder eingefallen. Laura Breuers Unterarme waren überzogen von kleineren und größeren Schnittwunden. Das war Marie aufgefallen, als sie vor ein paar Tagen im Pfarrhaus fast ineinander gerannt waren und Laura Breuers Jackenärmel nach oben gerutscht war. Marie hatte sich erst nichts dabei gedacht. Schließlich konnte Laura sich die Kratzer bei der Gartenarbeit an Ästen und Sträuchern zugezogen haben. Erst als Marie den Artikel über posttraumatische Störungen gelesen hatte, war ein anderes Bild in ihrem Bewusstsein entstanden.

„Wir haben die Gefriertruhe im Keller Ihres Hauses gefunden", sagte Marie vorsichtig. „Waren das Ihre Babys, die wir auf dem Friedhof, im Klostergarten und in der Kirche gefunden haben?"

„Nichts verraten . . .", flüsterte Laura und wiegte ihren Oberkörper weiter vor und zurück. „Unser Geheimnis . . ."

„Wir müssen Sie jetzt mitnehmen", sagte Marie behutsam.

Aber Laura Breuer hielt die Augen geschlossen und reagierte nicht.

Zehn

Kornblume (bot. Centaurea cyanus):
Ich gebe die Hoffnung nicht auf.

„Sie sind auf dem Holzweg. Laura hat diese Babys nicht getötet.“ Dana Seiler ließ Theresa los und wischte sich eine weißblonde Haarsträhne aus dem Gesicht. Auf ihrem schwarzen Kaschmirpullover hafteten Staub- und Erdspuren.

Jürgen Thiele verschränkte die Arme vor der Brust. „Und warum sollen wir Ihnen das glauben?“

Über Dana Seilers Gesucht huschte ein gequältes Lächeln. „Ich weiß es, weil Laura meine Schwester ist. Sie hat diese Babys nicht getötet. Sie könnte niemals einem Lebewesen etwas antun.“

„Laura Breuer ist Ihre Schwester?“, wiederholte Marie überrascht.

„Wer war es dann, wenn Laura nicht die Täterin ist?“, bohrte Jürgen Thiele.

Dana holte tief Luft, dann blickte sie Marie fest in die Augen. „Der Pfarrer ist Ihr Mann.“

„Kommen Sie, Sie alle!“ Marie warf Jürgen einen entschlossenen Blick zu. „Wir gehen ins Haus.“ Sie nahm Dana und Theresa vorsichtig am Arm.

„Wenn das stimmt“, raunte Jürgen Marie zu, „haben wir in Hausmann und den beiden Schwestern möglicherweise die fehlende Verbindung zwischen den drei Leichen gefunden.“

Marie hob den Zeigefinger an die Lippen und bedeutete ihrem Kollegen, darüber vorerst nicht zu sprechen. Laut bat sie ihn, Laura Breuer zu helfen, hinüber ins Haus zu gehen, um dort die Befragung fortzusetzen, bis die Techniker eingetroffen seien.

Dana Seiler schüttelte jedoch den Kopf zu Maries Worten, beugte sich zu ihrer Schwester hinab und bewegte sie dazu, aufzustehen. Wie in Trance ließ sich Laura zum Haus führen. Jürgen Thiele blieb etwas zurück und telefonierte nach einem Arzt.

Marie stellte für Theresa und Dana zwei der grün lackierten Stühle nebeneinander, Jürgen Thiele half Laura, auf dem altmodischen Brokatsofa Platz zu nehmen. Dann blieb er in der Nähe der Tür stehen, während sich Marie zu den Frauen setzte.

„Frau Seiler, das ist eine schwere Beschuldigung, die Sie gegen Lambert Hausmann erheben." Marie blickte die Radiomoderatorin ernst an. „Können Sie das beweisen?"

Dana Seiler schwieg für einen Moment, sie wandte den Kopf zu Laura und atmete hörbar aus. „Was soll's", antwortete sie schließlich. „Einmal musste es wohl herauskommen." Streng genommen seien sie und Laura nicht verwandt. Nach der Hochzeit ihres Vaters und Lauras Mutter Renate seien Dana und ihr Vater zu Renate und Laura auf den Hof gezogen. „Laura und ich sind hier zusammen aufgewachsen."

Jürgen Thiele ließ seinen Blick kurz durch den ärmlich eingerichteten Raum schweifen. Dann sah er auf Dana Seilers elegante Stiefel, ihren teuren Pullover, und es fiel ihm schwer, sie sich in diesem Zuhause vorzustellen.

„Als mein Vater starb, hatte ich nur noch Laura und Renate. Ich war dankbar, dass ich bleiben konnte, aber ich habe es trotzdem gehasst, hier leben zu müssen."

Wieder wanderte Danas Blick zu Laura, aber diese schien nicht einmal zuzuhören. „Als ich zwölf war, hat sich dieses Schwein zum ersten Mal an mich herangemacht. Es war ja auch so einfach für ihn, da alle Mädchen aus dem Dorf bei ihm im Kindergottesdienst waren.“ Sie lachte bitter auf.

„Wenn Sie ‚zum ersten Mal‘ sagen, ist es dabei nicht geblieben?“, fragte Marie vorsichtig nach.

„Es ging so lange, bis ich schwanger wurde.“

„Also doch!“, entfuhr es Jürgen Thiele halblaut.

„Gab es denn niemanden, dem Sie sich anvertrauen konnten? Was war mit Ihrer Stiefmutter?“ wollte Marie wissen.

„Oh ja! Ich habe ihr erzählt, dass Hausmann mich zu sich in sein Arbeitszimmer gerufen hat, und dass er dort wollte, dass ich mich ausziehe und zu ihm lege.“

„Und wie hat Ihre Stiefmutter reagiert?“

„Sie hat gesagt, ich würde mir das nur ausdenken. Der Pfarrer würde so etwas niemals tun, und ich würde das nur erfinden, um nicht weiter in den Kindergottesdienst gehen zu müssen.“

Marie schwieg. Auch Marietta Kornblum hatte berichtet, dass Kinder oft bei den eigenen Eltern keinen Glauben fanden, was dem Täter nur weiter in die Hände spielte. „Sie sagten, Sie seien schwanger geworden - wann war das und was ist mit diesem Kind passiert?“

„Ich war fünfzehn Jahre alt, das Kind starb bei der Geburt.“ Dana Seiler schluckte einmal kurz. „Und er sagte zu mir, es sei meine Schuld, weil ich das Geheimnis nicht für mich behalten hatte.“

„Unglaublich“, kommentierte Marie das Gehörte. „Ist dieser Säugling unter denen, die wir kürzlich gefunden haben?“

Dana nickte. „Es gab Komplikationen, aber ich durfte nicht ins Krankenhaus. Hausmann brachte einen Arzt zu uns nach Hause, der das Baby holen sollte.“

„Die Narbe am Bauch", flüsterte Thiele.

„Hausmann hat Renate gezwungen, den toten Säugling wegzubringen, aber sie hat sich entschieden, die Leiche in der Gefriertruhe im Keller zu verstecken. Damit Laura dort nicht hingeht, haben wir den Raum verschlossen gehalten und ihr gesagt, es sei ein böser Ort."

Dana hatte geglaubt, dass die Übergriffe des Pfarrers nach diesem Erlebnis zu Ende seien, tatsächlich hatte er nicht viel Zeit nach der missglückten Operation verstreichen lassen, bis er sich ihr wieder genähert hatte. „Aber dieses Mal habe ich nicht so funktioniert, wie er sich das gedacht hatte!" Dana schnaubte auf. „Es war klar, dass Renate ihre Augen wieder verschließen würde. Deshalb habe ich die wenigen Dinge zusammengepackt, die mir gehörten, und bin mitten in der Nacht abgehauen. Wahrscheinlich", fügte sie nach einer kurzen Pause hinzu, „wahrscheinlich war sie sogar froh, dass ich weg war."

In diesem Moment waren draußen die Geräusche mehrerer zuschlagender Autotüren zu hören, und kurz darauf trafen die Kollegen der Kriminaltechnik ein. Innerhalb von Minuten bevölkerten vier Leute in weißen Overalls, ein Fotograf und zwei Kollegen von der Streife das Haus. Der Notarzt kümmerte sich sofort um Laura Breuer und leuchtete ihr mit einer schmalen Lampe in die Pupillen. Als letzter betrat Dr. Adalbert Reuters das Wohnzimmer.

Jürgen Thiele zeigte den Technikern die Tür zum Keller und telefonierte anschließend mit dem Präsidium, um Lambert Hausmann zur Fahndung ausschreiben zu lassen. Der Notarzt verabschiedete sich bereits nach einigen Minuten wieder, da Dr. Reuters die weitere Betreuung von Laura Breuer übernehmen würde.

Nach Dr. Reuters Auffassung stand einer Verlegung der Befragung ins Präsidium nichts im Wege, und so machte sich die kleine Gruppe kurz darauf auf den Weg in den Walter-Pauli-Ring. Marie und Jürgen gingen mit Dana Seiler direkt in einen der Vernehmungsräume, Theresa würde im Anschluss befragt werden. Sie hatte es abgelehnt, nach Hause zu fahren und zog es vor, im Flur zu warten, bis sie an die Reihe kommen würde.

Jürgen Thiele schob das Mikrofon in die Mitte des Tisches und schaltete es ein. Dana Seiler saß aufrecht in ihrem Stuhl, ihre Hände lagen ruhig ineinander gelegt vor ihr auf dem Tisch. Marie setzte sich der jungen Frau gegenüber, während Jürgen Thiele etwas im Hintergrund stehen blieb. Dana Seiler bestätigte nochmals in das Mikrofon hinein, dass sie darauf verzichtete, nur in Anwesenheit weiblicher Beamtinnen befragt zu werden.

„Frau Seiler", begann Marie, „ich kann mir sehr gut vorstellen, dass es nicht leicht für Sie ist, die Erlebnisse von damals noch einmal aufleben zu lassen. Aber es ist . . ."

Dana Seiler hob den Kopf und sah der Kommissarin ins Gesicht. „Niemand wird jemals wieder Kontrolle über mich haben. Das habe ich mir geschworen. Dass dieses Kind tot zur Welt kam war tatsächlich ein Zeichen - es hat mir gesagt, dass ich dort weg musste. Das Schlimmste, Frau Kommissarin, habe ich schon lange hinter mir gelassen."

Marie blieb einen Moment lang still. Sie konnte nicht beurteilen, ob Danas Aussage nur eine Schutzbehauptung war, oder ob sie wirklich so großen Abstand zwischen sich und den Missbrauch vor mehr als zehn Jahren hatte bringen können. Behutsam setzte sie die Befragung fort. „Wenn es also in Ordnung für Sie ist, dann fahren wir fort."

Dana Seiler nickte.

„Sie haben gesagt, Ihre Stiefmutter habe den Säugling im Keller versteckt. Wie kommt die Leiche dann ausgerechnet jetzt, Jahre später, an einen der Fundorte?“

„Das war tatsächlich so nicht geplant. Laura sollte sie alle verschwinden lassen, irgendwo, wo sie niemals gefunden werden würden. Stattdessen sucht sie sich ausgerechnet einen Friedhof aus, um ihr erstes Baby zu vergraben.“

„Sie sagten, dass Sie den Hof nach diesem Erlebnis verlassen haben. Wer ist dann die Mutter der anderen beiden Säuglinge?“ Marie wollte Dana Seiler nicht unterbrechen, diese hatte jedoch nach ihrem letzten Satz nicht weiter gesprochen.

„Das Schwein hat mit Laura dort weitergemacht, wo er mit mir aufgehört hat!“ Dana Seilers Augen blickten die Kommissarin hart an. Vor einigen Monaten habe Dana die Todesanzeige von Renate Breuer in der Zeitung gesehen, daraufhin hatte sie sich nach langem Hin und Her dazu durchgerungen, Laura einen Besuch abzustatten. „Laura machte einen merkwürdigen Eindruck auf mich, lief in Klamotten herum, die ihr viel zu groß waren, überhaupt schien sie nichts um sie herum zu interessieren.“ Dana Seiler hatte die drei Leichen in der Tiefkühltruhe entdeckt und ihre Schlüsse daraus gezogen. Laura selbst habe immer nur davon gesprochen, dass der Pfarrer böse sei, und dass sie das Geheimnis nicht verraten dürfe. „Da war mir klar, dass Laura dasselbe durchgemacht hatte wie ich.“ Irgendwie hatte Laura wieder Vertrauen zu ihrer Stiefschwester gefasst. Gemeinsam hätten sie beschlossen, die Leichen aus dem Haus zu schaffen und irgendwo auf einem abgelegenen Feld zu vergraben. „Wir wollten diesem Alptraum ein Ende setzen – und Laura sollte nicht länger in einem Haus leben müssen, in dessen Keller diese Kühltruhe stand.“

„Wieso haben Sie sich denn nicht an die Polizei gewandt?“ hakte Marie nach.

Dana Seiler schnaubte. „Sie wissen doch selbst, wie so etwas abläuft. Wir wären von innen nach außen gekrempelt worden, und Laura hätte das niemals durchgestanden. Sie hatte genug damit zu tun, dass er ihr eingetrichtert hatte, es sei ihre Schuld, dass auch ihre Babys tot zur Welt gekommen seien.“

„Moment“, unterbrach Marie. „Das stimmt nicht. Zwei der Säuglinge sind gesund geboren worden. Sie wurden wenige Stunden nach der Geburt erstickt.“

„Was?“ Dana Seilers Augen weiteten sich.

„Wir fahnden bereits nach Lambert Hausmann. Er wird zu Ihrer Aussage Stellung nehmen müssen.“ Marie blickte Dana Seiler ernst an. „Seien Sie versichert, dass wir aufdecken werden, was damals passiert ist und welche Rolle der Pfarrer bei all dem möglicherweise noch gespielt hat!“

Dana Seiler nickte nur.

Marie Thalbach war jedoch noch nicht am Ende der Befragung. „Es gibt noch einige offene Punkte, die ich gerne geklärt hätte, wenn es Ihnen möglich ist.“

Dana Seiler antwortete, da sie nun schon angefangen hatten, wollte sie heute auch alles zu Ende bringen. „Fragen Sie.“

Da Dana Seiler bereits zugegeben hatte, die Mutter eines der Babys zu sein, erübrigte sich die Frage, wofür sie vor einigen Jahren acht Wochen Urlaub benötigt hatte. „Wenn ich mir Ihre Stiefschwester ansehe, kann ich mir kaum vorstellen, dass sie in der Lage gewesen sein soll, die Leichen ihrer beider Kinder bei Nacht und Nebel an drei neue Orte zu verbringen. Sie wirkt nicht sehr robust.“

„Was wollen Sie damit sagen?“

„Frau Seiler, ich möchte nicht das Vergraben der Leichen wichtiger nehmen, als das, was Sie durchgemacht haben. Dennoch ist es nötig, dass die Wahrheit ans Licht kommt. War es tatsächlich Laura, die die Babys in Köln versteckt hat?"

Dana Seiler schwieg. Sie fuhr sich mit der Hand über den Nacken, dann seufzte sie. „Nein." Sie strich sich eine lange Ponysträhne hinter das Ohr und setzte erneut an. „Nachdem Laura die erste Leiche auf dem Friedhof vergraben hatte und alles am nächsten Tag in der Presse stand, war mir klar, dass sie unseren ursprünglichen Plan nicht umsetzen konnte. Sie hatte immer wieder Alpträume und saß oft vor der verschlossenen Kellertür, wenn ich kam, um sie zu besuchen. Also musste ich ihr versprechen, für die anderen Babys auch einen guten Ort zu finden. Es war ihre Idee, das Kloster auszuwählen, in dem die Nichte des Pfarrers gewesen war. Laura hatte sogar den Schlüssel zum Klostergarten. Sie war überhaupt nur zu beruhigen, als ich zustimmte, gesegnete Erde zu nehmen und die dritte Leiche sogar in eine Kirche zu legen. Natürlich war mir klar, dass auf diesem Wege früher oder später alles herauskommen würde."

Marie Thalbach nickte. Dana Seiler schien es irgendwie geschafft zu haben, sich von ihrer Vergangenheit und auch den kürzlichen Geschehnissen abzuspalten, so dass sie fast neutral darüber berichten konnte. „Eine Sache möchte ich gerne noch wissen. Wie hängt Theresa mit all dem zusammen?"

„Sie stand immer wieder bei Laura vor der Tür, aber meine Stiefschwester wollte nicht mit ihr reden. Es war schon schwer genug, dass Laura sich mir gegenüber etwas geöffnet hat. Ich wollte heute Morgen nur kurz bei Laura vorbeischauen, bevor ich in den Sender gegangen wäre. Plötzlich tauchte Theresa wieder auf dem Hof auf und erwischte Laura und mich draußen. Sie schien zu wissen, wer ich bin und erzählte mir von ihrem Verdacht gegen ihren Onkel. Laura hörte das alles und versteckte sich im Gewächshaus. Und dann sind auch schon Sie aufgetaucht."

Das deckte sich mit der Vermutung, die sich Marie in den letzten Stunden aufgedrängt hatte. Sie schloss die Tür zum Vernehmungsraum hinter sich und bemerkte zu Jürgen Thiele, dass sie Annkathrin Leibowitz wegen des Schlüssels zum Klostergarten nun nicht nochmals befragen mussten, da sich dieser Punkt soeben geklärt hatte. Es spielte keine Rolle mehr, ob ihr der Schlüssel tatsächlich gestohlen worden war, oder ob sie sich das ausgedacht hatte, um aus dem Fokus der Ermittlungen zu kommen.

Lambert Hausmann saß auf der Bank in der zweiten Reihe seiner Kirche. Um diese Zeit war das Gotteshaus leer, er war allein mit seinen Gedanken. Es war vorbei, und er wusste es. So viele Jahre war nichts ans Licht gedrungen. Jetzt hatte ihm ausgerechnet seine Nichte, von der er glaubte, sie interessiere sich ausschließlich für sich selbst, ihm diese unmissverständlichen Zitate hinterlassen. Er war sicher, diese Verse hatte sie ganz bewusst ausgewählt, um ihn wissen zu lassen, dass sie es herausgefunden hatte.

Er legte den Kopf auf die gefalteten Hände. Es war endlich vorbei. Zu gern wäre er stärker gewesen und wäre seiner eigenen, dünnen Theorie gefolgt, dass Gott ihm niemals die Freuden fleischlicher Liebe hätte zuteilwerden lassen, wenn er mit den möglichen Folgen nicht einverstanden gewesen wäre. Aber er war schwach. Es war leichter gewesen, Renate davon zu überzeugen, dass sie dieses Geheimnis unbedingt für sich behalten mussten. Er hob den Kopf und sah hinauf zu der gekreuzigten Jesus-Figur. Aber er konnte den Blick nicht halten, ein Sonnenstrahl blendete ihn durch eines der Seitenfenster. Er blinzelte und schlug die Augen nieder.

Er durfte in der Stunde des Todes nicht unbußfertig sein. Lambert Hausmann erhob sich aus der Kirchenbank und wäre auf dem Gang fast über seine Aktentasche gestolpert. Der erste Gedanke an diesem Morgen, als der junge Kommissar ihm den Spruch aus den Apokryphen vorgelesen hatte, war Flucht gewesen. Aber wo sollte er hin? Sein Leben war die Kirche, er hatte sein Dasein vor langer Zeit einem Gott geweiht, an den er immer noch glaubte. So hatte er seine Tasche zwar mit Ausweis und Geld befüllt, es aber schließlich nur bis in die Kirche geschafft.

Er würde dem allen heute ein Ende setzen. Zuerst jedoch musste er die Beichte ablegen. In Anbetracht der Dringlichkeit und der Tatsache, dass er unmöglich mit einem anderen Geistlichen über seine Sünden würde sprechen können, würde er sich selbst die Beichte abnehmen und sich gleichermaßen offenbaren. Gott würde ihn verstehen. So hoffte er, schließlich hatte er das alles nur für ihn getan.

In diesem Moment wurde die Kirchentür geöffnet. Kriminalkommissar Adrian Franzen und Katja Fehrenbach traten ein und kamen auf ihn zu.

„Sind Sie Pfarrer Lambert Hausmann?“ Franzens dunkle Stimme brach sich an den hohen Wänden. Der Pfarrer blieb stehen, streifte die beiden mit einem kurzen Blick und strebte dann weiter auf den Beichtstuhl zu.

„Wir sind von der Kriminalpolizei. Bleiben Sie stehen!“

Doch Lambert Hausmann hatte bereits die hölzerne Kabine erreicht und zog den Vorhang zur Seite.

„Will der jetzt beichten?“, raunte Katja Fehrenbach ihrem Kollegen zu.

Adrian Franzen zuckte die Schultern. „Wenigstens läuft er nicht weg.“

Überrascht stellte Katja Fehrenbach kurz darauf fest, dass auf der anderen Seite des Gitterfensters niemand saß, und Lambert Hausmann sich allein im Beichtstuhl befand.

Adrian Franzen informierte den Pfarrer über seine Rechte und erklärte ihm, er sei vorläufig festgenommen wegen des Verdachts auf Kindesmissbrauch sowie des Mordes an zwei der daraus entstandenen Kinder. Die Schließen klickten, und Franzen lotste den Pfarrer den Gang hinunter auf die Straße, wo der Dienstwagen parkte.

Kurz nachdem er losgefahren war und die Kirche hinter sich gelassen hatte, teilte Adrian Franzen Marie telefonisch mit, dass sie Lambert Hausmann gefunden hatten. Marie wollte jedoch erst mit Laura Breuer sprechen, bevor sie den Pfarrer mit den Anschuldigungen konfrontierte. Es würde Hausmann nicht schaden, wenn er sich der Ausweglosigkeit seiner Situation bewusst werden konnte.

Im Präsidium war Laura Breuer zwischenzeitlich aus ihrer Starre erwacht. Zwar wirkte sie überfordert von all den neuen Eindrücken, die in kurzer Zeit auf sie einstürmten, aber zu Maries Erstaunen schien die junge Frau Dr. Reuters zu vertrauen.

Nachdem der Psychologe zuerst allein mit Laura Breuer gesprochen hatte, war sie einverstanden, in seinem Beisein auch mit Oberkommissarin Marie Thalbach zu sprechen. Marie hatte das Mikrofon, das normalerweise in der Mitte des Tisches stand, zur Seite geschoben. Laura saß an der längeren Tischseite, neben Dr. Reuters. Die Kommissarin hatte an der kurzen Seite des Tisches Platz genommen. Langsam und mit ruhiger Stimme erklärte sie der jungen Frau, dass ein Tonband mitlaufen würde, sie sich davon aber nicht gestört fühlen solle. Laura hatte die Hände in ihren Schoß gelegt und hielt den Kopf gesenkt. Marie warf einen Blick in Richtung Dr. Reuters, der ihr bedeutete mit der Befragung zu beginnen.

Die Kommissarin räusperte sich. „Laura, ich habe in der Zwischenzeit mit Ihrer Stiefschwester gesprochen, aber ich möchte Ihren Teil der Geschichte gern von Ihnen selbst hören."

Laura Breuer rieb nervös mit dem Daumen der rechten Hand über den Zeigefinger der linken. Immer wieder. „Es ist ein Geheimnis", brachte sie endlich hervor. „Wir dürfen darüber nicht sprechen."

„Es ist vorbei, Laura", versuchte Marie die junge Frau zu beruhigen. „Wir haben Lambert Hausmann vorläufig festgenommen – und Sie brauchen auch nicht mehr bei ihm im Pfarrhaus zu arbeiten."

Die Bewegungen des Daumens wurden langsamer, schließlich wimmerte Laura Breuer leise.

„Ich weiß, dass es nicht leicht ist, mit einer Fremden über das zu sprechen, was Sie erlebt haben. Lassen Sie sich Zeit, und wenn Sie eine Pause machen möchten, sagen Sie es mir. Ich will Ihnen helfen, Laura, und ich glaube, dass es auch für Sie besser ist, das Schweigen zu brechen."

Laura antwortete nicht, dennoch war Marie sicher, dass sie ihr zugehört hatte. Sie warf einen Blick zu Dr. Reuters, der fast unmerklich nickte.

„Seit wann kennen Sie Pfarrer Lambert Hausmann?"

„Ich kann mich nicht genau erinnern. Aber er scheint irgendwie schon immer dagewesen zu sein. Ich war im Kindergottesdienst bei ihm."

„Ihre Stiefschwester Dana ist ebenfalls beim Kindergottesdienst gewesen?", warf Marie ein.

„Ja. Aber ich glaube, es hat ihr nie richtigen Spaß gemacht. Sie war nur dort, weil es sonst nichts anderes gab."

Marie hakte nach, in welchem Alter sie damals gewesen waren, und Laura gab an, sie selbst sei etwa fünf oder sechs gewesen und Dana entsprechend drei Jahre älter.

„Als Bernd gestorben war, kam der Pfarrer auch zu uns nach Hause. Ich glaube, am Anfang empfand ich das als etwas Besonderes, weil er nur zu uns kam, aber nicht zu den anderen Kindern."

Marie wusste bereits, dass Danas leiblicher Vater Bernd Seiler sehr früh verstorben, und Dana im Anschluss bei ihrer Stiefmutter aufgewachsen war, bis sie im Alter von sechzehn Jahren von zu Hause ausgerissen war.

„Wissen Sie noch, ab wann Sie die Besuche des Pfarrers nicht mehr als angenehm empfanden?"

Laura zögerte, dann gab sie zu, dass sie es nicht gemocht hatte, wie er sie manchmal angesehen hatte.

„Wie meinen Sie das? Hat er Sie beobachtet, wie jemand, der aufpasst, dass Ihnen nichts passiert?"

„Nein . . . es war irgendwie anders."

„Hat er sich Ihnen genähert?"

Laura schüttelte den Kopf. Erst als Dana weg war, habe es ihr Geheimnis gegeben. Sie schaute an Marie vorbei, und ihre Hände, die vor ihr auf dem Tisch lagen, begannen zu zittern. „Ich kann darüber nicht sprechen." Tränen liefen über ihre Wangen, und ihr Kopf bewegte sich ruckartig von rechts nach links. Immer wieder.

Dr. Reuters bedeutete Marie per Handzeichen, dass Laura eine Pause bräuchte und blieb allein mit ihr im Besprechungsraum zurück. Nach etwa einer halben Stunde betrat Marie erneut den Raum, um die Befragung fortzusetzen. Sie stellte eine neue Flasche Wasser auf den Tisch und setzte sich.

„Sie haben erzählt, es gibt im Keller ein böses Zimmer. Was haben Sie damit gemeint?"

Laura Breuer begann wieder zu zittern. Dr. Reuters versuchte sie zu beruhigen, dass dies der erste Schritt sei, sich selbst von den alten Dämonen zu befreien.

Es dauerte, bis Laura zu sprechen begann. „Ich war schon auf der Realschule, also muss ich etwa zwölf oder dreizehn Jahre alt gewesen sein. Nach dem Gottesdienst kam er zu mir und sagte, er wolle mir bei den Hausaufgaben helfen, weil es meiner Mutter nicht so gut gehen würde. Er war mit mir im Keller . . .“, Laura sah auf ihre Hände. „Ich erinnere mich nicht mehr. Danach ist alles wie im Nebel.“ Hilfesuchend drehte sie sich zu Dr. Reuters.

„Sie schaffen das, Laura“, ermunterte der Psychologe sie, und tatsächlich setzte Laura Breuer ihre Erzählung fort.

„Auf einmal war da ein Baby. Mein Baby. Mutter hat gesagt, dass wir niemandem davon erzählen dürfen, dass wir das alles für uns behalten müssen. Ich wollte es sehen, aber der Pfarrer hat gesagt, dass es schon wieder im Himmel ist. Er hat gesagt, dass es meine Schuld ist, weil ich kein reines Herz hätte.“

Marie biss sich auf die Lippen, bevor sie sprach. „Was ist mit dem Baby geschehen, wissen Sie das?“

Laura erzählte, dass ihre Mutter versprochen hatte, es wegzubringen. „Sie musste es verstecken, weil sonst alle unser Geheimnis gekannt hätten.“

Erst als Dana nach dem Tod von Renate Breuer auf dem Hof aufgetaucht sei, hatte Laura den Kellerraum wieder betreten. „Dana wusste plötzlich alles. Sie hat gesagt, sie hilft mir. Da waren drei merkwürdige Pakete, alle in dicke Plastikfolie gehüllt. Ich habe eins geöffnet . . . und unter einer Decke, die ganz festgefroren war, konnte ich einen kleinen Fuß sehen.“

Sie habe geschrien und sei weggelaufen. In der Nacht hätten die Träume angefangen. Sie drehten sich immer um den Raum, in dem die Gefriertruhe stand. Tränen liefen über Lauras Wangen, aber sie schien es nicht zu bemerken. „Meine Mutter hat sich umgebracht“, brach es aus ihr hervor. „Und es war nicht der erste Versuch. Sie hat mir verboten, in den Keller zu gehen, die Träume – ich wusste, dass ich etwas Schreckliches getan haben musste.“

Marie hätte Laura am liebsten in den Arm genommen. Stattdessen fragte sie, was danach geschehen sei.

„Dana hat gesagt, dass wir die Babys begraben müssen. Sie konnten nicht dort unten im Keller bleiben.“

Ihre Mutter habe sie sehr religiös erzogen, und früher, als die ganze Familie noch zusammen gewesen sei, wären sie oft nach Köln gefahren, um den Dom zu besuchen.

„Da war ich glücklich. Und ich wollte, dass die Babys auch ein bisschen Glück bekommen.“ Lauras Stimme zitterte. „Deswegen habe ich eins auf den schönsten Friedhof der Stadt gebracht.“ Ihr Blick ging ins Leere, als sie weiter sprach. „Das andere ist im Kloster, bei den Nonnen, und das letzte unter der Marienstatue in St. Aposteln, weil Maria alle Kinder beschützt.“

„Die Blumen, die wir auf den Grabstellen gefunden haben – war das Ihre Idee?“, wollte Marie wissen.

„Es war doch das einzige, das wir ihnen mitgeben konnten . . .“

Marie spürte ein leichtes Ziehen im Magen. Sie konnte Laura sogar verstehen. Für sie hatte alles gepasst, wie sie es sich zusammengereimt hatte.

Laura schien fast ein wenig befreit, als sie weitersprach. Es sei nicht schwer gewesen, nachts auf den Friedhof zu gelangen. Von der Piusstraße aus sei sie über die Mauer geklettert. Das Grab hätte sie schon vorher ausgesucht. Es sollte eines sein, das niemand mehr betreute, bei dem sie niemandem zu nahe trat, wenn sie ‚ihr‘ Baby dort mit hinein legte. Das Kloster hatte sie ausgewählt, weil Theresa, die oft bei ihr war, wenn sie im Pfarrgarten arbeitete, ihr anvertraut hatte, den Schlüssel zum Garten entwendet zu haben. Laura hätte sich den Schlüssel zum Klostergarten nur ausgeliehen. Sie hielt den Blick gesenkt, als sie damit schloss, dass Dana das dritte tote Baby in die Aposteln-Kirche gebracht hatte.

„Sie hätten die Polizei rufen müssen, als Sie die Leichen im Keller gefunden haben." Marie spürte, wie unnötig es war, diese Information jetzt zu geben, dennoch musste sie Laura Breuer darauf hinweisen, dass sie sich durch das Vertuschen einer Straftat selbst strafbar gemacht hatte. Allerdings schien Laura aufgrund ihrer Alpträume geglaubt zu haben, sie selbst habe etwas mit dem Tod der Säuglinge zu tun.

Noch am selben Tag saß Lambert Hausmann der Kommissarin und ihrem Kollegen Jürgen Thiele gegenüber. Der Pfarrer war blass, hielt die Augen gesenkt. Seine Hände lagen scheinbar ruhig übereinander auf dem Tisch. Unter dem Tisch wippte er mit dem rechten Bein und übertrug die Schwingungen auf den Rest seines Körpers.

„Herr Hausmann, warum haben Sie uns nicht gesagt, dass Sie der Vater der drei toten Säuglinge sind?"

Der Pfarrer hob ruckartig den Kopf. „Was? Wie kommen Sie darauf, dass ich der Vater dieser Babys sein soll? Ich bin katholischer Pfarrer." Wieder senkte sich sein Kinn zur Brust.

„Nun", antwortete Marie Thalbach langsam und lief einige Schritte im Vernehmungsraum auf und ab. „Das eine schließt das andere ja nicht unbedingt aus."

Hausmann verknotete die Finger beider Hände ineinander.

„Wir haben mit Dana Seiler und Laura Breuer gesprochen. Beide Frauen belasten Sie schwer und beschuldigen Sie des Kindesmissbrauchs über mehrere Jahre. Was sagen Sie dazu?" Die Kommissarin verschränkte die Arme vor dem Körper und blieb vor Lambert Hausmann stehen.

„Das ist nicht wahr ..." Seine Stimme war kaum mehr als ein Flüstern.

„Sie haben mit Dana Seiler wie auch mit Laura Breuer Kinder gezeugt, als die beiden Mädchen kaum mehr als dreizehn, vierzehn Jahre alt waren."

Lambert Hausmann schwieg.

Jürgen Thiele, der Lambert Hausmanns gegenüber saß, lehnte sich auf seinem Stuhl zurück. Der Blick des Pfarrers wanderte von der Oberkommissarin zu ihrem Kollegen. Es war still im Vernehmungszimmer.

„Herr Hausmann", schaltete sich Thiele ein. „Nachzuweisen, wer die tatsächlichen Eltern der Säuglinge sind, stellt heutzutage kein Problem mehr dar. Das brauche ich Ihnen sicher nicht zu erklären."

Lambert Hausmann schloss die Augen, dann begann er langsam zu sprechen. „Ich habe mich versündigt. Diese Kinder hätten niemals gezeugt werden dürfen. Ich habe versucht, mich von den Mädchen fernzuhalten, aber es war mir unmöglich. Außerdem brauchten sie mich. Sie mussten ohne Vater aufwachsen ..."

„Und Sie glauben, dass sich ein Vater auf diese Weise um seine Kinder kümmert?" Thieles Stimme klang sarkastisch.

Hausmann ließ die Frage unbeantwortet. „Die Babys kamen alle tot zur Welt. Ich nahm es als Zeichen. Außerdem hätten diese Kinder sowieso kaum eine Chance auf ein gutes Leben gehabt. Bastarde eines Kirchenmannes, die in ärmlichsten Verhältnissen aufgewachsen wären. Die Mutter hatte kaum genug für sich und die beiden größeren Kinder. Es war besser so für sie. Für uns alle."

Vor allem war es wohl besser für ihn gewesen, dachte Marie. „Für Renate Breuer war es nicht besser. Sie hat sich das Leben genommen."

Hausmann zuckte zusammen.

„Im Übrigen sind nicht alle Babys tot zur Welt gekommen. Sie haben zwei Ihrer eigenen Kinder getötet. Auch das lässt sich rechtsmedizinisch nachweisen." Marie ließ Hausmann nicht aus den Augen.

Dessen Kinn schien noch tiefer auf die Brust zu sinken. Die Knöchel an seinen Händen traten hell hervor, als er die Innenflächen aneinander presste.

„Sie haben ein Kissen vom Sofa genommen und eines der beiden Babys, die Sie mit Laura Breuer gezeugt haben, damit erstickt. Auch das erste Kind, das Sie mit Dana Seiler gezeugt haben, starb durch Ihre Hand. Wir haben Faserspuren in den Lungen der Säuglinge gefunden. Dann haben Sie den beiden jungen Mädchen eingeredet, es sei ihre Schuld, nur damit sie Ihnen weiter zu Willen sind." Marie Thalbach schaute ihn mit zusammen gekniffenen Augen an.

„Nach all den Jahren . . ." der Pfarrer sank förmlich in sich zusammen. Dann nickte er. „Es stimmt. Alles, was Sie sagen. Es ist an der Zeit, dass ich reinen Tisch mache . . ."

Nachdem Lambert Hausmann ein umfassendes Geständnis abgelegt hatte, informierte Adrian Franzen Marie und Jürgen darüber, was Theresa zwischenzeitlich ausgesagt hatte. Der Nichte des Pfarrers sei Laura Breuers Verhalten in der Nähe ihres Onkels aufgefallen. Sie habe versucht, den Kontakt zu Laura zu vertiefen, diese habe jedoch außer gelegentlichen Unterhaltungen im Pfarrgarten, die mehr von Theresa aus gingen, keine nähere Bekanntschaft zugelassen. Nachdem Theresa im Arbeitszimmer ihres Onkels mehrere Fotos der jungen Laura und einem weiteren Mädchen im Badeanzug gefunden hatte, sei ihr der Verdacht gekommen, dass etwas am Verhältnis ihres Onkels zu Laura nicht ganz in Ordnung sein müsse. Sie habe eigene Nachforschungen angestellt, unter anderem über die Lobby für Mädchen, und sei irgendwann auf Dana Seiler gestoßen. Am heutigen Tag sei sie wieder auf den Hof gefahren, um mit Laura über ihren Verdacht zu sprechen, und sei dort auf die beiden Stiefschwestern getroffen. Wie es weiter gegangen war, wusste die Kommissarin bereits.

„Der Kreis schließt sich“, sagte Marie an die Kollegen gewandt. „Hoffentlich ist Laura stark genug, im Prozess gegen Hausmann auszusagen.“

Immerhin hatten sie sein Geständnis, dass er die beiden Säuglinge direkt nach der Geburt erstickt und in die Gefriertruhe gelegt hatte. Da aus dem jahrelangen Missbrauch der Schwestern sogar Kinder hervorgegangen waren, war der Tatbestand des schweren sexuellen Missbrauchs gegeben, dessen Verjährungsfrist bei zwanzig Jahren lag.

Hausmann würde sich für alles, was er getan hatte, verantworten müssen.

Epilog

Marie Thalbach saß mit angezogenen Beinen auf der Couch. In den Händen hielt sie eine dampfende Tasse Tee, die Haare hatte sie locker mit einer türkisblauen Spange nach oben gesteckt. Es war Anfang Mai, die Verhaftung Lambert Hausmanns lag bereits einige Wochen zurück, und sie hatte einen freien Samstag vor sich. Dennoch ließ der letzte Fall sie noch nicht ganz los.

Bis ein Therapieplatz für Laura frei wurde, würde sich Marietta Kornblum von der ‚Lobby für Mädchen' um sie kümmern, denn es wäre sicher nicht gut für die junge Frau gewesen, wieder zurück in ihr einsames Haus zu gehen und allein zurechtkommen zu müssen. Dana Seiler hatte den Anschein erweckt, als wolle sie auch weiterhin Kontakt mit ihrer Stiefschwester halten. Das war den beiden zu wünschen.

Marie selbst war wieder ruhiger geworden. Seit der Unterhaltung mit Susanne schreckte sie nachts nicht mehr so häufig aus dem Schlaf. Dennoch gab es etwas in ihr, das nach einer Antwort verlangte, das sich nicht mehr länger verdrängen ließ – auch wenn sie sich noch nicht im Klaren war, wie sie dieser Sache begegnen sollte. Sie konnte nicht gut damit umgehen, wenn Dinge unausgesprochen im Raum hingen, daher war sie froh, sich nach Abschluss des Falls mit Jürgen ausgesprochen zu haben. Es war nicht einmal eine große Sache gewesen, und sie konnte sich im Nachhinein selbst nicht mehr erklären, wieso sie dermaßen gereizt auf ihn reagiert hatte.

Marie trank den Rest des Tees aus und stellte die Tasse auf den niedrigen Tisch vor ihrer Couch. Was wollte sie mit diesem Tag anfangen? Der strahlend blaue Himmel über den Dächern von Junkersdorf versprach einen sonnigen Frühlingstag. Ihre Kollegin Susanne war sicherlich mit dem Motorrad unterwegs, nachdem der Gips endlich ab war und sie ihr Bein wieder bewegen durfte.

Marie fühlte sich zufrieden. Sie konnte über die Domplatte bummeln und am Roncalliplatz ein Eis essen. Sie konnte mit dem Fahrrad den Rhein entlang fahren, auf der Höhe von Zündorf mit der Fähre übersetzen und auf der anderen Seite des Flusses wieder zurückfahren. Am Heumarkt gab es etliche Brauhäuser, in denen sie eine Rast einlegen und ein Kölsch trinken konnte.

Marie erhob sich, trug die benutzte Tasse in die Küche und stellte sie in die Spüle. Auf dem Weg ins Schlafzimmer zu ihrem Kleiderschrank fiel ihr Blick auf den halb geöffneten Laptop, der auf der Anrichte im Flur stand, wo sie ihn am Vorabend zurückgelassen hatte.

Bisher hatte sie den Gedanken an diese Möglichkeit beiseitegeschoben. Es hatte ausgereicht, zu wissen, dass sie dieser Spur nachgehen konnte, wenn sie es wirklich wollte. Hatte sie dies als Ausrede benutzt, um nicht aktiv werden zu müssen? Würde sie am Ende Dinge aufwühlen, die sie besser ruhen lassen sollte? Was wusste sie schon von Elena. Und vor allem, was wusste das Mädchen von ihr? Sie hatte sich einundzwanzig Jahre lang nicht darum gekümmert, was aus ihr geworden war.

Wie konnte sie sich da nun das Recht herausnehmen, ausgerechnet jetzt aufzutauchen? Sie wusste ja nicht einmal, ob es überhaupt möglich war, über das Jugendamt, das damals die Adoption organisiert hatte, doch an Informationen über Elenas Aufenthaltsort zu kommen. Schließlich hatte sie die geschlossene Form gewählt, was bedeutete, dass die Adoption anonym und ohne Kontakt erfolgte. Hätte nicht auch Elena - oder wie sie jetzt heißen mochte - die Möglichkeit gehabt, sie zu suchen, wenn sie es gewollt hätte?

Marie löste die Spange aus ihren Haaren und schüttelte die Locken. Wahrscheinlich würde sie weder Elena noch sich selbst einen Gefallen tun, wenn sie nach so langer Zeit an Gefühlen rüttelte, die besser verborgen blieben. Sie straffte die Schultern, trat vor den Kleiderschrank und zog ein blau-weiß gestreiftes Sweatshirt, eine eng geschnittene Jeans und eine taillierte, olivgrüne Leinenjacke mit abgesetzten Nähten hervor.

Ein Stadtbummel durch die fast zu jeder Tageszeit belebte Innenstadt würde diese Gedanken vertreiben und sie hoffentlich soweit von diesem Teil ihrer Vergangenheit ablenken, dass sie damit wieder so umgehen konnte, wie bisher.

Als sie ihren hellblauen Sommerschal um den Hals schlang und die Klinke der Wohnungstür schon in der Hand hielt, hielt sie inne. Sie musste zugeben, dass sie große Angst vor Zurückweisung hatte. Andererseits hatte noch niemand Antworten auf Fragen erhalten, die er nicht gestellt hatte.

Marie ließ die Hand wieder sinken und wandte sich halb ab von der Tür. Der Laptop stand immer noch auf der Anrichte. Sie zögerte einige Sekunden, dann ging sie zurück, nahm den Computer und setzte sich damit an den Küchentisch. Als sich die Desktop-Oberfläche aufgebaut hatte, öffnete sie den Internetbrowser und gab die Worte Adoption, Kontakt aufnehmen und leibliche Mutter in die Suchmaske der Startseite ein. Es würde sicher privat organisierte Webseiten geben, auf denen adoptierten Kindern wie auch Eltern die Möglichkeit gegeben wurde, nach einander zu suchen.

Als sie die Return-Taste betätigte, zitterte ihre Hand ganz leicht.

Yvonne Kronberger

Jahrgang 1973. Die Autorin wurde in München geboren und wuchs im Baden-Württembergischen auf. Heute lebt sie in Köln und arbeitet bei einer Stiftung zur Förderung der Ausbildungsbedingungen und der Nachwuchsgewinnung.

2011 erschien ihr erster Kriminalroman »Schattenmann« um das Ermittlerduo Thalbach/Drewitz.

In »Ein kaltes Grab« (2012) recherchieren die beiden in ihrem zweiten Fall.

Yvonne Kronberger ist Mitglied der Mörderischen Schwestern.

Sämtliche Figuren dieses Kriminalromans sind frei erfunden. Ähnlichkeiten mit lebenden Personen sind rein zufällig und nicht beabsichtigt.

Für die Unterstützung bei meinen Recherchen sowie für die Beantwortung meiner vielen Fragen bedanke ich mich bei der Abteilung für Öffentlichkeitsarbeit der Polizei Köln, Herrn Thorsten Nowak für seine Information zur Polizeiarbeit, Herrn PD Dr. Jan Sperhake vom Institut für Rechtsmedizin des Universitätsklinikums Hamburg-Eppendorf und ganz besonders bei Herrn Dr. Ulrich Cremer vom Institut für Rechtsmedizin des Universitätsklinikums Köln.

Etwaige Fehler in der Darstellung gehen allein zu meinen Lasten.

Nicht zuletzt bedanke ich mich für die konstruktive und herzliche Zusammenarbeit mit meiner Lektorin Ina Coelen.